조선후기 통신사 필담창화집 번역총서 40

奇事風聞 · 東渡筆談 · 南宮先生講餘獨覽

기사풍문 · 동도필담 · 남궁선생강여독람

조선후기 통신사 필담창화집 번역총서 40

奇事風聞·東渡筆談·南宮先生講餘獨覽

기사풍문·동도필담·남궁선생강여독람

최이호 역주

보고사
BOGOSA

이 역서는 2008년도 정부재원(교육과학기술부 학술연구조성사업비)으로 한국연구재단의 지원을 받아 연구되었음(KRF-2008-322-A00073)

차례

◇ **영인자료** [우철]

일러두기

1. 통신사 필담창화집 번역총서는 제1차 사행(1607)부터 제12차 사행(1811) 까지, 시대순으로 편집하였다.

2. 각권은 번역문, 원문, 영인자료(우철)의 순서로 편집하였다.

3. 300페이지 내외의 분량을 한 권으로 편집하였으며, 분량이 적은 필담 창화집은 두 권을 합해서 편집하고, 방대한 분량의 필담창화집은 권을 나누어 편집하였다.

4. 번역문에서 일본 인명과 지명은 한국 한자음 그대로 표기하고, 처음 나오는 부분의 각주에 일본어 발음을 표기하였다. 그러나 번역자의 견 해에 따라 본문에서 일본어 발음대로 표기를 한 경우도 있다.

5. 번역문에서 책명은 『 』, 작품명은 「 」로 표기하였다.

6. 원문은 표점 입력하였는데, 번역자의 의견에 따라 표기하는 것을 원칙 으로 하였지만, 가능하면 한국고전번역원에서 정한 지침을 권장하였 다. 이 경우에는 인명, 지명, 국명 같은 고유명사에 밑줄을 그어 독자 들이 읽기 쉽게 하였다.

7. 각권은 1차 번역자의 이름으로 출판되었는데, 최종연구성과물에 책임 연구원과 공동연구원의 이름이 반드시 들어가야 한다는 한국연구재단 의 원칙에 따라 최종 교열책임자의 이름으로 출판되는 책도 있다.

8. 제1차 통신사부터 제12차 통신사에 이르기까지 필담 창화의 특성이 달라지므로, 각 시기 필담 창화의 특성을 밝힌 논문을 대표적인 필담 창화집 뒤에 편집하였다.

기사풍문
奇事風聞

통신사의 빙례시기에 관한 한일간의
외교문서와 계미 통신사의 오사카 입성기

　『기사풍문(奇事風聞)』은 몇 개의 기이한 이야기를 묶은 책으로, 누가 집록(集錄)한지는 알 수 없고, 1873년(고종 10) 나니와(浪華)의 서사(書肆)인 녹전청칠(鹿田淸七)에서 풍전씨(風田氏)가 얻어 소장하였다고만 기록되어 있다. 이야기마다 작자와 내용이 다른데, 이 중에서 조선 통신사와 관련된 것은 「조선빙사완기서(朝鮮聘使緩期書)」와 「조선빙사관낭화기(朝鮮聘使館浪華記)」 두 편이다.

　「조선빙사완기서(朝鮮聘使緩期書)」는 일본이 조선 통신사의 빙례(聘禮) 기일을 연기해 달라고 요청하는 글이다. 1787년(정조 11) 11대 장군 이에나리(家齊)가 이에하루(家治)의 뒤를 이어 즉위하자 조선에서는 승계를 축하하기 위해 빙례를 준비하고 있었는데, 일본측에서 거듭된 흉년을 이유로 기일을 연기해 줄 것을 요청하였다. 이때 일본에서는 1783년에 흉작으로 시작된 덴메이(天明, 1781~1789)의 대기근으로 백성들의 반란이 자주 일어났고, 농촌에서 생활이 어려워진 사람들이 도시로 유입되어 대규모 소요사태가 벌어졌다. 이러한 상황에 조선 통신사를 접대하는 일은 막대한 비용이 들기 때문에 막부에서는 통신사의 빙례를 미룰 수밖에 없었다. 그리하여 이에나리의 승계 축하 빙례는 즉위한 지 24년이 지난 1811년(순조 11)에 겨우 이루어지게 되었다.

이 책은 서문과 총 6편의 편지로 구성되어 있다. 서문은 초서로 되어 있는데, 글씨가 너무 작아 탈초하기가 힘들어 번역하지 못했다. 6편의 편지는 대마(對馬) 태수가 조선에 보낸 서한(1788년 8월)과 예조 참의 김이정(金履正)의 답서(1789년 3월), 조선의 훈도(訓導) 등과 일본의 대차사(大差使)가 직접 만나 주고받은 서한(1788년 11월), 일본이 예조 참판 김노순(金魯淳)에게 보낸 서한과 그에 대한 답서(1789년 3월)이다. 일본에서 보낸 편지는 흉년으로 인해 빙례 기일을 연기할 것을 요구한 내용이고, 조선에서 답한 편지는 이를 받아들여 다음의 빙례시기를 물은 것이다. 이 편지는 모두 양국 조정을 대표해서 보내는 편지이기 때문에 개인적인 편지가 아닌 공식적인 외교문서이다. 그래서 일본은 대마 태수를 통해 편지를 보내고 조선은 예조를 통해 답서를 보냈다. 이렇듯 문서의 이동경로를 보면 일본은 통신사 접대에 대마도가 중요한 역할을 하였고, 우리나라는 통신사 파견을 예조에서 담당하였다는 것을 알 수 있다. 1811년에 파견한 조선의 마지막 통신사는 일본의 수도인 에도(江戶)까지 가지 않고 대마도에서 빙례가 이루어졌으니, 통신사를 접대하는데 막대한 비용이 든다는 것과 대마도가 조선과 일본과의 외교에 매우 중요한 역할을 했다는 사실을 알 수 있다.

「조선빙사관낭화기(朝鮮聘使館浪華記)」는 1764년(영조 40) 1월 20일, 조선 통신사가 나니와(浪華)에 도착하여 빈관(賓館)인 본원사(本願寺)에 출입하는 광경을 영송사(靈松寺)의 승려인 의단(義端)이 묘사한 글이다. 조선 통신사에 대해서는 사신의 의상과 행렬을 간략하게 서술하였고, 대부분 오사카의 아름다운 집들과 화려한 거리, 구경하러 나온 사람들의 모습, 본원사와 일본 배의 화려함에 많은 지면을 할애하였다. 특히 일본 배들은 매우 아름다워 상대적으로 조선 사신의 배가 초라해 보였고, 본원사는 규모가 크고 장식이 아름다워 인도나 중국의 큰 절보다 낫다고 하여 일본을 한껏 추켜세웠다. 부록으로 율시 4수(首)가 있는데, 2수는 제술관 남옥(南玉, 1722~1770)에게 보낸 것이고, 2수는 입관(入館)과 출관(出館)을 각각 묘사한 것이다.

　나니와는 지금의 오사카(大板)로, 당시에도 매우 번성한 도시였다. 이곳은 에도로 가는 육로가 시작되는 곳으로, 통신사가 오사카 하구(河口)에서 배를 정박해 두고 일본 배로 갈아타고서 하천을 따라 오사카에 들어간다. 계미 통신사행에 제술관으로 참여했던 남옥의 사행록인 『일관기(日觀記)』에 1월 20일에 하구에 도착하여 21일에 오사카에 들어가 5일을 묵었다고 기록되어 있으니, 의단이 1월 20일에 도착하여 6일을 묵었다는 말과 일치한 셈이다.

　승려 의단에 대해서는 영송사에 거주하는 것 이외에는 다른 기록이 없어 알 수 없다. 다만 『일관기』 1월 22일자에 오사카 사람을 비롯하여 사방에서 사신이 묵고 있는 본원사에 몰려들어 시를 구하였는데, 여러 문사들과 함께 승려 의단도 시를 혹은 1수나 2~3수를 바쳤다는 내용이 있는 것으로 보아 승려인데도 글에 관심이 많았음을 알 수 있다. 부록에 실린 남옥에게 준 시 2수는 이때에 썼던 것으로 보인다.

조선빙사완기서(朝鮮聘使緩期書)

○ 대마주(對馬州)의 태수가 조선국에게 보내는 서한

일본국 대마주 태수 평의공(平義功)은 조선국 예조 참의(禮曹參議) 대인(大人)께 삼가 글을 올립니다. 가을의 절서(節序)가 골고루 나뉘는 이때에 멀리서 그대의 체후가 좋으실 거라 생각되니 진실로 첨앙(瞻仰)하는 마음에 위로됩니다. 드릴 말씀은 우리 대군(大君)께서 직위를 계승한 경사가 있으니,[1] 귀국이 빙례(聘禮)할 기일을 정하여 응당 예전 전례를 따를 것이라 생각됩니다. 다만 우리나라에 연이어 흉년이 들어서 백성들의 살림이 넉넉하지 못해 거의 지치고 병이 들었습니다. 우리 동무(東武)[2]의 신정(新政)은 오로지 백성들을 은혜롭게 구제하는 데 있는데, 이때에 귀국의 사신이 바다를 건너오신다면 이르는 곳마다 백성들을 징발하여 요역을 충당해야 할 것입니다. 그렇다면 백성들이 쉴 겨를이 없을 뿐만 아니라 또 지치고 피폐함이 가중될 듯합니다. 이 때

---

1 우리……있으니 : 덕천가제(德川家齊, 도쿠가와 이에나리, 재위 1787~1837)가 에도 막부의 제11대 정이대장군(征夷大將軍)에 즉위한 사실을 말한다.
2 동무(東武) : 에도 막부[江戶幕府]의 별칭으로, 막부 장군(將軍)을 지칭하기도 한다. 에도는 교토[京都]의 동쪽, 관동(關東)에 있으므로 이렇게 말한다.

문에 조정에서 의논하여 우선 빙례의 기일을 늦추고자 하여 저에게 연
유를 자세히 고하게 하였습니다. 이에 정관(正官) 평창왕(平暢往)과 도
선주(都船主)³ 평창형(平暢亨)을 보내어 오로지 이 뜻을 전달하오니, 바
라건대 살펴보시고 좋은 쪽으로 계문(啓聞)⁴하시어 허락해 주신다면
매우 다행이겠습니다. 자세한 내용은 사자(使者)가 말씀드릴 것입니다.
별도로 자잘한 물품을 갖추어 대략 성의를 표시하니 살펴보시고 받아
주신다면 영광이겠습니다. 나머지 이야기는 남겨둡니다. 절서(節序)에
따라 복 받으시길 바랍니다. 이만 줄입니다.

천명(天明) 8년⁵ 무신년 8월 일

대마주 태수 평의공

○역관(譯官)이 서로 처음 대면하는 예절과 교섭(交涉) 진문(眞
文)⁶ 2통

보내주신 뜻을 삼가 잘 알았습니다. 대저 임관(任官)의 직무는 오로
지 양국 간에 성신(誠信)의 도리를 다 하는 데에 있는데 이번의 일은
실로 매우 부득이한 경우입니다. 허락할지 말지는 오직 조정의 처분

---

3 도선주(都船主) : 왜선을 총 지휘하는 자를 말한다.
4 계문(啓聞) : 관찰사·절도사·어사 등이 어떤 일을 글로 써서 임금에게 아뢰는 것을
말한다.
5 천명(天明) 8년 : 1788년(정조 12)이다. 천명(덴메이)은 일본의 연호로 1781~1789년까
지의 기간을 말한다.
6 진문(眞文) : 한문(漢文)과 같은 말로, 외교문서를 말한다.

에 달려 있지만 스스로를 낮추어 양국 간의 우호를 주선(周旋)하는 도리에 어찌 힘을 다하지 않겠습니까. 회답이 내려온 뒤에 다시 보고 드리겠습니다. 바라옵건대 우선 기다려 주십시오.(이 글은 난해하다. 오자가 많은 듯하다.)

무신년 11월 일

훈도(訓導) 김주부(金主簿), 별차(別差) 최첨정(崔僉正)

금번에 빙사에게 기일을 늦추기를 요구하는 한 조목은 동무(東武) 조정의 의논이니, 실로 이웃나라와 사귀는 큰 골자로써 성심을 다하고 똑같이 사랑하는 뜻에서 나온 것입니다. 그 자세하고 간곡한 뜻이 태수의 글에 밝게 빛나니 다시 사자의 말을 덧붙이지 않겠습니다. 이번 걸음은 저번에 동도(東都)에서 저를 불러 일의 정황을 태수에게 보고하고 귀국에 통고(通告)하기 위해서입니다. 진실로 동무(東武)의 특별한 뜻이니, 이웃나라와의 맹약을 공고히 할 것을 생각해서입니다. 역관의 직책은 양국의 성의(誠誼)를 깊이 알아서 잘 주선하는 것이라 자세히 동래부(東萊府)에 말씀드리오니, 속히 조정의 윤허를 받아서 순조롭게 일이 이루어질 수 있도록 힘써 주십시오.

무신년 11월 일

대차사(大差使)

○ 일본국이 조선국 예조 참판 대인께 글을 올립니다. 가을이 저무는 이때에 귀국이 화합하고 편안하기를 공경히 빌어마지 않습니다. 금

년은 우리 대군(大君)께서 직위를 계승한 첫해니, 바로 귀국이 통빙(通聘)할 날이 관례에 비추어보면 의당 가까이 있을 터이지만, 본국이 여러 해 동안 흉년으로 곡식이 익지 않아 백성들이 지치고 피폐합니다. 대군의 새로운 정사는 요컨대 인혜(仁惠)에 있고, 여러 관리들이 임금의 뜻을 받들어 행하는 것은 한결같이 백성들을 구휼하는 것을 급선무로 삼고 있지만, 아마도 시간이 좀 더 지나야 은택이 남김없이 적셔질 것입니다. 그런데 이때에 귀국의 대사(大使)가 엄숙히 오신다면 가는 곳마다 백성들에게 요역을 징발하게 되어 명을 받고 달려가는 그 수고로운 모습이 마치 꽃과 나무가 싹이 트려다 중간에 꺾이는 것과 같을 것입니다. 대군께서 이것을 깊이 염려하셔서 여러 관리들에게 서로 의논하게 하고 통빙(通聘)하는 일에 대해 서서히 기일을 연기하고자 하셨습니다. 그래서 저에게 확실히 의심을 풀어드리도록 하셨으니, 부디 바라건대 밝게 살피셔서 알려주십시오. 곧 윤허를 받게 되면 특별히 정관(正官) 아무개와 도선주(都船主) 아무개를 보내어 구두로 말씀드리고 기록한 것을 올리겠습니다. 보잘것없는 물품으로 애오라지 성의를 표시하니 받아 주십시오. 더욱 절서에 따라 몸 보중하시어 멀리서 기도하는 마음에 부응해주시기를 바랍니다. 이만 줄입니다.

○ 조선국 예조 참판 김노순(金魯淳)은 일본국 대마주 태수 평공(平公) 합하께 삼가 답장을 올립니다. 성사(星槎)가 멀리서 오면서 서찰도 함께 가져옴에 기거(起居)가 진중하심을 알게 되니 매우 기쁘고 위로됩니다. 귀국의 대군께서 선인의 공렬을 밝히시고 큰 전통을 이어받았다고 하니 전례대로 빨리 축하 사절단을 보내는 것이 마땅하나 귀

국의 대군께서 새로 정사를 펴심에 인혜(仁惠)한 마음으로 흉년으로
인한 백성들의 피폐함을 매우 염려하셔서 기일을 늦추고자 한다고 알
려 왔습니다. 이에 귀국의 뜻을 이미 조정에 전달(轉達)했으니 신사(信
使)가 가야할 시기를 다시 알려주십시오. 기다리고 있겠습니다. 별폭
(別幅)의 진기한 물품은 그 후의(厚誼)에 매우 감사합니다. 보잘것없는
토산물로 보답하오니 아울러 밝게 살펴주십시오. 이만 줄입니다.

기유(己酉)년[7] 3월 일

예조 참판 김노순

별폭

인삼(人參) 2근

호피(虎皮) 1장

표피(豹皮) 1장

백저포(白苧布)[8] 10필

백면주(白綿紬)[9] 10필

묵마포(墨麻布) 7필

백목면(白木綿) 20필

화석(花席) 5장

네 장 붙인 유둔(油芚)[10] 3부(部)

---

7 기유(己酉)년 : 1789년(정조 13)이다.

8 백저포(白苧布) : 누이어 희게 한 모시이다.

9 백면주(白綿紬) : 누인 명주이다.

황모필(黃毛筆) 30자루

참먹[眞墨] 30홀(笏)

　　끝.

기유년 3월 일

예조 참판 김노순

○ 조선국 예조 참의 김이정(金履正)은 일본국 대마주 태수 평공 합하께 삼가 답장을 올립니다. 사신이 멀리서 옴에 서한을 받고서 일상의 기거가 좋으심을 알게 되니 매우 위로됩니다. 서한을 통해 귀국의 대군께서 대를 이어 장군의 자리에 오르셔서 선인의 공적을 더욱 굳건하게 하셨다는 소식을 듣게 되었습니다. 우리나라는 당신 나라와 우호관계에 있으니 마땅히 축하 사절단을 보내야겠지만 귀국이 흉년으로 인해 백성의 피폐함을 매우 염려하여 기일을 늦추고 싶다고 알려 왔습니다. 그래서 이미 조정에 알렸으니 신사(信使)가 앞으로 가야 할 시기를 후일에 다시 알려주십시오. 성대히 주신 물품은 더욱 후의를 잘 알겠습니다. 보잘것없는 것으로 애오라지 정성을 드러내니 아울러 헤아려 주십시오. 이만 줄입니다.

기유년 3월 일

예조 참판 김이정

별폭의 물품 수는 위와 같다.

---

10 유둔(油芚) : 비올 때에 쓰기 위하여 이어 붙인 두터운 유지(油紙)이다.

조선빙사관낭화기(朝鮮聘使館浪華記)

    보력(寶歷) 14년[11] 봄 정월 20일에 조선 빙사가 비로소 우리 낭화에 왔다. 작년 가을에 출발했다고 하니, 바다의 여정이 비록 멀다하나 뱃길로 5~60일이나 혹 7~80일이면 응당 왔을 터인데, 맞바람이 거세게 불고 파도가 높아서 지체하다가 오늘에야 왔다고 하였다. 이에 하구(河口)에서 맞이하였는데 관선(官船)이 네 척이었다. 하나는 '낭속(浪速)'이고, 다른 하나는 '기이국(紀伊國)'으로 일명 '공작(孔雀)'이라고 하는데, 배의 이물을 공작으로 꾸민 것이다. 그리고 다른 하나는 '토우(土优)'이고, 또 다른 하나는 '중토우(中土优)'이다. 기타 여러 후(侯)의 배는 모두 열 척이었는데, 각각 나는 구름을 얹어 화려함을 자랑하고 금으로 깔고 구슬로 새겼으며, 오색실로 엮은 줄로 휘장에 유소(流蘇)[12]를 장식하여 빛과 채색을 뽐내니, 조선 빙사(聘使)의 배가 그 때문에 초라해 보였고, 정사 및 부사와 종사, 여러 따르는 무리들 모두 부끄러워하였다. 드디어 각자의 배에 타자, 이윽고 종과 북을 울리고 뱃노래를 부르며 일제히 비단 닻을 올리고서 천천히 나아갔다. 대마후

---

11 보력(寶歷) 14년 : 1764년(영조 40)이다.
12 유소(流蘇) : 기나 교여(轎輿) 등에 다는 오색실로 만든 술이다.

의 배가 앞서가며 인도하여 낭화교(浪華橋) 아래에 이르렀다. 여기에
서 출발하면 우리 동도(東都)까지 바닷길로 2~3일 거리이다. 빙사의
배가 여기에 이르러서야 비로소 배를 집으로 삼고서 떠도는 궁벽한
신세를 면할 수 있게 되었으니, 그 기쁨을 알만하다.

관가(官家)에서 위로하고 음식을 대접하도록 명하고 성의 서쪽 본원
사(本願寺)에서 묵게 하였다. 본원사는 여러 장자(長者)들이 경영하는
곳으로, 규모가 매우 크고 금벽(金璧)으로 장식하고 아름답게 조각하여
마룻대·들보·기둥·난간·완목·동자기둥·서까래·평고대가 매우 아
름답고 화려하니, 비록 인도의 기원정사(祇園精舍)나 중국의 영은사(靈
隱寺)라도 이보다 낫지 않을 것이다.

또 낭화교에서 빈관까지 지나가는 거리는 웅장하고 화려하였다. 게
다가 관(官)의 명으로 미리 잘 닦고 정돈하여 푸른 기와와 하얀 벽으
로 꾸며진 많은 건물들이 한껏 새로웠다. 이날 집집마다 등불을 걸고
장막을 펼쳐 금 가리개와 그림 병풍으로 꾸몄는데, 거기에 그려진 그
림은 봄 꽃과 가을 잎, 나는 새와 노니는 물고기, 크게는 몇 자 되는
사자와 한 길이나 되는 호랑이, 작게는 한 치 되는 사람과 조그만 말,
점점이 보이는 산과 가늘게 흐르는 물줄기였다. 기타 절과 도관, 진
(秦)의 누대와 한(漢)의 도성, 전장(戰場)과 무정(舞庭)이었으니 그 오묘
함을 이루 다 말할 수 없었다.

남녀들이 잘 차려입고 꾸미고서 노인을 부축하고 아이들 손을 잡고
나오니 어깨가 부딪치고 무릎이 닿았는데, 물고기 비늘처럼 차례로
늘어서고 날개를 벌려 놓은 듯 나열하여 빈관에 들어가는 모습을 구
경하였다. 이른바 삼사(三使) 및 학사·서기로서 지위가 높은 자는 의
관이 엄숙하고, 지위가 낮은 자는 흰 옷에 치립(緇笠)을 썼는데 그 보

다 조금 높은 자는 치립에 오색 깃털을 꽂아 깃털장식을 하였다. 그리고 검은 머리를 늘어뜨린 아름다운 동자와 붉은 수염을 한 못생긴 사내종은 절월(節鉞)[13]을 잡거나 혹 쇠뇌와 폭죽을 싣고 가고, 깃발이 어지럽게 흩날리고 북과 나팔 소리가 시끄러웠다. 모두 400여 명으로, 항오(行伍)가 엄숙하고 정돈된 모습으로 차례를 지키며 마침내 빈관에 들어갔다. 빈관에서는 팔진미(八珍味)를 쌓아두고 사모(四牡)[14]를 노래하며 음식을 대접하고 위로하였다. 6일을 묵고 빈관을 나왔다. 나오는 날도 거리가 정돈되고 남녀들이 곱게 꾸미고서 구경하는 모습이 또한 들어오는 날과 같았다. 이때에 나라 사람들이 모두 찬탄하며 서로 태평시대의 일대(一大) 성사(盛事)라고 말하였다.

돌아보건대, 세상에는 문장에 능한 선비가 적지 않아 반드시 이 일을 기술하여 불후하게 전할 자가 있을 것이니, 불민(不敏)한 소승(小僧)이 할 수 있는 바가 아니다. 그렇지만 마음이 왕성하게 일어나 그칠 수 없기에 그 대강을 소략하게 기록하니 자세한 내용은 문장에 능한 선비를 기다리는 바이다.

대일본(大日本) 섭서군(攝西郡) 묵포(墨浦) 영송사(靈松寺)의 사문(沙門) 의단(義端)은 기록하노라.

---

13 절월(節鉞) : 관찰사가 가지고 가는 부절(符節)이란 깃발과 부월(斧鉞)이란 도끼이다.
14 사모(四牡) : 네 필의 수말이라는 뜻으로, 『시경』 「소아(小雅)」의 한 편명이다. 왕명을 봉행하는 사신을 위로하는 시이다.

○ 부록(附錄)

낭화의 목세숙에게 부탁하여 조선 학사 남시온[15]에게 부치다 2수
託浪華木世肅寄呈朝鮮南時韞學士 二律

예부터 명왕은 이웃나라와 잘 지내	自古明王徧善隣
지금까지 빙례하며 서로 친하다오	于今盛聘遠相親
파도길 자주 막히고 세월 변했는데	波濤數阻光陰變
막 구름 해 화사하니 절후가 새롭네	雲日初和物侯新
익수주[16] 띄어 대사 맞이하고	鷁首舟浮迎大使
홍려관 활짝 열어 가빈 대접하네	鴻臚館闢待佳賓
엄숙하게 유관 쓴 손님 오셨으니	儼然時有儒冠客
그 풍류 가장 으뜸인줄 알겠어라	知是風流第一人

두 번째
其二

찬 하늘에 걸린 객성 멀리서 보이니	寒空遙望客星懸
사신 깃발 봄 되어 엄숙히 왔구나	使旆春來此儼然
경요 찾아 조금이라도 보답하려고	欲覓瓊瑤多少報

---

15 남시온(南時韞) : 남옥(南玉, 1722~1770)으로, 자는 시온, 호는 추월(秋月)이다. 제술관으로 계미 통신사에 참여하였다.

16 익수주(鷁首舟) : 익(鷁)이라는 물새의 형상을 선수(船首)에 그리거나 새긴 배이다. 익(鷁)이라는 새는 풍파를 잘 견디어 내므로 이 새를 장식한다고 한다.

도리의 시편 그동안 부질없이 던졌네[17]　　　　　謾投桃李後先篇

나 같은 소인 종명같이 추하지만　　　　　　　小人縱有駟明醜

대국엔 숙향처럼 어진이 없을까[18]　　　　　　大國何無叔向賢

어떻게 하면 이야기 하며 손잡고서　　　　　　安得一言親執手

홍려관에서 함께 사귈 수 있을까　　　　　　　鴻臚館裡共周旋

조선 빙사가 낭화 빈관에 들어가는 광경을 보며
觀朝鮮聘使入浪華館

낭화 다리 가에 여황[19]을 매어 두고　　　　　浪華橋畔繫余皇

유기[20]가 앞장서니 행렬이 정돈되네　　　　　兪騎先驅自整行

17　경요(瓊瑤)……던졌네 : 조선 사신의 화답시를 받기 위해 자신이 지은 시를 주었다는
　　말이다. 경요는 아름다운 옥으로 상대의 시를 가리키고, 도리(桃李)의 시편은 자신의 시
　　에 대한 겸사이다. 『시경(詩經)』「위풍(衛風) 모과(木瓜)」에 "나에게 복숭아를 주기에,
　　경요로 보답하였네.……나에게 오얏을 주기에, 경거로 보답하였네.[投我以木桃, 報之以
　　瓊瑤……投我以木李, 報之以瓊玖.]"라고 한 데서 온 말이다.
18　나……없을까 : 종명(駟明)은 춘추시대 정(鄭)나라 사람으로 얼굴을 추하였지만 성품
　　과 행실이 발랐다. 숙향은 춘추시대 진(晉)나라 대부(大夫) 양설힐(羊舌肹)의 자인데,
　　그는 외국(外國)에 사신 가서나, 외국의 빈객을 접대할 적에 응대(應對)를 잘하기로 명성
　　이 높았다. 숙향이 정(鄭)나라에 갔는데, 얼굴이 추한 종명(駟明)이란 자가 숙향을 만나
　　고자 하여 조두(俎豆)를 맡은 자를 따라가 당하(堂下)에 있으면서 한마디 말을 하였는데
　　그 내용이 훌륭하였다. 이에 숙향이 말하기를, "필시 종명일 것이다." 하고는, 당에서
　　내려와 그의 손을 잡아끌고 당 위로 인도하고서 말하기를, "그대가 만약 말을 하지 않았
　　더라면 내가 하마터면 그대를 잃을 뻔하였습니다. 말을 하지 않을 수 없음이 이와 같습니
　　다." 하고는 드디어 오랜 벗처럼 대하였고, 종명을 천거하여 진나라의 어진 신하가 되게
　　하였다. 『春秋左氏傳 昭公 28年』
19　여황(余皇) : 또는 여황(餘皇)으로, 춘추시대 때 오(吳)나라 왕의 배 이름인데, 여기에
　　서는 화려하게 단장한 배를 말한다.

성 밖 길에선 남녀들 마음껏 구경하고　　　　士女縱觀城外道

빈관 동쪽 마을에선 다투어 휘장 걷네　　　　幔帷爭捲館東坊

그림 깃발 구름에 싸이니 푸른 용 꿈틀대는 듯　畫旗帶雲靑龍動

깃 일산 바람 맞으니 붉은 봉황 나는 듯　　　　羽盖含風紫鳳翔

여마는 더디고 더뎌 어느새 해 저무니　　　　輿馬遲遲天忽暮

일시에 수많은 등불이 나란히 비추네　　　　一時齊照萬燈光

또 빈관 나오는 광경을 보며
又觀出館

조용한 빈관에 새벽 닭 울어 사립 열리니　　　嚴館雞鳴啓曙扉

시끄러운 종고소리 나그네 옷깃 재촉하네　　　誼誼鐘鼓促征衣

강가 방초엔 안개 여전히 자욱하고　　　　　河邊芳草烟猶暗

문 밖 수양엔 이슬 아직 덜 말랐네　　　　　門外垂楊露未晞

갠 빛은 점차 사신을 맞아 움직이고　　　　晴色漸迎冠盖動

봄 구름은 문득 깃발 곁에서 날리네　　　　春雲忽傍旆旌飛

동도는 여기에서 천 여리 떨어졌는데　　　　東都此去千餘里

옥백 들고 조회하고서 언제 돌아올까　　　　玉帛朝來幾日歸

내가 조선 사신이 낭화에 머무는 기문 및 입관(入館)하고 출관(出館)

---

20 유기(兪騎) : 제왕의 대가(大駕)가 행차할 때 의장대(儀仗隊) 앞에서 길을 인도하는
호위 기마병을 말한다.

할 때의 광경을 담은 율시 두 편을 진작 지었는데, 남은 감동이 그치지 않아 또 지은 것이다.

명치(明治) 6년[21] 10월 29일, 낭화 서사(書肆) 녹전청칠(鹿田淸七)에서 얻음.

풍전(豊田)씨 소장.

---

21 명치(明治) 6년 : 1873년(고종 10)이다.

朝鮮聘使緩期書

○ 對州守朝鮮國遺書翰

日本國　對馬州太守平義功奉書朝鮮國禮曹參議大人閣下。秋序平分，緬祀[22]雅度冲裕，寔慰瞻企。告者，我大君有嗣位之慶，乃貴國爲通聘之期，料當襲舊典，但以本邦歉歲薦臻，兆民不瞻，殆將墊隘。東武新政尚在惠濟，於是之時，貴使惠然踰海，則所在調發民給徭役，非徒不遑養息，又恐加於凋瘵。是以朝議欲姑緩來聘之事，因使不佞，具由以告，卽此差正官平暢往、都船主平暢亨，尚布此意。密望體察，從善啓聞。就承肯諾幸甚。縷縷使者稟達，另具菲瑣，略寓芹衷，鑑領爲榮。餘冀若序膺福。肅此不備。

天明八年戊申八月日　對馬州太守平義功

○ 任譯初對面之節，掛合之眞文二通

示意謹悉。而大抵任官之職務，專在於兩國間誠信之道，而今番事寔出於萬不得，而則許絶與否，唯在於朝廷處分，而自下周旋之道，豈不極力哉？回下下來後，更當報爲計耳，幸望姑待焉。【此文難解，恐多誤字。】

---

22 祀：문맥상 "思"의 오자인 듯하다.

戊申十一月日 訓導<u>金</u>主簿、別差<u>崔</u>僉正

今番聘使緩期一款，<u>東武</u>朝議，實出於交鄰大體推誠同仁之義，其諄諄丁寧之意，餐[23]然于太守之書，不復贅敞价舌頭。此行也，卽曩召俺於<u>東都</u>，命是事狀，使以報太守，通告貴國，寔<u>東武</u>特意，慮其鄰盟鞏固矣。象官之職深體兩邦誠誼，切爲周旋，具陳<u>萊府</u>，速承朝廷允諾，務歸順便之地矣。

戊申十一月日 大差使

○ <u>日本國</u>奉書<u>朝鮮國</u>禮曹參判大人閣下。維時金運正毁，伏惟貴國協寧虔祝無已。兹者我大君受位之初，乃貴國通聘之際，例當在近。但以本邦比年凶儉，穀物不稔，億兆離凋弊之患。大君新政，要在仁惠，庶官承行，一以撫恤爲務，庶幾歲月彌久，而膏澤之洽無遺也。乃於是時，貴國大使儼然來臻，則所在調發民徭，奔命其勞苦之狀猶卉木將萌而中折也。大君深軫斯慮，命庶官胥議，尙欲通聘之事，徐徐延期。因使不佞，委實申疑，萬望丙諒以聞。就承允諾，特差正官某、都船主某，容口陳致□錄。輶儀聊旌馳悃，幸賜攸納。更祈對時休嗇，式副遐禱，肅此不備。

○ <u>朝鮮國</u>禮曹參判<u>金魯淳</u>奉復<u>日本國</u> 對馬州太守<u>平</u>公閣下。星槎遠屆，華札隨至，憑諦啓居珍毖，欣慰良深。仍聞貴大君克紹前烈，丕膺洪緒，宜循故常，亟馳賀价，而貴大君新政仁惠，深軫荒年民弊，爲請緩期，有此委報。兹將盛意，卽已轉達朝廷，信使行期，當俟更示。

---

23 餐 : 문맥상 "燦"의 오자인 듯하다.

別幅珍品多謝厚誼。不腆土宜，用信回敬，統希照亮。不備。

　　己酉年三月日

　　禮曹參判<u>金魯淳</u>

　　別幅

　　人參貳觔，虎皮壹張，豹皮壹張，白苧布拾匹，白綿紬拾匹，墨麻布柒匹，白木綿貳拾匹，花席伍張，四張付油芚參部，黃毛筆參拾柄，眞墨參拾笏。

　　際。

　　己酉年三月日

　　禮曹參判<u>金魯淳</u>

　　○ <u>朝鮮國</u>禮曹參議<u>金履正</u>奉復<u>日本國</u> <u>對馬州</u>太守<u>平公</u>閣下．槎使遠至，獲承委翰，憑審興居冲迪，慰沃良多。仍聞貴大君傳序嗣服，增鞏舊緒，其在鄰好，宜馳賀价，而貴國深軫荒年民弊，委報緩期，業已轉聞朝廷，信使前頭行期，當俟後日更示。盛貺益見厚誼，薄儀聊表鄙忱，統希崇亮。不備。

　　己酉年三月日

　　禮曹參判<u>金履正</u>

　　別幅員數同右

朝鮮聘使館浪華記

寶曆十四年春正月壬申，朝鮮聘使始來我浪華。蓋去秋旣聞其發，海程雖遠，舟楫之利，當五六旬如七八旬而來也，而石尤橫暴，陽侯爲祟，淹薄以至今日云。乃迎諸河口，官船四艘：曰浪速，曰紀伊國，一名孔雀，飾艫以孔雀也，曰土优，曰中土优。其他諸侯之所艤者，凡十船，各架飛雲，以夸麗，金鋪珠題，組幃流蘇，競彩爭光，聘使船爲之失色，正使及副從二使諸從者之屬亦皆怩怩，遂各乘之。旣而，鳴鐘鼓，發權謳，齊牽錦纜，容裔以進，對馬侯船爲之先，乃相導以抵浪華橋下。蓋自其發，達吾東都，海路三二，而至此始免于浮家泛宅之窮，則其喜可知矣。官家乃爲命勞饗，館以城西本願寺，寺者衆長者之所營。規模踰溢，金壁之飾，雕鏤之巧，棟、梁、楹、檻、欒、梁、窻、檐、槐，究妙極麗，雖身毒之祇園，支那之靈隱，亦莫以加焉。且自橋至館，其所歷街坊莊麗，加以官命預修飭之，碧瓦堊壁，輪奐一新。是日也，家家揷檠，戶戶張幕，飾以金障畫屏，其爲畫也，春花、秋葉、飛禽、游魚，大之數尺狡猊，盈尋於菟，小之寸人、豆馬、點山、線流，其他佛閣、道觀、秦臺、漢都、戰場、舞庭，其妙不可殫論也。士女則袨服靚粧，扶耄提孺，摩肩接膝，鱗次翼列，以觀其入館，所謂三使及學士、書記，其上官者衣冠儼然，其下者白衣緇笠，其稍優者揷綷羽爲笠耗。鬌髮蠻童，赤鬚醜奴，或執節鉞，或載弩炮，旌旗繽紛，鼓

吹誼譁, 凡其人四百有餘。行伍嚴肅, 整儀爲序, 遂入館, 乃峙八珍,
乃歌≪四牡≫, 饗賜勞逸。六宿而出, 其出之日, 街坊莊飭, 士女袪觀,
亦如其入之日也。於是國人擧嘖嘖然相謂以爲升平之一大盛事也。
顧世不乏能文之士, 必當有記述之以傳不朽者, 小僧不敏, 固非所能
也。雖然厥心淳淳, 馬[24]有不可已者。因亦略記其梗槪, 若其精詳, 則
俟彼能文之士。

　大日本 攝西郡 壘浦 靈松寺沙門義端記。

　○ 附錄

≪託浪華木世肅寄呈朝鮮南時韞學士≫ 二律
　自古明王徧善隣, 于今盛聘遠相親。波濤數阻光陰變, 雲日初和物
侯新。鷁首舟浮迎大使, 鴻臚館闢待佳賓。儼然時有儒冠客, 知是風
流第一人。

≪其二≫
　寒空遙望客星懸, 使斾春來此儼然。欲覓瓊瑤多少報, 謾投桃李後
先篇。小人縱有甗明醜, 大國何無叔向賢。安得一言親執手, 鴻臚館
裡共周旋?

≪觀朝鮮聘使入浪華館≫
　浪華橋畔繋余皇, 兪騎先驅自整行。士女縱觀城外道, 幔帷爭捲館
東坊。畫旗帶雲青龍動, 羽盖含風紫鳳翔。輿馬遲遲天忽暮, 一時齊

---

24 馬 : 문맥상 衍文인 듯하다.

照萬燈光。

≪又觀出館≫
嚴館雞鳴啓曙扉, 誼誼鐘鼓促征衣。河邊芳草烟猶暗, 門外垂楊露未晞。晴色漸迎冠盖動, 春雲忽傍旆旌飛。東都此去千餘里, 玉帛朝來幾日歸?
余旣作韓使館浪華記, 及其入館出館二律, 而餘感未已, 又賦一。

明治六年第十月廿九日, 浪花書肆, 鹿田淸七ぉいて得之。
豊田氏所藏

동도필담
東渡筆談

시문에 뛰어나고 유학적 소양을 가진
승려와의 필담창화

『동도필담(東渡筆談)』은 1764년(영조 40)에 일본 승려인 인정(因靜, 1725~1791)이 에도의 본원사(本願寺)에서 조선 사신과 만나 필담한 내용과 수창한 시문을 기록한 책이다. 이 책은 일본국립공문서관에 소장되어 있고, 1권 1책의 간본(刊本)이다. 한 면에 10행 20자이고, 총 분량은 78면이다. 책의 구성은 시와 문, 그리고 필담으로 되어 있는데, 시가 이 책의 대부분을 차지한다. 시는 총 90수이고, 서신과 서(序)는 5편이며, 필담은 총 8차례 주고받았다.

이 책은 총 네 부분으로 나누어져 있다. 통신사가 2월 16일에 에도에 들어와 천초(淺草) 본원사에서 머물고 있는 동안, 인정은 2월 19일, 22일, 29일, 3월 6일 총 4차례 찾아가 수창하였는데, 차례로 첫 번째 만남[初見], 두 번째 만남[再見], 세 번째 만남[三見], 네 번째 만남[四見]이라는 제목을 붙여 각 장을 구성하였다. 장의 처음과 끝에는 서문과 발문이 실려 있는데, 서문은 마쓰자키 간카이[松崎觀海, 1725~1776]와 미야세 류몬[宮瀬龍門, 1720~1771]이 각각 한 편씩 썼고, 발문격인 「제인정상인시문축후(題因靜上人詩文軸後)」는 조선 서기인 원중거가 썼다. 세 사람 모두 승려가 아닌 유학자라는 점이 특이할 만하다.

필담에 참여한 일본 문사는 인정 한 사람이고, 조선 문사는 제술관 남옥(南玉, 1722~1770), 서기 성대중(成大中, 1732~1812)·원중거(元重擧, 1719~1790)·김인겸(金仁謙, 1707~1772), 정사 조엄(趙曮)의 족질인 조성빈(趙聖賓)으로 총 5명이다.

이 책의 저자인 인정은 자가 사자후(獅子吼)이고, 호가 동도(東渡)이다. 에도의 천초(淺草) 사람이라고 전해오며, 종파는 정토종(淨土宗)이다. 조선 사신이 왔을 때는 강호 증상사(增上寺)에서 수행하고 있을 때였다. 인정에 대해서는 잘 알려져 있지 않지만 이 책을 통해 그의 면모를 확인해 볼 수 있다.

먼저, 인정은 백성을 제도(濟度)하는 일을 열심히 하였고 여력으로 시문을 짓는 것을 매우 좋아하였다. 미야세 류몬은 서문에서 '스님의 도는 속세의 속박에서 벗어나고 습장(習障)을 깨끗이 제거하여 시비이해(是非利害)에 마음이 초연(超然)하여 멍하니 사생(死生)을 잊은 듯하였다.'라고 하여 스님의 본업인 수행을 열심히 하고 있음을 시사하였고, 마쓰자키 간카이는 서문에서 '여력(餘力)으로 예문(藝文)에 뛰어나 조선 사신과 창수(唱酬)함에 내뱉는 말이 금가루가 쏟아져 나오듯 영기(英氣)가 왕성하여 그치지 않으니 얼마나 건장한가!'라고 하여 수행을 열심히 할 뿐만 아니라 시문에도 매우 뛰어나다고 하였다. 실제로 이 책에 기록된 수창시 90수중에 절반이 넘는 53수가 인정의 시이고, 문(文)은 4편이다. 하지만 인정은 자신의 본업에 충실할 뿐 시문을 짓는 일은 여가임을 강조하였다. 그의 시 중에 '참선을 마친 뒤[禪餘]'라는 시어가 총 4차례 보이고, 미야세 류몬의 서문에서도 시문을 짓는 것을 스님의 풍류라고 표현하였다.

두 번째로, 스님임에도 불구하고 모친에게 효도를 다하였다. 조선 사신이 인정에게 호두를 주었는데 모친에게 가져다드리기 위해 먹지 않고 소매에 넣자, 남옥은 육적(陸績)의 회귤(懷橘) 고사에 빗대어 어머니에게 효도하는 마음에 감동하였다고 하였다. 육적의 회귤 고사는 6세의 어린 육적이 원술(袁術)을 찾아갔는데, 원술이 귤을 주자 먹지 않고 어머니에게 가져다드린 고사를 말한다. 이 때문에 원중거는 「제인정상인시문축후」에서, '부모님께 효도하고 어른을 공경하며 인의(仁義)를 사모하고 경전에 뜻을 둔다면 불자(佛者)라도 유자(儒者)라 할 수 있다.'라고 하였고, 또 '안은 유자이고 겉은 불자이다.'라고 하였으니, 이는 속세를 버리고 출가한 스님이지만 유교적 정신은 유학자 못지않게 훌륭함을 드러낸 말이라 할 수 있다.

1764년 조선 통신사가 일본에 왔을 때는 일본 한문학의 수준이 정점에 올라 전에 비해 개인의 필담창화 능력이 향상되었고 작가가 다양해짐에 따라 승려도 필담에 참여하는 경우가 많았다. 이전 시기에는 승려로서 독자적인 필담집은 간혹 있었으나, 이때에 오면서 『동도필담』 이외에 『평우록(萍遇錄)』이 등장하였으니, 이를 통해 당시 승려들의 문학 참여가 활발해졌음을 알 수 있다.

동도필담서(東渡筆談序)

귀산(龜山) 송기유시(松崎惟時)[1] 찬

동도(東渡) 스님이 조선 사신과 주고받은 필담(筆談)과 시문을 나에게 주면서 서문을 쓰라고 하였다. 내가 받아 읽어보니 글이 훌륭하여 매우 즐거웠다. 스님은 서방(西方)의 학문을 닦아 제도(濟度)를 업으로 삼아, 티끌과 먼지, 지게미와 겨로 글을 빚어내는 것[2]을 한 번 '푸'하고 부는 것처럼 쉽게 여겼다. 그러니 만약 구구한 문장의 법도를 끌어다 논한다면 어찌 천리 차이만 날 뿐이겠는가.

나는 무사(武士)이다. 성인의 도를 배웠지만 성품이 나약한데다 어

---

1 송기유시(松崎惟時) : 송기관해(松崎觀海, 마쓰자키 간카이, 1725~1776). 단파(丹波) 소산인(篠山人)으로, 이름은 유시(惟時), 자는 군수(君脩), 호는 관해(觀海)이다. 저서에 『관해선생집(觀海先生集)』이 있다.

2 티끌과……여겼다 : 세상의 명예를 초탈하여 글 짓는 것을 매우 쉽게 여겼다는 말이다. 『장자(莊子)』 「소요유(逍遙遊)」에 "그 사람은 먼지와 때 그리고 쭉정이와 겨 같은 것을 가지고도 장차 요순을 빚어낼 수 있는 분인데, 뭣 때문에 외물을 일삼으려고 하겠는가. [是其塵垢秕糠, 將猶陶鑄堯舜者也, 孰肯以物爲事?]"라고 한 말과, 『장자』 「즉양(則陽)」에 "피리를 불면 높게 울리는 소리가 나지만, 칼자루의 구멍을 불면 '푸' 하고 가느다란 소리가 날 뿐이다. 요순(堯舜)은 사람들이 칭찬하는 바이지만, 요순을 대진인(戴眞人) 앞에서 말하는 것은 마치 '푸' 하고 가느다란 소리를 내는 것과 같다. [夫吹筦也, 猶有嗃也 ; 吹劍首者, 吷而已矣。堯舜, 人之所譽也, 道堯舜於戴晉人之前, 譬猶一吷也。]"라고 한 말을 차용하였다.

려서 힘을 떨치지 못해 무예가 볼 만한 것이 없었고, 게다가 병과 피로로 나이 마흔에 혈기가 점차 쇠해졌다. 그런데 다행히 태평한 시대를 만나 그럭저럭 하루를 보내고 있으니, 만에 하나 문록(文祿)의 변(變)[3]과 같은 일이 일어난다면 무슨 재주로 앞장서서 적의 목을 베어 귀장군(鬼將軍)[4]의 뒤를 따르겠는가. 이는 나의 직분을 저버리는 것이다. 또 내가 고을을 다스림에 아주 조금의 효과도 없으니 이는 배운 것을 저버리는 것이다. 그런데도 공문서만 쌓아둔 채 오히려 얼마 안 되는 녹을 받아먹으며 떠나지 못하고 있었다.

조선 사신이 도성에 들어와 조알할 때에 나가서 보지 못했다. 또 말타기와 활 솜씨가 뛰어나다는 말을 듣고는 윤원(輪苑)에서 무예를 익히는 것을 보고자 했는데 때마침 숙직을 하게 되어 볼 수 없었다. 떠날 때에야 겨우 돌아가는 행차를 한 번 볼 수 있었다. 그러니 어찌 홍려관(鴻臚館)을 왕래하면서 수창하는 우아함을 다 누릴 수 있기를 바라겠는가. 근래에 시상(詩想)이 날로 줄어들어 시 한 편을 지으려 해도 며칠 동안 끙끙 앓으니, 가령 벼슬살이에 여가가 있더라도 어찌 멀리에서 온 손님과 잠깐사이에 민첩함을 다투겠는가.

스님의 나이는 나와 비슷하지만 그 업에 정진하여 배운 것을 저버리지 않았다. 게다가 여력(餘力)으로 예문(藝文)에 뛰어나 조선 사신과

---

3 문록(文祿)의 변(變) : 임진왜란을 말한다. 문록(文祿)은 일본 후양성(後陽成)의 연호인데, 원년이 1592년이다.

4 귀장군(鬼將軍) : 가등청정(加藤清正, 가토 기요마사, 1562~1611)을 가리킨다. 도요토미 히데요시의 가신으로 임진왜란 때 선봉장을 맡은 장수이다. 청장관전서 권55에 "도진 의홍(島津義弘)이 포위망을 뚫고 나와서 적 3만 8천을 토멸하고 코를 베어 일본으로 보내왔으므로, 이국인이 도진을 귀사만자(鬼思蠻子)라 부르고 가등청정을 귀장군(鬼將軍)이라 불렀다."라고 하였다.

창수(唱酬)함에 내뱉는 말이 금가루가 쏟아져 나오듯 영기(英氣)가 왕
성하여 그치지 않으니 얼마나 건장한가. 나는 이러한 점에서 스님에
게 부끄럽다. 스님의 업(業)은 사생(死生)이 큰일인데도 사생에 따라
변하지 않거늘 하물며 다른 것에 있어서이겠는가. 그런데도 정성스럽
게 나의 한 마디 말을 요구하니, 불교에서 말하는 숙업(宿業)의 습기(習
氣)[5]인가. 나는 작은 나라의 배신(陪臣)이어서 스님을 돋보이게 할 수
없으니 이 때문에 스님에게 거듭 부끄럽다. 그러나 글은 꼭 훌륭한 사
람을 빌어야 후세에 전해지는 것은 아니다.

---

5 숙업(宿業)의 습기(習氣) : 불교 용어로, 숙업은 전세에 행한 선악(善惡)의 행업(行業)
이고, 습기는 번뇌이다.

동도필담서(東渡筆談序)

유유한(劉維翰)[6] 찬

　　인정(因靜) 스님이 『동도필담』을 가지고 와서 나에게 말하기를, "이 것은 제가 조선 사신과 창수한 시문을 엮어서 만든 책입니다. 이미 송기군수(松崎君脩)에게 부탁하여 서문을 받았습니다. 그대와 군수(君脩)는 진실로 질나팔과 젓대처럼 통하는 정의(情誼)가 있으니, 저는 반드시 그대의 서문을 구하여 아름다움을 짝하고자 합니다. 이는 저의 불후한 작품이 될 것이니 저의 바람을 거절하지 마십시오." 하였다. 내가 받고서는 먹을 것도 잊고 여러 번 읽어보았다. 나는 '스님의 도는 속세의 속박에서 벗어나고 습장(習障)을 깨끗이 제거하여 시비이해(是非利害)에 마음이 초연(超然)하고 멍하니 사생(死生)을 잊은 듯하였다. 그런데도 오히려 보잘것없는 나에게 부탁하여 번객(藩客)을 한 번 시험하니, 조그만 이름을 세상에 자랑하려는 것인가. 어찌하여 백면서생의 작은 재주를 기대하는가?' 하고 생각하였다. 그런데 다 읽어 보고서야 스님은 물아(物我)의 경계를 모두 잊어버린 듯하나[7] 진실로 좋아

---

6 유유한(劉維翰) : 궁뢰용문(宮瀨龍門, 미야세 류몬, 1720~1771). 자는 문익(文翼), 호는 용문(龍門)이다. 『동사여담(東槎餘談)』을 저술하였다.

하는 것에는 사랑을 끊지 못함을 알게 되었으니 어찌 감정이 일어나는 데도 목석(木石)처럼 가만히 있을 수 있었겠는가. 부탁한 이유가 그 이름을 불후하게 남기는 데 불과일 뿐임을 알게 되었다.

　대저 이름이란 실제에 대해서는 손님이라고 할 것인데[8] 몸을 장차 잃는다면 이름을 어디에 쓰겠는가. 비록 그러하나 사람은 본디 감정이 있으니 일어나는 그 감응을 그칠 수 없을 것이다. 도인(道人)을 세속 사람이 어찌 헤아리겠는가. 이렇게 스님을 보는 것이 옳은지 모르겠고, 이렇게 스님을 지적하는 것이 또 옳은지 모르겠다.

　스님은 문자의 업에 힘써서 오도(吾道)를 공부하고 다른 나라 사람에게 확인하였다. 이것이 이른바 숙업(宿業)을 제거하지 못하는 것인가? 이는 아마도 스님의 풍류일 것이다. 그 도를 귀하게 여겨 진실로 공부하고 유희삼매(遊戱三昧)[9]하니 스님의 풍류를 알 수 있다. 이미 군수가 서문을 썼으니, 내 말은 군더더기일 뿐이다.

7　물아(物我)의……듯하나 : 『장자(莊子)』「제물론(齊物論)」에 "남곽자기가 궤안에 기대어 앉아 하늘을 우러러 숨을 내쉬는 그 모습이 마치도 물아(物我)의 경계를 모두 잊어버린 듯하였다.[南郭子綦隱机而坐, 仰天而噓, 嗒焉似喪其偶.]"라는 말이 나온다.

8　대저……할 것인데 : 이름은 실상에 있어서는 부수물에 불과하다는 말이다. 『장자』「소요유(逍遙遊)」에 "이름이란 실제에 대해서는 손님이라고 할 것인데, 나보고 장차 손님이 되라고 하는 말인가.[名者, 實之賓也, 吾將爲賓乎?]"라는 말이 나온다.

9　유희삼매(遊戱三昧) : 원래는 배우(俳優)가 오로지 연기(演技)에 몰두하는 것을 이르는데, 여기서는 문학에 흥미를 집중함을 말한다.

동도필담(東渡筆談)

일본 승려 동도(東渡) 인정(因靜) 저(著)

첫 번째 만남

보력(寶曆) 14년(1764) 2월 16일에 조선 사신이 동도(東都)에 들어 왔다. 그달 19일에 내가 본원사(本願寺)에 가서 대마(對馬) 서기 소림눌재(小林吶齋)[10]를 빈관(賓館)에서 만나고 그의 소개로 학사 및 세 서기를 보았다. 통역자가 자리에서 날씨이야기를 통역하였다. 눌재가 붓과 벼루를 달라고 하니 아이가 주자, 내가 곧 다음과 같이 썼다.

조선 학사 및 세 서기께 아뢰다

여러분들이 삼사(三使)를 따라 만리 대해(大海)를 건너올 때에 배는 아무 탈 없고 옥절(玉節)은 빛났습니다. 한 해가 가고 봄이 오는 이때에 일본을 방문하여 주시니 진실로 양국의 복이요 또한 온 백성의 경사입니다. 비록 이역의 봄빛이 정말 아름답긴 하지만 어찌 당신 나라

---

10 소림눌재(小林吶齋) : 임사가(林思可)로, 대마도서기이다.

만 하겠습니까. 제가 다행스럽게도 동도(東都)에 있으면서 이 훌륭한
예를 보았고 공들을 보고서 시문으로 사귈 수 있게 되었으니 일대의
아름다운 만남입니다. 그대들의 성명을 말 대신 글로 써 주시길 원합
니다. 굳이 통역자를 수고롭게 할 필요가 있겠습니까? 저는 이름은 인
정(因靜)이고, 자는 사자후(獅子吼)이며, 호는 동도(東渡)입니다.

　저는 성은 남(南)이고, 호는 추월(秋月)입니다. 학사
　저는 성은 성(成)이고, 호는 용연(龍淵)입니다. 서기
　저는 성은 원(元)이고, 호는 현천(玄川)입니다. 서기
　저는 성은 김(金)이고, 호는 퇴석(退石)입니다. 서기

석상에서 남추월께 드리다
席上奉呈秋月南公

동도

봄철에 난새와 봉황이 금당에 내려와	春天鸞鳳下金堂
신선 뗏목 동해 가에 잠시 매어 두었네	暫繫仙槎東海傍
양국이 서로 기뻐함은 주나라 예악이요	二國交歡周禮樂
삼태[11]같은 사신은 한나라 현량이라네	三台冠盖漢賢良
꽃이 강 북쪽에 피니 멀리 천리 그립고	花開江北思千里
시경 소남편 배워 사방을 유람하네[12]	詩學召南遊四方
성 위에 모인 사성 비로소 보았으니	始見使星城上聚

11 삼태(三台) : 삼태성(三台星)으로 인간의 정승을 맡은 별이다.
12 시경은……유람하네 :「소남(召南)」은『시경(詩經)』국풍(國風)의 편명으로, 소공(召
公)이 유람하면서 선정(善政)을 베푸는 내용이 많다.

금조에 태사가 명광전¹³에 아뢰리라 今朝太史奏明光

동도 스님에게 차운하다
次東渡上人

추월

가는 대 시든 매화 석당을 둘렀는데　　　　　細竹衰梅遶石堂
스님과 객이 향로연기 옆에 왔네　　　　　僧來客到篆煙傍
서봉의 도려는 지금의 문창¹⁴이요　　　西峰道侶今文暢
남국의 호유는 옛 초의 진량¹⁵이네　　南國豪儒舊楚良
사귀면서 격조 다르다 말하지 말게　　　　交誼未須論異調
맑은 인연 이방인에게 의탁한다오　　　　淨緣抑且託殊方
같이 온 이들도 공문의 짝이라　　　　　同程亦有空門伴
마주함에 눈썹에서 빛이 나려하네¹⁶　相對眉毫欲放光

선사와 시골아이가 찾아왔고, 자리에 또 만년사(萬年寺)의 중 춘계(春溪)가 있었기 때문에 이렇게 말한 것이다.

---

13 명광전(明光殿) : 한(漢)나라 때의 궁전 이름이다. 미앙궁(未央宮) 서편에 위치한 궁전으로 발을 금과 옥, 진주 등으로 만들어 쳐서 밤낮 없이 빛나고 밝기 때문에 붙여진 이름이다.

14 문창(文暢) : 문창은 당대(唐代) 승려의 법호인데, 한유가 일찍이 그와 교유하고 그를 보내는 서(序)를 지어서 그의 좋은 점을 칭찬해 주었다.

15 진량(陳良) : 전국 시대 비속(鄙俗)한 남초(南楚) 지역 사람으로 공자(孔子)의 도를 좋아하여 문명(文明)한 중국에 북학(北學)했던 재덕(才德)이 출중한 학자로 제자인 진상(陳相)이 자기 스승의 도를 배반하고 이단자(異端者)인 허행(許行)의 도를 배우므로, 맹자(孟子)가 그를 꾸짖은 기록이 있다. 『孟子 滕文公上』

16 눈썹에서 빛이 나려하네 : 부처의 미간(眉間)에 흰 털이 있는데, 거기에서 밝은 빛이 난다고 한다.

다시 전운을 써서 추월의 화답시에 답하다
再用前韻奉答秋月見和贈

동도

허순과 지둔[17]이 봄에 법당을 찾아와	許詢支遁訪春堂
금석으로 한묵 곁에 여럿이 함께 모였네	金錫群停翰墨傍
시 지어 상수에 띄운 굴원 가련히 여기고	詩賦浮湘憐屈子
우호 다지며 한나라 부지한 장량 추억하네	會盟扶漢憶張良
비룡은 촛불 머금고 동쪽 바다에 노닐고	飛龍含燭遊東海
기러기는 서신 가지고 북방으로 돌아가네	過雁懸書歸北方
초나라 곡조로 다시 와 일월과 빛 다투는데	楚調申來爭日月
범문으로 애오라지 빛나는 채색 붓 대하네	梵文聊接彩毫光

다시 동도에게 화답하다
再和東渡

추월

객중에 봄 계절 그럭저럭 지나가니	客中春序去堂堂
떠도는 자취 너른 바다를 배회하네	浪跡徘徊積水傍
소순의 기운[18]은 총령[19]처럼 깨끗하고	蔬筍氣看葱嶺淨

---

17 허순과 지둔 : 모두 동진(東晉) 때의 사람으로 허순(許詢)은 이름은 현도(玄度)이고,
자가 허순이다. 지둔(支遁)은 진류(陳留) 사람으로 자는 도림(道林), 본성은 관씨(關氏)
인데 여항산(餘杭山)에 은거하여 도를 닦았으며, 학과 말을 좋아하였다 한다. 허순이
승려 지도림(支道林, 지둔)과 교유하면서 청담(淸談)으로 일세를 풍미하였는데, 유윤(劉
尹)이 그에 대해서 "맑은 바람과 밝은 달을 대하노라면, 문득 현도가 생각난다.[淸風朗
月, 輒思玄度.]"라고 평한 말이 유명하다. 『世說新語 言語』
18 소순(蔬筍)의 기운 : 채소나 죽순만 먹고 육식(肉食)을 하지 않는 중의 맑은 풍기(風氣)

편남의 재목[20]은 초산의 목재라네 　　　楩枏材識楚山良

운림의 성업으로 모든 망상 비우니 　　　雲林性業空諸妄

대방가의 호해의 시편에 부끄럽네 　　　湖海詩篇愧大方

만리 먼 길에 귀밑머리만 셌으니 　　　萬里但贏華鬢得

선사에 의지하여 불법 묻고자 하네 　　　憑師惟欲問金光

석상에서 성용연께 드리다
席上奉呈龍淵成公

동도

사신으로 새해에 원유편[21] 읊조리니 　　　奉使新年賦遠遊

대동의 문물 조선의 풍류를 접했네 　　　大東文物接風流

청운의 길 곁에서 여러 현자 만나니 　　　青雲路傍群賢直

명월주[22]를 동조[23]에게 던져주네 　　　明月珠隨同調投

만리에서 사귀니 제노의 땅[24]이요 　　　萬里結交齊魯地

를 뜻한다.

19 총령(葱嶺) : 파미르 고원이다. 인도에 있는 산으로 석가가 수행한 곳이다.

20 편남(楩枏)의 재목 : 좋은 재목감이 되는 편나무와 녹나무로, 훌륭한 인재를 뜻한다.

21 원유편(遠遊篇) : 『초사(楚辭)』의 편명이다. 이편은 굴원(屈原)이 자기의 방직(方直)한 행동이 세상에 용납되지 못하여 심정을 호소할 곳이 없으므로, 자신이 선인(仙人)을 짝하여 천지를 두루 돌아다니는 내용으로 지은 것이다.

22 명월주(明月珠) : 아름다운 시문을 말한다. 명월주(明月珠)는 대합에서 나오는 진주 비슷한 구슬로 밤에도 환히 비치는데, 명월주(明月珠)나 야광벽(夜光璧)을 밤중에 갑자기 사람 앞에 던져 주면 사람들이 깜짝 놀라 사방을 두리번거린다는 고사가 있다. 『史記卷83 魯仲連鄒陽列傳』

23 동조(同調) : 취향이 서로 같은 사람을 말한다.

24 제노(齊魯)의 땅 : 제나라와 노나라는 공자(孔子)와 맹자(孟子)가 출생한 지역으로 문

천년의 정사 형제의 고을[25]이네　　　　　千秋爲政弟兄州

그대 부사산에 쌓인 봄 눈 보게나　　　　請看芙嶽春天雪

영곡[26]에 화답할 시인 멀리서 찾았구나　　和郢遙邀騷客求

인정 스님에게 화답하다
和靜上人

용연

비 온 뒤 선방에 좋은 놀이 마련하니　　　雨後禪房辨勝遊

향로연기 짙은 곳에 경쇠소리 울리네　　　篆煙凝處磬聲流

선정(禪定) 마친 가사 처음 만나 기쁘고　　袈裟出定欣初見

침개[27]처럼 인연 따라 불교 귀의 즐겁네　　針芥隨緣喜西投

만리 구름과 놀은 섬나라에 떠있고　　　　萬里雲霞浮海國

봄이라 매화와 버들 강가에 흩날리네　　　一春梅柳散江州

석양에 주렴 사이로 솔 주미 휘두르니　　　半簾斜日揮松塵

교(文敎)가 성행하였기 때문에 학자가 많이 배출되어 예교(禮敎)가 성행하는 지역을 일
컫는 말로 쓰인다.

25　형제의 고을 : 『논어』「자로(子路)」에 "노나라와 위나라의 정사는 형제처럼 비슷하다.
〔魯衛之政, 兄弟也.〕"라고 평한 공자(孔子)의 말이 나온다.

26　영곡(郢曲) : 백설가(白雪歌)로, 고상한 시를 가리킨다. 초(楚)나라의 서울인 영(郢)에
서 어떤 사람이 노래를 잘 불렀는데 처음에는 보통 유행가인 하리(下里)·파인(巴人) 같
은 것을 불렀더니, 같이 합창하는 자가 수백 명이었다. 그러나 수준이 높은 노래를 부르
니 따라서 합창하는 자가 10여 명에 지나지 않았고, 양춘(陽春)·백설(白雪)이라는 최고
급의 노래를 부를 적에는 따라 부르는 자가 아주 없었다 한다.

27　침개(針芥) : 자석(磁石)은 철침(鐵針)을 잘 흡인(吸引)하고, 호박(琥珀)은 개자(芥子)
를 잘 습득(拾得)한다는 데서 온 말로, 사람의 성정이 서로 잘 투합(投合)함을 비유한
말이다.

시 흥취 애오라지 그대 따르며 찾으리라　　　　　詩趣聊從爾後求

다시 전운을 써서 용연의 화답시에 답하다
再用前韻奉答龍淵見和贈

동도

급원[28]에서 누가 이응과 함께 노니는가　　　　給園誰并李膺遊
함께 용문에 이르러 푸른 물길 마주했네　　　　共到龍門對碧流
종이의 글은 사람 만나면 줄 수 있지만　　　　詞簡逢人堪可授
옷 속의 보주[29] 세속과 섞였으니 어이 합할고　　衣珠混俗豈容投
시는 흰 머리 삼천 장이 돼서야 이루었으니[30]　詩成白髮三千丈
이름이 청정 육십주[31]에 가득 차겠구나　　　　名滿靑蜓六十州
후대의 사문 아직도 실추되지 않았으니　　　　末代斯文猶未墮
동서에서 재회하면 어렵지 않게 찾으리　　　　東西再會不難求

---

28 급원(給園) : 기수급고독원(祇樹給孤獨園)의 준말로, 일반적으로 절을 말한다. 옛날
　 인도 기타태자(祇陀太子) 소유의 원림(園林)을 수달급고독(須達給孤獨) 장자(長子)가
　 사서 석가(釋迦)에게 기증한 승원(僧院)이다.
29 옥 속의 보주 : 불성을 뜻하는 말이다. 『법화경(法華經)』 「오백제자수기품(五百弟子授
　 記品)」에 "속옷 속에 값으로 따질 수 없는 보주가 있는 것을 알지 못한다.[不覺內衣裏
　 有無價寶珠]"라는 말이 나온다.
30 시는……이루었으니 : 시를 짓느라 고심하여 흰 머리가 늘어났다는 말이다. 이백(李白)
　 의 시에 "나의 백발 보소 무려 삼천 장, 시름 속에 이처럼 자라났다오.[白髮三千丈, 緣愁
　 似箇長.]"라는 유명한 구절이 나온다. 『李太白集 卷7 秋浦吟』
31 청정 육십주 : 일본의 60주를 가리킨다. 일본의 지형이 잠자리 모양처럼 생겼기 때문에
　 붙여진 이름이다.

다시 동도에게 화답하다
重和東渡

용연

붕새와 뱁새는 저마다의 하늘에서 노닐고	神鵬斥鷃各天遊
넘실대는 바다는 뭇 물줄기 받아들이네	蕩潏溟波納衆流
상쾌한 홍취로 한적한 곳 따라 머물고	快興還從閑界住
청정한 인연으로 도심과 투합한다오	淨緣惟向道心投
백련결사에서는 원량을 초대하고[32]	蓮花社裡招元亮
뜰 앞 잣나무에는 조주를 생각하네[33]	柏樹庭中憶趙州
마니주[34]를 늘 소매에 쥐고 있으면	但使尼珠長在袖
설산[35]에서 귀로 찾기 어렵지 않으리	雪山歸路不難求

---

32 백련결사에서는……초대하고 : 원량(元良)은 도잠의 자이다. 혜원법사가 여산(廬山)
의 동림사(東林社)에서 혜영(慧永)·혜지(慧持)·유유민(劉遺民)·뇌차종(雷次宗) 등 고
사(高士)들과 함께 백련사(白蓮社)를 결성하고는 도잠을 부르자, 도잠이 "만일 나에게
술 마시는 것을 허락해 준다면 즉시 가겠다." 하니, 혜원법사가 그것을 허락해 주었다고
한다. 『廬阜雜記』

33 뜰 앞……생각하네 : 조주(趙州)는 조주(趙州)의 관음원(觀音院)에 주석하면서 조주
고불(趙州古佛)의 명호를 얻은 당(唐)나라의 선승(禪僧) 종심(從諗)을 가리킨다. 승려
하나가 조주에게 "달마가 서쪽에서 온 뜻[祖師西來意]이 무엇이냐?"고 묻자, "뜰 앞의
잣나무[庭前柏樹子]"라고 대답한 유명한 일화가 있다.

34 마니주(摩尼珠) : 불교 용어로, 즉 여의주(如意珠)를 가리킨다. 마니주는 본디 용왕(龍
王)의 뇌 속에서 나온 것이라 하는데, 이것을 몸에 지니면 모든 일이 뜻대로 된다하여
붙여진 이름이다.

35 설산(雪山) : 희말라야 산으로 부처가 여기에서 6년간 수행했던 곳이다. 여기에서는
일본을 가리킨다.

석상에서 원현천께 드리다
席上奉呈玄川元公

동도

금수화가 상객을 맞이하여 피니	金樹花迎上客開
문인들 범왕대[36]에서 서로 만났네	詞壇相接梵王臺
하늘에 드리운 날개 서천에서 펼쳐	垂天翼自西天展
바다 건너는 마음으로 동해에 왔네[37]	蹈海心連東海來
조빙에 풍운의 명사들이 모였으니	朝聘風雲名士會
일월과 빛 다툴 문장 대부의 재주네	文章日月大夫才
천하의 어룡들이 모두 다 형제이니	魚龍萬里皆兄弟
누대 올라 왕찬처럼 슬퍼하지 않으리[38]	不用登樓王粲哀

---

36 범왕대(梵王臺) : 사찰을 말한다.

37 하늘에……왔네 : 조선에서 훌륭한 분이 일본에 왔다는 말을 붕새와 노중련(魯仲連)의 비유를 들어서 표현하였다. 붕새의 비유는 『장자(莊子)』「소요유(逍遙遊)」에 "붕새가 한 번 힘을 내어 날아오르면 그 날개가 마치 하늘가에 드리운 구름과 같다."고 하였고, 노중련의 비유는 제(齊)나라 고사(高士)인 노중련이 "진(秦)나라가 방자하게 황제를 칭한다면 나는 동해를 밟고 빠져 죽겠다."라고 하니, 진나라 장군이 이 말을 듣고 군사를 50리 뒤로 물렸다고 한다. 『史記 卷83 魯仲連列傳』

38 누대……않으리 : 고향 그리워 슬퍼하지 않겠다는 말이다. 자(字)가 중선인 후한 말 위(魏)나라 왕찬(王粲)이 동탁(董卓)의 난리를 피하여 형주(荊州)의 유표(劉表)에게 가서 몸을 의탁하고 있을 적에, 유표에게 그다지 중한 대우를 받지 못하는 가운데 고향 생각이 절실해지자, 강릉(江陵)의 성루(城樓)에 올라가서 고향 하늘을 바라보며 「등루부(登樓賦)」를 지은 고사가 있다. 『三國志 卷21 魏書 王粲傳』『文選 卷11』

인정 스님에게 화답하다
和靜上人

현천

빈연 열려 길게 읍하며 한 번 웃고	長揖賓筵一笑開
부슬비 막 개여 누대 나선다오	新晴小雨出樓臺
절의 중은 삼화수[39] 가져왔고	琳宮釋併三花至
옥절 가진 사람 사신 따라 왔네	玉節人從四牡來
홍법대사[40]의 진여[41]는 도계 나누었고	弘法眞如分道界
조계종의 정맥은 재주 있는 선사 모았네	曹溪正脉集禪才
서로 만났으니 돌아가려는 뜻 묻지 말라	相逢莫問歸人意
섬나라 아침에 외기러기의 슬픔 들으랴	水國朝聞獨雁哀

다시 전운을 써서 현천의 화답시에 답하다
再用前韻奉答玄川見和贈

동도

꽃 아래 글 자리 몇 번이나 열었던가	花底詞筵幾度開
시 완성하면 응당 초왕대[42] 기억하리	詩成應憶楚王臺

---

39 삼화수(三花樹) : 곧 패다수(貝多樹)로 일 년에 세 차례 꽃이 피어 이름 붙인 것이다. 여기서는 시문을 가리킨다.

40 홍법대사 : 일본의 중 공해(空海)의 시호(諡號)로 중국을 거쳐 인도에 들어가서 종법(宗法)을 배워 가지고 돌아와서 불교를 크게 발전시켰고, 일본 진언종(眞言宗)을 확립하고, 전등대법사(傳燈大法師)라는 칭호를 받았다.

41 진여(眞如) : 불가(佛家)의 용어로, 일체만유(一切萬有)의 변하지 않는 근본 체성(體性)을 말한다.

42 초왕대(楚王臺) : 사천성(四川省) 무산현(巫山縣)에 있는 누대로, 초나라 양왕(襄王)

북쪽 땅 명나라에서 글 논하는 것 마치고　皇明北地論文罷
일본 동림사에서 술 가져오라 허락했네　日本東林許酒來
부질없이 타향에서 형제의 의리43 맺으니　空結他鄉春艸夢
훗날 훌륭한 재주 헤아리기 어려우리　難裁異代碧雲才
두 나라 사이 금석 날릴 방법 없기에　雙邦無路飛金錫
멀리 선심을 달에 부쳐 슬퍼하노라　遙寄禪心與月哀

첩운하여 동도에게 답하다
疊酬東渡

현천

석상에서 마니주 펼쳐 보여주시니　惟許摩尼席上開
동풍에 꽃 떨어져 층대를 덮구나　東風花落覆層臺
물수리는 석양사이로 큰 날개 펴고 가고　鶚侵斜日垂雲去
제비는 새 집 다지고 나무 건너 오네　燕蹴新泥度樹來
지혜의 길을 아무 말 없이 증명하니　慧路知從無說證
불경공부44는 지관45의 재주라야 하는 법　修羅元是止觀才

이 꿈속에서 신녀(神女)를 만났다고 하는 곳이다.

43 형제의 의리[春草夢] : 원문의 춘초몽은 형제를 그리워하는 마음을 표현할 때 흔히 쓰인다. 남조(南朝) 시대 송(宋)나라의 시인인 사영운이 족제(族弟)인 사혜련(謝惠連)과 아주 가깝게 지냈다. 사영운이 시를 짓다가 막혔는데, 꿈속에서 사혜련을 보고 '연못에는 봄풀이 새로 돋았네.[池塘生春草]'란 시구를 얻었다고 한다.

44 불경공부[修羅] : 수다라(修多羅)의 준말로, 불교의 경전을 말한다.

45 지관(止觀) : 천태종(天台宗)의 개념으로, 지(止)는 모든 번뇌를 끝내는 것이고, 관(觀)은 자기의 천진심(天眞心)을 관찰하는 것이다. 여기서는 참선을 통한 깨달음을 뜻한다.

천년의 가섭[46]이 바다 건너오길 기다리니　千年迦葉遲浮海
순간의 섬광같은 생사를 슬퍼하랴　石電光中生死哀

석상에서 김퇴석께 드리다
席上奉呈退石金公

동도

꽃 핀 비각에 불일[47]이 높이 떠있으니　飛閣花開佛日高
불법 논한 허순의 기운 얼마나 호탕한가　許詢論法氣何豪
쌍룡과 멀리에서 만나니 새로 알아 즐겁고　雙龍遙合新知樂
봉황들과 친히 만나니 옛날의 문장가라　群鳳親逢舊彩毫
강좌의 봄 구름은 옥패 맞이하고　江左春雲迎玉佩
성 동쪽 흰 눈은 비단 도포 비추네　城東白雪映金袍
오색 아름다운 문장은 그대의 일이요　文章五色君家事
옷 속의 밝은 보주 우리들 것이라네　衣裡明珠屬我曹

---

46 가섭(迦葉) : 마하가섭이라고도 하며 석가의 10대 제자 중 한 사람이다. 본래 바라문으로서 석존(釋尊)이 성도(成道)한 지 3년쯤 뒤에 귀의하여, 부처의 심인(心印)을 전해 받았다. 『전등록(傳燈錄)』에 "세존(世尊)이 영산(靈山)의 모임에서 꽃을 뽑아 뭇사람들에게 보이니 이때 모두가 묵연하였는데 유독 가섭존자(迦葉尊者)만이 파안미소(破顏微笑)하였다." 하였다.
47 불일(佛日) : 부처의 지혜, 불교의 진리를 말한다. 법력(法力)이 널리 중생을 제도함이 마치 대지를 고루 비추는 태양과 같다는 말이다.

인정 스님이 보여주신 운에 화답하다
和靜上人贈示韻

퇴석

허연[48]의 풍류는 본래 높지 않으나	許掾風流本不高
혜원의 재격은 정말 호매하다오	遠公才格一何豪
행인의 손에는 웅건한 필치 없는데	行人手裡無花筆
시승의 눈썹 사이에는 백호[49] 있네	韻釋眉間有白毫
그대는 선산에서 석장 날리고 왔는데	來自仙山飛錫杖
연막[50]에 오래 머무른 연 도포 부끄럽네	久淹蓮幕愧荷袍
기쁘다 시인의 묘한 흥치 터득하였으니	喜君透得詩家妙
민첩한 재주 칠보시의 조식[51] 같으리	才捷應同七步曹

다시 전운을 써서 퇴석의 화답시에 답하다
再用前韻奉答退石見和贈

동도

화답시 이루고서 고상한 영곡(郢曲) 알았고	和成初識郢中高
백설가[52] 자랑하니 흥취 또한 호탕하네	白雪相誇興亦豪

---

48 허연(許掾) : 허순(許詢)의 별칭이다.

49 백호(白毫) : 불가(佛家) 용어로서, 부처의 미간(眉間)에 있어 빛을 발하여 무량(無量)의 국토(國土)를 비춘다는 흰 털을 말한다.

50 연막(蓮幕) : 막부(幕府)를 뜻한다. 남제(南齊) 때 왕검(王儉)의 막부를 연화지(蓮花池)라고 일컬은 고사에서 비롯된 것이다. 『南史 卷49 庾杲之傳』

51 칠보(七步)시의 조식 : 시문(詩文)을 민첩하게 지은 조식(曹植)과 같은 재주를 말한다. 위(魏)나라 조식(曹植)이 그의 형인 문제(文帝)에게 핍박을 받으며 일곱 걸음을 걷는 사이에 시를 지었던 고사에서 유래한다. 『世說新語 文學』

독보적인 풍류는 탁석[53]을 뛰어넘고	獨步風流違卓錫
백년의 의발은 휘두르는 붓이 노건하네	百年衣鉢老揮毫
인간 세상 제일 문장은 양웅의 부요	人間文學楊雄賦
천하의 영화로운 이름은 범숙의 도포[54]라네	天下榮名范叔袍
이역에서 나는 꾀꼬리 부질없이 벗 부르니	異域流鶯空喚友
참선 마치고 벽 하나 있어 시단에 끼었네	禪餘一癖混詩曹

다시 동도 스님의 운에 화답하다
再和東渡上人韻

퇴석

해외의 명산 중에는 부악산이 높고	海外名山富嶽高
일동의 시인은 인정 선사 호매하네	日東詞客靜師豪
먹은 붕새가 날던 천지[55]에서 갈았고	墨磨鵬鳥天池水

---

52 백설가(白雪歌) : 백설은 춘추시대 초(楚)나라의 가곡 이름으로, 양춘(陽春)과 함께 남이 따라 부르기 어려운 고상한 시를 가리킨다.

53 탁석(卓錫) : 지팡이를 꽂아 물이 용솟음쳐 나오게 할 만큼 법력(法力)이 높은 고승(高僧)을 뜻하는 말이다. 육조 대사(六祖大師) 혜능(慧能)이 조계(曹溪)에 선장(禪杖)을 꽂아 두자 물이 뿜어 흘러내려 탁석천(卓錫川)이 되었다고 한다.

54 범숙(范叔)의 도포 : 진(秦)나라 재상이 된 범숙을 가리킨다. 전국 시대 위(魏)나라 범수(范雎)의 자(字)가 숙(叔)이다. 그는 중대부(中大夫) 수가(須賈)를 섬기다가 진(秦)나라로 도망하여 이름을 장록(張祿)으로 고치고 재상이 되었다. 그 후 수가가 위나라 사신(使臣)으로 진나라에 갔는데, 범수가 낡은 옷을 입은 누추한 모습으로 찾아가자 수가가 동정하여, "범숙은 늘 추위에 떠는 것이 이와 같은가." 하면서 제포(綈袍)를 주었다 한다. 『史記 范雎傳』

55 붕새가 날던 천지(天池) : 대붕(大鵬)이 천지(天池) 즉 남명(南冥)을 향해 날아갈 적에 삼천 리에 걸쳐 바다 물결을 치고 앞으로 나아가다가, 때마침 불어오는 회오리바람을 타고서 구만 리 위로 날아오른다는 이야기가 『장자』「소요유(逍遙遊)」 첫머리에 나온다.

붓은 섬궁[56]의 옥 토끼털로 만들었네   筆以蟾宮玉兎毫

승경지의 화조는 월부[57]를 휘두른 듯한데   花鳥靈區揮月斧

이역만리 풍상에 아름다운 도포 해졌네   風霜異域弊霞袍

조경[58]같은 스님 다시 세상에 났으니   晁卿藏釋重生世

편방에서 그대 같은 무리 얻을 줄이야   不道偏邦得爾曹

제가 옛날 교빙할 때의 필담을 보니, 걸핏하면 두 나라에서 시문이 누가 더 뛰어난 지 다투고 낮추지 않은 경우가 매우 많았으니, 무슨 보탬이 되는지 전혀 알지 못하겠습니다. 예부터 사신이 동쪽으로 오면 조정의 귀관(貴官)들이 서쪽에서 맞이하니 이 뜻은 다름이 아니라 오직 양국의 우호를 강화하는데 있습니다. 그런데 호사가들은 함께 잘난 점만을 다투니 수준이 낮다고 하지 않겠습니까. 옛날에 국풍(國風)이 지어지면서 그 나라의 흥폐와 그 사람의 현부(賢否)가 말로 드러나 가릴 수 없었으니, 어찌 치세(治世)의 음악은 편안하고 즐거우며 난세(亂世)의 음악은 원망하고 성낸다고 말하지 않겠습니까. 이것이 시가 선을 권하고 악을 징계하는 이유이니 삼가지 않겠습니까. 당대에 한번 보는 아름다운 모임인지라 각기 망양(望洋)[59]하기에도 겨를

---

56 섬궁(蟾宮) : 달 속에 항아가 산다는 궁전으로 달을 말한다.

57 월부(月斧) : 달나라를 다듬어서 만들었다는 신비한 도끼이다.

58 조경(晁卿) : 조감(晁監)이라고도 한다. 당 현종(唐玄宗) 때 비서감(祕書監)을 지낸 일본인 아베 나까마로[阿倍仲麿]의 중국 명호(名號)로, 조형(朝衡)으로도 불리어졌다. 천보(天寶) 12년(753)에 배로 귀국하던 중 난파를 당한 끝에 안남(安南)에 표박(漂泊)했다가 다시 당나라에 온 뒤 70세의 나이로 죽었다.

이 없는데, 어찌 팔을 걷어 부치고 자랑하다가 오히려 가르침을 받을 날이 얼마 없음을 걱정해서야 되겠습니까. 이로 인하여 시를 지어서 추월·용연·현천·퇴석 네 공께 드립니다.

貧道曾觀昔時交聘之筆語, 動輒二國詩文之光輝, 不相下者, 已多矣, 殊不知其益如何. 自古星槎東指, 月卿西迎, 此意無他, 唯講兩邦之和耳. 然好事之士共爭其長, 不亦左乎? 古者國風之起也, 其國之興廢, 其人之賢否, 形其言而不可掩, 豈不言治世之音安以樂, 亂世之音怨以怒? 詩之所以爲勸懲者, 可不愼耶? 一代一見之佳會, 分手望洋, 何有攘臂相誇之餘? 猶恐請益之日忽薄西山也. 因裁巴調, 以奉呈秋月龍淵玄川退石四公

동도

한림에 봄 가득할 제 동쪽으로 왔으니	翰林春滿海流東
양국의 문장 솜씨에서 국풍을 보겠네	兩地文華見國風
만리에서 함께 용검 합하게 되었으니[60]	萬里共憐龍劍合
청담하며 누가 나은지 따질 필요 없네	淸談不必問雌雄

봄에 탈 없이 세찬 파도 건너 왔으니	春帆無恙掛飛瀾
큰 바다에서 행로난을 말하지 말게	大海休言行路難
비록 글 주고받으며 교유하더라도	縱使論文交可許

---

59 망양(望洋) : 곧 망양이탄(望洋而歎)에서 온 말로, 위대한 인물이나 심원한 학문을 보고 자신의 천단(淺短)함을 탄식하는 것을 말한다. 『莊子 秋水』

60 용검……되었으니 : 보검인 용천(龍泉)과 태아(太阿) 두 검의 고사를 말한다. 진(晉)나라 무제(武帝) 때 두우(斗牛) 사이에 자기(紫氣)가 있자 장화(張華)의 부탁으로 뇌환(雷煥)이 그 검을 발굴해 낸 뒤 용천검은 장화에게 보내고 태아검은 자기가 차고 다녔다. 그 뒤에 장화가 복주(伏誅)되고 나서 용천검의 소재가 알려지지 않았고, 태아검 역시 뇌환이 죽고 나서 그 아들이 차고 다니다가 연평진(延平津)을 지날 때 칼이 물속으로 뛰어 들어갔는데, 잠수부를 시켜 찾아보게 한 결과 칼은 보이지 않고 두 마리 용이 사라지는 것만을 보았다고 한다. 『晉書 卷36』

두 나라 이별하면 아득히 멀어 지리 　　　　雙邦分手望漫漫

고향의 형제들은 한창 봄놀이 꿈꾸겠지만 　故園兄弟夢春遊
만리 돌아가는 기러기에 근심 허공에 쓰네 　萬里書空歸雁愁
그대들 달 아래 꽃피는 때 타향에 있으니 　君在他鄉花月好
이제야 왕찬이 등루부 읊은 심정 알겠지 　始知王粲賦登樓

문단에서 춘풍에 속세 먼지 털 제 　　　詞社春風拂世塵
꽃 사이 채색 붓은 대도의 객이라 　　　花間彩筆大都賓
중원에서 온 등용객에게 묻노니 　　　　中原試問登龍客
어리의 문장 몇 사람 얻었는가[61] 　　　御李文章得幾人

현천 : 스님의 고론이 지금의 폐단의 원인과 딱 맞으니 매우 좋고
좋습니다.

---

61 중원에서……얻었는가 : 어리(御李)는 훌륭한 사람을 모시는 것을 말하는 것인데, 여
기에서는 잘 짓는 사람을 말한다. 동한(東漢) 때 이응이 어질다는 명성이 있었는데, 그가
직접 접견한 사대부들은 신분이 크게 높아졌으므로 당시 사람들이 그것을 보고 '용문에
올랐다'고 할 정도로 명성이 높았다. 순상(荀爽)이란 사람이 어느 날 이응을 찾아가서는
이응이 탄 수레를 몰게 되었는데, 집에 돌아와서 다른 사람들에게 말하기를, "오늘에야
내가 이응의 수레를 몰 수 있게 되었다."하였다. 『後漢書 卷67 李膺列傳』

세 번째로 동도 스님에게 화답하면서 그 말과 뜻이 범상치 않음을 기뻐하여 애오라지 나의 뜻을 보이다
三和東渡上人喜其語意頗不凡聊示鄙志

추월

예부터 문단의 맹약 서에서 동으로 왔는데	詞盟從古泊西東
빈연에서 예로 양보하는 풍속에 매우 부끄럽네	深媿賓筵禮讓風
늙은 나는 원래 수레에 기댈[62] 용기 없으니	老子元無憑軾勇
암컷 지키고 도리어 수컷 알고 싶지 않구나[63]	守雌還欲不知雄

전운에 거듭 차운하여 남공에게 답하다
重步前韻酬南公

동도

봄에 옥절 가지고 동쪽 나라 빙문하니	春來玉節聘居東
비로소 주남의 군자 풍모 보았네	始見周南君子風
태평성세에 우연히 함께 만났으니	萍水共逢太平世
한 때의 문객들 절로 영웅이로다	一時詞客自英雄

---

62 수레에 기댈 : 전국 시대에 역이기(酈食其)가 편안하게 수레를 타고 유세하면서 제나라의 70여 성을 항복받았던 고사로 무력을 사용하지 않고 목적을 달성한다는 의미로 쓰이게 되었다. 『漢書 食其傳』

63 암컷……않구나 : 글 재주를 자랑하지 않고 겸손히 처하겠다는 말이다. 『노자』에 "수컷을 알고서도 암컷을 지켜 천하의 골짜기가 되라[知其雄, 守其雌, 爲天下谿.]"하였다. 『老子 28章』

네 번째로 동도에게 화답하다
四和東渡

추월

불교의 종법이 일본으로 흐르니	弘法宗規流日東
스님의 시에 교연⁶⁴의 풍모 있네	上人詩有皎然風
글 읊는 것 마음공부⁶⁵에 가장 해되니	閑唫最害觀禪理
돌아가 능가경⁶⁶ 가지고 불법 강론하게	歸把楞伽講大雄

세 번째로 동도에게 화답하다
三和東渡

용연

문장 가지고 붉은 물결과 비교 말게	莫把文章較紫瀾
선가에서는 원래 독경(讀經) 어렵다네	禪門元自轉經難
배타고 동쪽 건너온 때가 언제던가	鐵船東渡知何日
만리 먼 바람 길 드넓기만 하구나	萬里風程尚浩漫

---

64 교연(皎然) : 당대(唐代)의 고승으로, 특히 시를 잘하여 명성이 높았다.

65 마음공부[觀禪] : 관선(觀禪)은 관심좌선(觀心坐禪)의 준말로, 마음을 관(觀)하는 것
이 곧 좌선이라는 말이다.

66 능가경(楞伽經): 스리랑카의 능가산을 배경으로 대혜보살을 상대로 설한 대승경전
이다.

전운에 거듭 차운하여 용연에게 답하다
重步前韻酬龍淵

동도

동쪽 바다 보고 거센 파도 읊는다면	請看東海賦驚瀾
칠발[67]의 유래 알기 어렵지 않으리	七發由來亦不難
꿈속에서 분명 철석을 날렸으니	夢裡分明飛鐵錫
동서의 재회 어찌 아득하기만 하리	東西再會豈漫漫

네 번째로 동도 스님에게 화답하다
四和東渡上人

용연

영취산[68]의 광악[69]에 바다 물결 일렁이고	靈山廣樂海翻瀾
겁난[70] 겪어 백마사[71]의 경전도 스러졌네	白馬經殘度劫難
단지 진승이 깨달음의 길 통하면	只許眞僧通覺路

---

67 칠발(七發) : 한(漢)나라 때 매승(枚乘)이 지은 문체(文體)의 하나이다. 그가 지은 「칠발(七發)」 내용 중에 광릉(廣陵)의 곡강(曲江)에 가서 파도를 구경하는 대목이 있는데, 파도에 대한 묘사가 매우 풍부하다. 『文選 卷34 七發』

68 영취산(靈鷲山) : 불교의 성지(聖地)로 불리는 인도에 있는 산인데, 부처가 이곳에서 다년간 설법을 하였다고 한다.

69 광악(廣樂) : 광악은 균천광악(鈞天廣樂)의 준말로 천상의 음악을 말한다. 조간자(趙簡子)가 병이 들어 5일 간 인사불성이었는데, 의식이 돌아오자 "내가 상제가 계신 곳에 가서 매우 즐거웠고, 백신(百神)과 균천에서 노니는데 삼대의 음악과 달라 광악(廣樂)의 구주(九奏)와 만무(萬舞) 소리가 마음을 감동시켰다." 하였다. 『史記 卷43 趙世家』

70 겁난(劫難) : 불교용어이다. 숙세의 악업으로 이른 재난을 말한다.

71 백마사(白馬寺) : 한(漢)나라 명제(明帝) 때 서역(西域)에서 불경(佛經)을 가져 올 때에, 백마(白馬)에 싣고 왔으므로 처음 지은 절을 백마사(白馬寺)라 이름하였다.

서천의 나룻배⁷² 아득히 펼쳐지리　　　　　西天津筏渺漫漫

세 번째로 동도에게 화답하다
三和東渡

현천

스님은 원래 지장의 유학⁷³ 흠모하여　　　　上人元慕智藏遊
중원을 바라보다가 도리어 근심하였네　　　能望中州却有愁
같은 자리에서 만난 사람 만리 떠나니　　　一席相看人萬里
좋은 인연 어찌 절강루의 이별과 다르리　　　良緣何異浙江樓

당나라 사람의 문집 중에 일본 승려 지장(智藏)을 보내는 시⁷⁴가 있기 때문에 이렇게 말한 것이다.

전운에 거듭 차운하여 현천에게 답하다
重步前韻酬玄川

동도

참선 마치고 우연히 한림에 가서 노니　　　禪餘偶訪翰林遊

---

72 나룻배 : 도선(渡船)과 같은 말인데 마음에 통하기를 구하여 얻지 못할 땐 이로 말미암아 목적을 달성하는 것을 비유한 것이다. 한유(韓愈)의 「송문창사북유시(送文暢師北遊詩)」에 "상자 속에 보배를 열면 절로 나룻배를 얻을 수 있네[開張篋中寶, 自可得津筏.]"라고 하였다.

73 지장(智藏)의 유학 : 지장은 7세기 삼론종(三論宗)의 일본승려로, 덴지 천황(재위 661~671) 시대에 당나라에 유학하였다.

74 당나라……시 ; 당나라 시인 유우석의 「증일본승지장(贈日本僧智藏)」이라는 시를 말한다. 그 시에 "묻노니 중국에서 도를 닦는 사람 중에, 이처럼 용맹스러운 이 몇이나 될꼬.[爲問中華學道者, 幾人雄猛得寧馨?]"라는 구절이 있다.

화조가 시 부추겨 객의 수심 위로하네 　　　　　花鳥催詩慰客愁

의발이 고향 생각한 왕찬의 시름 알고자 　　　　衣鉢欲知王粲怨

봄바람과 함께 누각 한 층 더 올랐네 　　　　　春風同上一層樓

네 번째로 동도에게 화답하다
四和東渡

　　　　　　　　　　　　　　　　　　　　　　　　현천

꽃무늬 종이와 채색 붓 놀기에 좋으니 　　　　　雲箋彩筆屬良遊

반나절 유유자적하며 객의 수심 잊네 　　　　　半日悠然忘客愁

그대와 손잡고서 장관 다 보고 싶은데 　　　　　且欲提携窮壯矚

저녁안개에 명루는 어디 곳에 있는가 　　　　　暮烟何處是名樓

세 번째로 인정 스님의 운에 화답하다
三和靜上人韻

　　　　　　　　　　　　　　　　　　　　　　　　퇴석

영취산에서 머리 깎고 육진[75] 끊고서 　　　　　祝髮靈山斷六塵

꽃 들고[76] 바다 서쪽 빈객 대접하네 　　　　　拈花來接海西賓

절간 살이에 같은 문자 모임 얻었으니 　　　　　禪棲幸得同文會

---

75 육진(六塵) : 심성을 더럽히는 6식의 대상계이다. 즉, 색(色)·성(聲)·향(香)·미(味)·촉(觸)·법(法)을 말한다.

76 꽃을 들고 : 염화미소(拈花微笑)의 고사를 말한다. 석가(釋迦)가 연화(蓮花)를 따서 제자에게 보였는데 아무도 그 뜻을 해득(解得)하는 자가 없고 다만 가섭(迦葉)이 미소하였으므로 석가가 그에게 불교의 진리를 전수하였다.

홋날에도 인정 스님 잊기 어려우리라   異日難忘靜上人

전운에 거듭 차운하여 퇴석에게 답하다
重步前韻酬退石

동도

백장의 문광[77]이 속된 세상을 쏘는데   文光百丈射紅塵
매화 버들 노닐 듯 주인 객 따로 없네   梅柳交遊無主賓
그대의 호매한 풍류 참으로 도잠 같은데   君自風流似陶令
가사 입은 나 어찌 호계인[78]에 비하리   袈裟何擬虎溪人

네 번째로 인정 스님에게 화답하다
四和靜上人

퇴석

고승의 법안은 밝아 티끌이 없는데   高僧法眼炯無塵
조선 사신을 상국의 손님으로 보네   韓使看如上國賓
혜원의 유풍 그대가 스스로 이었으니   惠遠遺風君自繼

---

77 백장의 문광(文光) : 원래는 만장의 광염(光焰)을 토하는 문장이라는 뜻인데, 여기에서
는 만장을 백장으로 바꾸어 썼다. 한유(韓愈)의 시에 "이백과 두보의 문장을 한번 보소,
만장의 광염을 토해내고 있는 것을.[李杜文章在 光焰萬丈長]"이라는 표현이 나온다. 『韓
昌黎集 卷5 調張籍』

78 호계인(虎溪人) : 여산(廬山) 동림사(東林寺)에 거하던 진(晉)나라 고승 혜원(慧遠)을
가리킨다. 혜원이 손님을 전송할 때에도 앞 시내인 호계(虎溪)를 건너지 않았는데, 도잠
(陶潛)과 육수정(陸修靜)을 배웅할 적에는 자신도 모르게 호계를 건넜으므로, 세 사람이
크게 웃으며 헤어졌다는 '호계삼소(虎溪三笑)'의 고사를 인용한 것이다.

원량으로 사신들 견주지 마시게　　　　　　　莫將元亮比行人

신동(神童) 앵(櫻)이 학사를 곁에서 모시면서 초서 쓰는 것을
보고 가볍게 이 글을 써서 남공에게 드리다
觀櫻神童侍學士膝下作艸書, 率爾賦此, 呈南公

　　　　　　　　　　　　　　　　　　　　　　동도

홍려관에 객들 많고 많은데　　　　　　　　鴻臚館上客紛紛
우군[79]을 모신 신동 놀라서 보네　　　　　　驚見神童侍右軍
발 밖에서 붓을 휘둘러 종이에 쓰니　　　　簾外揮毫能落紙
붉은 안개 일렁여 묵지[80]위 구름 되었네　　紫烟翻作墨池雲

추월 : 매우 좋습니다.

여섯 살 아이가 초서 쓰는 것을 보고 동도 스님에게 거듭 화답
하다
見六歲童子作草書, 重和東渡師

　　　　　　　　　　　　　　　　　　　　　　추월

완력은 부드럽고 필력은 아주 힘차　　　　腕力纖纖筆勢紛
소라도 삼킬 기운[81] 천군을 쓸 만하네　　　食牛之氣掃千軍

---

79 우군(右軍) : 우군장군(右軍將軍)을 지낸 왕희지(王羲之)를 말한다. 해서, 행서, 초서
에 뛰어나 서성(書聖)이라고 불린다.

80 묵지(墨池) : 후한(後漢)의 장지(張芝)와 진(晉)나라 왕희지(王羲之)가 못가에서 붓글
씨 연습을 많이 하여 못물이 모두 먹빛이 되었던 데서 유래하였다.

자리의 회소[82] 고상한 흥취에 끌려　　　　　　座間懷素牽高興
의자에 비껴 앉으니 법운이 깨끗하네　　　　　　橫倚繩牀灑法雲

추월에게 화답하고 아울러 신동 앵에게 보이다
奉答秋月, 兼示櫻神童

동도

그대의 풍모 분분한 세속을 벗어났으니　　　　　　之子風姿出俗紛
힘찬 필력으로 학문을 크게 떨쳤다네　　　　　　翩翩筆勢似張軍
언제 다시 봉지가에 이르러서　　　　　　　　　何當更到鳳池上
붓 적셔 오색구름 재단할까[83]　　　　　　　　　染翰能裁五色雲

동도에게 다시 차운하다
更次東渡

추월

혜법의 문 앞에 용상[84] 성대하니　　　　　　慧法門前龍象紛

---

81 소라도 삼킬 기운 : 호랑이 새끼가 소를 먹어치울 만한 기상을 말하니 어려서부터 뛰어
　　난 준재를 말한다. 『두시(杜詩)』에 "어린아이 다섯 살에 기상이 소를 먹을 만하다.[小兒
　　五歲氣食牛]"했는데, 주(注)에 "범의 새끼가 문채를 이루지 못했어도 이미 소를 먹을
　　기운이 있다." 하였다.

82 회소(懷素) : 당나라 때 장사(長沙)의 불승(佛僧)이다. 초서(草書) 쓰기를 아주 좋아하
　　여 초성 삼매(草聖三昧)를 얻었다고 자칭하기까지 하였다. 일찍이 다 쓴 붓을 산기슭에
　　묻었는데 이것을 필총(筆塚)이라 부른다.

83 언제……재단할까 : 글재주가 뛰어나 귀국하게 되면 조정에서 크게 명성을 떨칠 것이라
　　는 말이다. 봉지는 봉황지(鳳凰池)로 궁궐을 의미한다.

한번 크게 소리쳐 마군 항복시키네   一聲高唱伏魔軍
우연히 속세 벗어나 호계삼소 이루니   偶然出世成三笑
절은 중봉 몇 겹 구름 속에 있는가   寺在中峰幾疊雲

추월 : (계란을 가리키며) 이것은 비리지 않으니 먹어도 되지 않습니까?

동도 : 제가 고기를 먹으면 계율을 어긴 죄인이 되는데 하물며 다른 것이야 말할 것이 있겠습니까.

추월 : 고기를 드시지 않으신다면 과일호두은 드십니까?

동도 : 감사히 받겠습니다. 일본 승려의 계율은 옛날과 비교해도 부끄럽지 않습니다.

추월 : 일전에 일본의 승려 중에 혹 계율을 지키지 않는 자가 있다는 이야기를 듣고 말씀드린 것입니다.

동도 : 어쩌다 있는 것을 모두 그렇다고 말하는 것은 잘못입니다.

동도 : 소매에 넣어두고호두 작별하고 돌아가서 어머니께 드리고 싶습니다.

추월 : 회귤(懷橘)[85]의 정성은 감동했습니다. 어머니께서 잡수실 것

---

84 용상(龍象) : 물속의 용과 육상의 코끼리처럼 위력이 자재(自在)하다는 뜻으로, 보통 학덕이 높은 승려를 가리키는 불가(佛家)의 용어이다.

85 회귤(懷橘) : 여기서는 호두를 먹지 않고 어머니께 가져다 드린 것을 말한다. 삼국지(三國志)』 오지(吳志) 육적전(陸績傳)에 "육적이 6세 때에 원술(袁術)을 찾아가니, 원술이 귤(橘)을 주었다. 육적이 돌아오려고 절을 하는데 귤 3개가 품에서 떨어지므로 원술은 '육랑(陸郎)이 손님으로 와서 귤을 훔쳐가지고 가느냐?' 하니, 육적은 조용히 대답하기를 '어머니에게 갖다드리려 합니다.' 하였다." 한다.

은 다시 몇 개 드릴 테니 먼저 드린 것은 선사께서 드십시오.

　동도 : 실로 망촉(望蜀)의 뜻[86]이 가득합니다.

　용연 : 선사께서는 『은중경(恩重經)』[87]을 몇 번 읽으셨습니까? 부처의 은혜를 보답하는 것은 단지 부모의 은혜를 보답하는 데에 있으니 지금 회귤(懷橘)의 정성을 보고서 매우 감탄하였습니다.

　동도 : 지나치게 칭찬해 주셔서 감당할 수 없으니 매우 부끄럽습니다.

　동도 : 그대는 취허성공(翠虛成公)[88]의 후손입니까?

　용연 : 취허 선생은 저의 종증조(從曾祖)입니다.

　용연 : 선사께서는 어느 산 어느 절에 거처하십니까?

　동도 : 아직은 절에 살고 있지 않습니다. 우리 종단이 한 번 조그만 절에 들어간 후로는 큰 사찰로 옮겨 살지 못하도록 금하였습니다. 이 때문에 우리 무리는 오랫동안 삼연산(三緣山)에 있으면서 업을 닦고 있을 뿐입니다. 산에 뛰어난 승도가 삼천 명입니다.

　퇴석 : 스님은 나이가 어떻게 되십니까?

　동도 : 마흔입니다.

　퇴석 : 한 번 보니 의기가 서로 투합하여 차마 이별할 수 없는데 스님께서도 이러하십니까?

---

86 망촉(望蜀)의 뜻 : 사람의 욕심은 채우면 채울수록 더해진다는 뜻으로 "농 땅을 얻으면 다시 촉 땅을 바란다.[得隴復望蜀]"는 말이 있다. 『後漢書 岑彭傳』
87 은중경(恩重經): 중국 수나라 말기에서 당나라 초기에 간행된 불교의 경전으로, 부모의 은혜가 지극히 크고 깊다는 사실을 이르고, 보은(報恩)을 권장하였다.
88 취허성공(翠虛成公) : 취허(翠虛)는 성완(成琬)의 호로 성대중의 증백조부인데, 1682년에 제술관으로 일본사행에 참여하였다.

　동도 : 머나먼 만리에서 만날 줄은 생각지 못하였으니 저도 가슴이
아픕니다.

　동도 : 우리나라는 옛날에 견당사(遣唐使)가 중국에서 경전(經傳)을
받아 와서 중국의 국사(國史)를 두루 보았고, 사문(沙門)은 사신을 따라
중국에 들어가서 두루 불법의 관문을 두드리고 친히 큰 법을 전하였
습니다. 그런데 이 일이 점차 끊어져 천년이 지났으니 탄식할 뿐입니
다. 저는 성품이 본래 배움을 좋아하여 연사(蓮社)[89]의 업을 그런대로
이룬 듯하였고, 또 시(詩)와 문(文)에 있어서도 마음에 두고 완성하려
고 오래도록 고심하였습니다. 지금 우리나라에는 고승이라 일컬을 만
한 사람이 적지 않지만 어느 선사의 예좌(猊座)[90] 아래에서 무릎을 꿇
고 모셔야 할 지 모르겠습니다. 이 때문에 오래전부터 서방으로 가거
나 중국 및 당신 나라에서 공부할 뜻이 있었습니다. 그런데 나라의 금
법이 허락하지 않으니 매우 한스럽습니다. 일전에 들은 바로는 당신
나라는 중국과 접해있고, 또 사신의 임무를 받들고 중국에 들어가 조
야(朝野)의 아름다움을 직접 본다고 하였습니다. 제가 그대들을 만나
고자 하는 이유가 여기에 있습니다. 우리 불법에 관한 일은 원래 속세
와 떨어져 있어 그대들이 비록 듣지 못했을 테지만, 눈으로 보고 귀로
들은 것이 있으면 잠깐이라도 말씀해 주시면 고맙겠습니다. 삼가 바
라건대 저를 위하여 말씀해주십시오.

---

89 연사(蓮社) : 뜻을 같이 하는 승속(僧俗)의 인사들이 모여 만든 불교의 결사체(結社體)
　를 말한다.
90 예좌(猊座) : 부처나 고승(高僧)이 앉는 자리를 말한다.

주나라 시대의 사신이 국풍 전하니	周代皇華傳國風
만방의 불일이 푸른 하늘에 걸렸네	萬邦佛日掛蒼穹
불경 삼 천권을 모두 암송하고 나서	梵經誦盡三千卷
공연히 서천 보며 바다 동쪽에서 늙어가네	空望西天老海東

다섯 번째로 동도 스님의 운에 화답하다
五和東渡上人韻

퇴석

우리나라는 예부터 유풍을 숭상하여	吾邦自古尙儒風
상서로운 해와 구름 푸른 하늘에 빛났네	瑞日祥雲曜碧穹
비록 삼승[91] 있은들 어디에 쓰리오	縱有三乘亦安用
압록강 동쪽[92]에 불법 이르지 않았는데	禪經不到鴨江東

동도 : 시는 지을 수 있으나 종이가 다 떨어졌으니 훗날을 기약하길 원합니다.

추월 : 종일 동안 창수한 시가 한 묶음 꽉 찼으나 그대들이 시를 적기 위해 가져온 종이가 조그만 혁제(赫蹄)[93]처럼 짧고 좋지 않으며, 자

---

91 삼승(三乘) : 불교에서 말하는 세 가지 교법(敎法)으로, 즉 성문(聲聞)·연각(緣覺)·보살(菩薩)을 말한다.
92 압록강 동쪽 : 우리나라를 가리킨다.
93 혁제(赫蹄) : 옛날에 글씨를 쓰는 데 썼던 폭이 좁은 비단을 말한다. 여기에서는 좋지 않은 종이를 말한다.

획(字畫)은 또 단정하지 못해 손님을 공경하는 위의가 없습니다. 그래
서 저희들은 화답하여 주지 않겠지만 지은 시는 곧 화답하여 드리겠
습니다. 이 뜻에 따르겠습니까?

동도 : 직접 가르쳐 주셨는데 객을 공경하는 위의가 없다고 말씀하
시니 두렵고도 부끄럽습니다. 화답하여 주지 않더라도 화답한 시는
이미 은혜롭게 주셨으니 시문을 주고받는 일이 어찌 쉬운 일이겠습니
까. 종이가 작고 좋지 않으며 자획이 단정하지 못한 책임은 사죄드리
지 않을 수 없습니다.

동도 : 금일의 아름다운 모임은 진실로 얻기 어렵습니다. 이 때문에
이별의 슬픈 마음을 감당할 수 없으니 훗날 다시 와서 뵐 수 있도록
허락해 주시겠습니까?

추월 : 만약 다시 찾아와 주신다면 걸상을 쓸고[94] 기다리겠습니다.

장차 돌아가려 할 때에 석상에서 눌재에게 주다
將歸席上贈吶齋

동도

시 짓는 것은 참선 뒤의 약속이니	詩賦禪餘約
봄 오자 남쪽 사람 만났네	春來逢楚人
풍류는 천년토록 전해질 일이요	風流千載事
몽환은 백년밖에 가지 않는 신세라	夢幻百年身

---

94 걸상을 쓸고 : 공경을 다해 맞이하겠다는 말이다. 송(宋)나라 육유(陸游)의 「기제서재
숙수재동장(寄題徐載叔秀才東庄)」에 "남대의 중승은 걸상을 쓸고서 만나고, 북문의 학
사는 신발을 거꾸로 신고서 마중한다.[南臺中丞掃榻見, 北門學士倒屣迎]" 하였다.

내 주미 휘두르는[95] 지둔 아니나 　　　　　　揮塵非支遁

그대의 현담[96] 허순에게 양보하랴 　　　　　　談玄讓許詢

그대 의지하여 옥벽 찾았으니 　　　　　　　　憑君爲探璧

용진[97] 묻는 것도 문제 없으리 　　　　　　　無妨問龍津

두 번째 만남

22일에 빈관(賓館)에 다시 와서 눌재와 함께 남공 및 성·원·김 세 사람을 배알하고 자리에게 필담을 나누었다.

동도 : 일전에 당신들을 직접 모실 수 있게 해주셨고, 또 시회(詩會)에도 참여하여 비로소 명월주(明月珠)[98]를 얻게 되었으니 영광이었습니다. 하지만 시부(詩賦)가 구름처럼 많아 의중에 경황이 없을 것이니, 금일 다시 만나 한가하게 말하며 가르침을 청할 뿐 감히 창수하기를 바라지 않습니다. 공들께서는 허락하시겠습니까?

---

95 주미 휘두르는 : 주미는 낙타의 꼬리로 만든 먼지털이인데, 왕연(王衍)이 그것을 잡고 청담을 나눴다 하여 풍류객의 노리개를 뜻한다.

96 현담(玄談) : 심묘(深妙)한 이야기란 뜻으로, 즉 황로(黃老)의 도(道)를 말한다. 이백(李白)의 시에 "청론은 손뼉을 치게 하는데, 현담에 또다시 절도하누나.[淸論旣抵掌, 玄談又絶倒.]"하였다.

97 용진(龍津) : 용문(龍門)으로, 용문의 딴 이름이 하진(河津)인데서 이르는 말이다.

98 명월주(明月珠) : 대합조개에서 나오는 구슬로 밤중에도 빛을 발하는 보주(寶珠)라 한다. 여기서는 좋은 시편을 뜻한다. 『淮南子 說山訓』

추월 : 그리하겠습니다.

동도 : 글 가운데 혹 한 자라도 의심할 만한 것이 있으면 뜻이 통하기 어렵습니다. 게다가 헤어져 만리나 멀리 떨어진다면 여쭐 길이 없습니다. 지금부터는 행서(行書)로 써 주시길 바랍니다.

추월 : 알겠습니다.

백수지를 들고 와서 추월에게 드리고 시를 덧붙이다
自携百壽紙呈秋月系以詩
동도

양국의 아름다운 모임에 유생 대면하니	雙邦佳會對儒冠
예전 열흘의 기쁨[99]보다 못하지 않네	不減當年十日歡
비단 무늬로 짜서 그대 장수를 비니	織出錦文堪獻壽
나그네 길 추위에 옷 지어 입으시게	裁衣君試客中寒

매화지를 들고 와서 용연에게 드리고 시를 덧붙이다
袖來梅花紙呈龍淵系以詩
동도

| 매화나무 꺾어 와서 문단에 주니 | 折來梅樹贈詞場 |
| 종이 위에 꽃이 재자곁에 피었네 | 紙上花開才子傍 |

---

99 열흘의 기쁨 : 진 소왕(秦昭王)이 전국 시대 조(趙)나라의 공자인 평원군(平原君)을 유혹하기 위해서 짐짓 열흘 동안 함께 술을 마셔 보자[寡人願與君爲十日之飮]고 청한 고사가 있다. 『史記 范睢蔡澤列傳』

훗날 성 남쪽에서 공과 헤어지면 　　　他日城南公袖後

동서 만리 남은 향기 흠모하리 　　　東西萬里慕餘香

앵화지를 가져 와서 현천에게 드리고 시를 덧붙이다
自擁櫻花紙呈玄川系以詩

동도

동쪽 바다 앵두꽃 종이에 피니 　　　東海櫻花紙上開

봄 빛 날아와 높은 누대 비추네 　　　飛來春色映高臺

사성이 서쪽 고향 돌아가는 날에 　　　使星西動歸鄉日

가져가면 초객의 재주에 이바지하리 　　　携去長供楚客才

명화지를 품고 와서 퇴석에게 드리고 시를 덧붙이다
懷來名花紙呈退石系以詩

동도

삼도부[100] 이루고도 더욱 붓을 휘둘러 　　　三都賦就益揮毫

내게 주니 누가 종이 값 비싸다 말하리 　　　相贈誰論紙價高

원래 이름난 꽃을 국색이라 일컬으니 　　　元是名花稱國色

제포[101] 한 벌에 비교해서 어떠한가 　　　不知何似一綈袍

---

100 삼도부(三都賦): 진나라의 좌사(左思)가 10년 동안 구상하여 「삼도부(三都賦)」를 지었는데, 황보밀이 서문을 써서 칭찬을 하자 부자와 귀족들이 서로 다투어 베끼는 바람에 낙양의 종이 값이 일시에 폭등했다는 고사가 전한다. 『晋書 卷92 文苑傳 左思』

101 제포(綈袍): 두꺼운 명주로 만든 솜옷이다. 전국 시대 위(魏)나라의 수가(須賈)가 그의 옛 친구 범수(范雎)가 추위에 떠는 것을 보고 제포를 주었는데, 여기에서는 제포의

추월 : 다시 오셔서 방문해 주시니 자비심에 매우 감동하였습니다. 게송은 응당 화답해야 하는데 화전(花牋)[102]은 글씨 쓰는 것이 불편하고 먹도 스며들지 않아 삼가 돌려 드리니 은근한 마음을 어찌 잊겠습니까?

용연 : 뜻밖에 왕림하셔서 그저께의 아름다움을 거듭 받들게 되었으니 그 은혜에 무슨 말을 하겠습니까? 아름다운 글에 삼가 마땅히 화답하여 드릴 터이니 주신 화전은 그냥 돌려드리겠습니다. 저의 뜻을 살펴주시고 공손치 못하다고 여기지 마십시오.

현천 : 빈연(賓筵)에서의 창수는 이처럼 갈겨써서는 안 되는 지라 제가 가져 온 종이에 다시 베껴 드릴 것이니, 종이는 돌려 드리겠습니다.

눌재 : 미나리를 바치는[103] 조그만 성의를 공들은 어찌 매정하게 물리치십니까?

추월 : 정중한 뜻은 이미 알고 있으나 화전은 어디에 써야 할 지 모르겠고 만리 길 가지고 가려니 불편해서입니다. 눌재께서는 어찌 살피지 않으십니까?

동도 : 접때에 호두를 주셔서 돌아가 늙은 부모님께 드렸더니 잡수시고 저를 보시고 말씀하기를, "높은 뜻이 가슴에 가득 차 시골 사람에게도 인(仁)이 미쳤으니 아아! 군자로다. 이 성대한 뜻을 받들어 갚고자 하나 지금껏 병들어 누워 일어나지 못하니 어떻게 하리오." 하

가치가 높다는 것을 말한 것이다. 『史記 范雎蔡澤列傳』

102　화전(花牋) : 꽃무늬가 있는 아름다운 종이로, 앞의 백수지 등을 가리킨다.

103　미나리를 바치는 : 옛적에 들에 사는 한 백성이 미나리 나물을 먹다가 맛이 좋다 하여 임금에게 바치려 하였다. 어리석은 소견이지만 정성은 갸륵하다는 말이다.

시고 저에게 명하여 작게나마 감사의 뜻을 전하게 하셨습니다. 종이
는 비록 아름다운 물건은 아니지만 이는 어머니의 뜻입니다. 공들께
서 받아주신다면 모자간에 하수(河水)를 마시는 소원[104]이 충족될 것
입니다.

눌재 : 네 공께서는 미나리를 바치는 조그만 정성을 헤아리셔서 받
아주시면 좋겠습니다.

추월 : 스님께서 부모님의 명이라고 말하니 의리상 사양할 수 없겠
습니다. 이에 할 수 없이 받겠습니다.

퇴석 : 스님께서 부모님의 뜻으로 와서 주시기에 의리상 받지 않을
수 없으니 받겠습니다.

동도가 화전을 주기에 사양하였는데, 모친의 명이라고 하여 간
절히 받기를 원하니 의리상 거절할 수 없었다. 마침내 부채 하
나를 드리라 하고 인하여 차운하다

東渡贈以花牋辭之, 以其尊公命懇要領留, 義不可拂, 遂以一箑爲歸獻
之資, 因步其韻

추월

스님이 거듭 와 갈관[105]을 마주하고서　　　　　　獅拂重來對鶡冠

----

104 하수를 마시는 소원 : 조그만 만족을 말한다. 『장자』 「소요유(逍遙遊)」에 "뱁새는
　　깊은 숲에 둥지를 틀어도 의지한 것은 나뭇가지 하나에 지나지 않고, 두더지는 강물을
　　마셔도 제 배를 채우는 데에 지나지 않는다.[鷦鷯巢於深林, 不過一枝. 偃鼠飮河, 不過
　　滿腹.]"라고 한 데서 온 말이다.

105 갈관(鶡冠) : 갈(鶡)이라는 새의 깃으로 만든 모자로 산 속에 사는 사람이 썼다 하여
　　대개 은사(隱士)나 천인(賤人)의 모자를 일컫는데, 한대(漢代)에는 무관(武官)이 쓰기도

품고 있던 백수지로 맑은 기쁨 권하네　　　懷中百壽侑淸歡
상죽[106]으로 만든 부채를 드리는 것은　　　湘筠妙製聊相贈
시원하게 모친의 선침을 돕고 싶어서라네　　要助高堂扇枕寒

동도 스님이 모친의 뜻으로 매화전 일곱 폭을 바치니 의리상 사양할 수 없었다. 이에 부채 하나로 사례하고 화운하다
東渡上人以其高堂之意，致梅花牋七幅，義不得辭，乃以一扇謝之，且和其韻

용연

석납이 글 짓는 한묵 마당에 거듭 오니　　　錫衲重登翰墨場
수많은 매화에 채색 종이 빛 깨끗하구나　　　彩箋光淨百梅傍
포규선[107] 한 자루 그대에게 주는 것은　　　蒲葵一柄還相贈
공문의 선침하는 황향[108]이어서라네　　　　師是空門扇枕香

하였다. 여기에서는 자신을 가리킨다.

106 상죽(湘竹) : 소상강(瀟湘江) 가에서 자라는 반죽(斑竹)으로, 순(舜) 임금이 남방에 갔다가 죽자, 순 임금의 비(妃)인 아황(娥皇)과 여영(女英)이 울다가 죽었는데, 그 눈물이 소상강 가의 대(竹)에 떨어져 아롱진 점이 되었다고 한다. 일반적으로 좋은 대나무를 가리킨다.

107 포규선(蒲葵扇) : 야자수 잎으로 만든 부채를 말한다.

108 선침(扇枕)하는 황향(黃香) : 어버이를 극진하게 봉양했던 황향(黃香)을 말한다. 후한(後漢)의 황향(黃香)이 무더운 여름철에는 어버이를 위해 침상에서 부채를 부쳐 시원하게 해 드리고[扇床枕], 추운 겨울철에는 자신의 체온으로 이부자리를 따뜻하게 해 드렸던[身溫席] 고사가 전한다. 『東觀漢記 黃香』

동도가 시 쓰는 종이를 줄 때에 모친의 뜻으로 바치니 부채 하나로 보답하다
東渡見贈詩牋, 且致尊堂之意, 以一箑奉酬

현천

계등[109] 일곱 폭을 소매에서 꺼내 주니	溪藤七幅袖中開
이월의 앵두꽃 떨어져 누대에 가득하네	二月櫻花落滿臺
부채 하나로 보답하니 돌아가 선침하게	一箑酬君歸扇枕
경전 겸하는 재주 갖추기 어려우리라	修羅兼是難收才

동도가 보여 준 시에 차운하고 지필로 화전에 사례하다
次東渡贈示韻, 謝花牋以紙筆

퇴석

사신 행차에 조금도 누 되지 않으려하니	東裝不欲累絲毫
그대 화전 품격 높다 말하지 말라	莫道花牋品格高
산승이 와서 준 뜻 저버릴지라도	縱負山人來贈意
돌아갈 땐 한 하포만 깨끗하리라	歸時脫灑一荷袍

동도 : 네 공께서 부채와 지필(紙筆)을 주시니 이별한 뒤에는 어진 풍모 우러르며, 세 분께서 써 주신 시를 간직하고 받지 않으신 분을

---

109 계등(溪藤) : 종이의 별칭이다. 중국 절강성에 섬계(剡溪)가 있는데 그 물이 종이를 만들기에 적합하고, 그 부근에서 나는 등나무 껍질로 만든 종이가 유명하므로 붙여진 이름이다.

생각하겠습니다. 기쁘고 기쁩니다.

석상에서 남·성·원·김 네 분께 드리다
席上呈南成元金四君

동도

예를 묻는 위나라의 재자요	問禮衛才子
선생은 노나라의 으뜸이네	先生魯國冠
양국의 정사는 형제간이니	雙邦兄弟政
손님으로 보지 않으리라	莫作客中看

두 번째
其二

백 년 동안 삼한의 객중에	百年三韓客
재명이 누가 그대들 같을까	才名誰似君
뜻에 따라 언어는 다르나	隨意方言異
두 나라가 사문 붙들었네	二國扶斯文

세 번째
其三

저물녘 높은 누각 바라보니	一望高樓夕
글 솜씨 초인에게 양보하랴	論文讓楚人

동도에 꽃 가득하여 좋으나　　　　　　東都滿花好
그리던 고향의 봄 아니리라　　　　　　不是故鄉春

네 번째
其四

누가 등루부를 지었는가　　　　　　　誰作登樓賦
타향에서 꽃에 취하였네　　　　　　　他鄉天醉花
아마도 강좌위에 뜬 달이　　　　　　　不知江左月
만리 그대의 집 비추리라　　　　　　　萬里照君家

거듭 인정 스님에게 답하다
重酬靜公
　　　　　　　　　　　　　　　　　　　추월

스님은 푸른 연 납자를 입고　　　　　釋子靑蓮衲
서생은 푸른 혜초 갓을 썼네　　　　　書生碧蕙冠
아득히 만리 이별하게 되면　　　　　蒼茫萬里別
외로운 달 바다에서 보겠네　　　　　孤月海中看

오언절구에 답하다
酬五絶
　　　　　　　　　　　　　　　　　　　현천

옛 절에 매화나무 차갑고　　　　　　古寺寒梅樹

석양은 이역 사람 비추네	斜陽異域人
사람은 가도 나무는 남아	人歸樹猶在
이별한 봄날을 기억하리	留記別年春

동도의 오언절구에 차운하다
次東渡五絶

퇴석

성사가 멀리 바다 건너니	星槎遙渡海
운수납자 꽃을 들고 웃네	雲衲笑拈花
부럽구나 서봉의 달빛에	却羨西峰月
산마다 곧 그대 집인게	山山便是家

용연 : 홍법대사는 어느 산 어느 곳에서 돌아가셨습니까? 저희들이
지나가는 역중에서 묘갈문을 보았습니다.

동도 : 인명제(仁明帝)[110] 때에 기주(紀州) 고야산(高野山)에서 돌아가
셨습니다. 이는 우리나라 진언종(眞言宗)의 태조인데, 지덕(智德)이 천
년동안 흘렀고 종풍(宗風)이 온 나라를 떨쳤습니다.

현천 : 불법을 배운 사람은 누가 있습니까? 당신 나라에 고승전에
있다고 하던데 한 번 보지 못해 안타깝습니다.

동도 : 『원형석서(元亨釋書)』·『본조고승전(本朝高僧傳)』·『부상승보전

---

110 인명제(仁明帝) : 인명천황(仁明天皇)으로, 일본의 54대 천황(재위 833~850)이다.

扶桑僧寶傳)』등이 대대로 저술되어 지금 20부(部)에 이르렀습니다. 그
가운데 천태종(天台宗)의 전교대사(傳敎大師), 진언종(眞言宗)의 홍법대
사(弘法大師), 불심종(佛心宗)의 영서국사(榮西國師) 등은 모두 종파의 태
조인데, 지덕(智德)의 자취가 전해짐을 함께 볼 수 있습니다. 특히, 우
리 종파의 원광대사(圓光大師)는 위로는 세 황제의 스승이 되었고, 아
래로는 온 나라의 아버지가 되었습니다. 전해진 48축은 임금께서 친
히 글을 쓰시고 공경(公卿)들이 손수 그렸으니 이 또한 제가(諸家)에는
없는 것입니다. 근세에는 삼연산(三緣山)의 정월(定月) 스님, 의중산(義
重山)의 의해(義海) 스님, 상주(常州)의 고변(高辨) 스님 등이 불교의 고
승입니다. 비록 그러하나 감히 문단에서 노닐지 못한 이유는 제가 보
낸 서(序)에서 말씀드렸습니다.

　동도 : 보내주신 글 가운데 '압록강 동쪽으로 불교가 이르지 않았
다.'는 글귀가 있는데, 불교가 무슨 연유로 조선에 이르지 않은 것입
니까?

　퇴석 : 옛날 우리 강헌대왕(康獻大王, 이성계)이 홍업(鴻業)을 열어 한
번 고려의 비루함을 씻고 통렬하게 불교를 배척하였기에 불교에 관련
된 자는 감히 발을 붙일 수 없었습니다. 그 때문에 서역의 적멸지교(寂
滅之敎)가 감히 압록강 동쪽으로 건너오지 못한 것입니다.

　동도 : 강헌대왕(康獻大王)은 태조의 시호입니까?

　퇴석 : 그렇습니다.

　동도 : 이동곽(李東郭)[111]이 '신라시대에 불법이 성행했다.'고 했는데

---

111 이동곽(李鍊郭) : 이현(李礥, 1654~?)이다. 조선 후기 문신으로 자는 중숙(重叔),
　　호는 동곽(東郭)이다. 호조정랑(戶曹正郞)을 역임하였으며, 1711년 8차 통신사행 때 제

과연 그렇습니까? 그렇다면 귀방(貴邦)에서는 중간에 불교를 한 번 쓸
어 버렸겠군요.

퇴석 : 신라·고려 시대에 과연 불법을 숭상했으나 우리 강헌대왕께
서 성인의 도가 아니라는 이유로 일절 통금(痛禁)하셨습니다. 비록 사
문(沙門)으로 산에 있는 자들이 약간 있었으나 모두 감히 사대부의 반
열에 끼지 못했습니다.

동도 : 이미 가르침을 들었으니, 억지로 논한다면 공들이 꺼리는 것
을 저촉하여 도리어 손님을 공경하는 위의를 잃을 듯하고, 또 고아한
이야기가 아니니 여기에서 그치겠습니다. 이어서 절구 한 편을 지어
퇴석에게 드립니다.

백척의 용문도 부여잡기 어려운데	龍門百尺亦難攀
누구에 기대 높은 난간에서 함께 웃을까	誰倚高欄共解顏
이후로 청담하며 붓 휘두르게 되면	從此淸談揮筆處
밝은 달 흰 구름 사이에서 노닌 듯하리	只遊明月白雲間

동도의 운에 거듭 화답하다
再和東渡韻

퇴석

옥수[112]의 맑은 의표 다시 부여잡고	玉樹淸標幸再攀

술관으로 일본을 다녀왔다.

112 옥수(玉樹) : 자태가 준수하고 재간이 넉넉한 사람을 가리킨다. 『세설신어(世說新
語)』 상서(傷逝)에 "유 문강(庾文康 유량(庾亮))이 죽자 하 양주(何揚州 하충(何充))가

절에 사는 백호[113] 얼굴 보니 기쁘네	禪棲喜對白毫顏
돌아가 한문공이 올린 표[114] 읽어보고	願君歸讀文公表
쓸데없는 이야기 필설간에 하지 말게	閑話休煩筆舌間

전운에 차운하여 퇴석에게 답하다
步前韻答退石

동도

제천[115]의 옥수 본래 부여잡기 어려운데	諸天玉樹本難攀
부처가 활짝 웃었다고 부질없이 말하네	謾說金仙開笑顏
한문공은 논불골표 지었기 때문에	爲是文公裁佛骨
가련하게 부질없이 조주에서 늙어갔다네	可憐空老海潮間

한퇴지가 조주(潮州)로 귀양 갔기 때문에 이렇게 말한 것이다.

장사 지내는 곳에 이르러 말하기를 '흙더미 속에 옥수를 묻으니 사람의 슬픈 정이 어찌 끝이 있겠는가.' 하였다." 하였다.

113 백호(白毫) : 불가(佛家) 용어로서, 부처의 미간(眉間)에 있어 빛을 발하여 무량(無量)의 국토(國土)를 비춘다는 흰 털을 말한다.

114 한문공(韓文公)이 올린 표 : 한퇴지의 「논불골표(論佛骨表)」를 말한다. 당 헌종(唐憲宗)이 일찍이 궁중에 불골(佛骨)을 들여오려고 하자, 이부 시랑(吏部侍郞) 한유(韓愈)가 그 불골을 들여오지 못하게 하기 위해 헌종에게 「논불골표(論佛骨表)」를 올렸다가 헌종의 진노를 사서 죄를 얻어 조주 자사(潮州刺史)로 폄척(貶斥)되어 나갔다.

115 제천(諸天) : 불교의 신도들이 떠받드는 갖가지 천신(天神)들을 가리킨다.

석상에서 추월께 드리다
席上呈秋月

동도

옛 청주에서 사성이 동쪽으로 움직이니	使星東動古靑州
가을 한양에서 풍악 울리며 새벽에 떠났네	絲管曉發大都秋
임금께서 은혜롭게 퇴곡[116]하고 부절 하사하니	君恩推轂賜華節
백관들은 잔치 자리 모시며 원유를 읊네	百官侍宴賦遠遊
위봉루[117]앞에는 나는 일산들 이어졌고	威鳳樓前連飛盖
반룡 언덕[118] 밖에선 응류[119] 전송하네	蟠龍隴外送應劉
만리 길 떠나는 다리는 애간장 녹이고	萬里橋邊銷魂處
성 위엔 잔월 그림자만 공연히 남아있네	城上殘月影空留
하늘가엔 부상의 해가 잡힐 듯하고	天邊欲攀扶桑日
지축은 멀리 창해의 물결에 비껴있네	地軸遙橫滄海流
쌍학은 허공을 가르며 사신 깃발 따르고	雙鶴凌空隨文斾

116 퇴곡(推轂) : 옛날에 제왕이 장수를 파견할 때에 바퀴통을 밀어 주면서 "곤내(閫內)는 과인이 제어할 테니 곤외(閫外)의 일은 그대가 제어하라."고 하며 전권(全權)을 위임했던 것을 말한다. 『史記 卷102 馮唐列傳』

117 위봉루(威鳳樓) : 경기도 개성에 위치하는 고려 시대의 누각(樓閣)이름이다. 국가에 경사스러운 일이 있을 때에 이곳에서 임금이 친히 문무백관(文武百官)과 백성들의 조하(朝賀)를 받기도 하고, 과거(科擧)의 방(榜)을 내걸어 급제(及第)를 하사(下賜)하거나 과거의 전시(殿試)를 보는 장소로도 사용되었다.

118 반룡(蟠龍) 언덕 : 개성 위봉루 근처에 있는 언덕이다. '개성(開城)으로 돌아와 머무니 유도(留都)가 있는 곳이다. 위봉(威鳳) 문의 남은 터가 있어 북쪽 기슭에 버려져 있고, 반룡(蟠龍 청룡(靑龍)의 옛 언덕이 있어 동쪽의 밭두둑 길로 나온다.'는 표현이 있다. 『新增東國輿地勝覽 卷1 京都上』

119 응류(應劉) : 삼국(三國) 시대 위(魏)나라의 왕찬(王粲)·공융(孔融) 등과 함께 건안 칠자(建安七子)로서 문명(文名)을 크게 떨쳤던 응탕(應瑒)·유정(劉楨)을 합칭한 말이다.

고래들 파도 헤치며 익주[120] 보호하네	群鯨破波護鷁舟
초겨울 대마도에 이르렀다하니	聞道初冬到馬島
이날 고개 돌리고 객의 시름 맺혔으리	此日回首結客愁
고향은 이로부터 늘 꿈속에 들어오니	鄕關從此常入夢
이역에서 낙엽 질 제 아득히 바라보네	異域落木望悠悠
일본의 제생이 처음 시를 지어 올리고	日本諸生初獻賦
조선의 대부들과 함께 누각에 오르네	鷄林大夫共登樓
푸른 남도에는 시문 뛰어난 선비 많고	靑藍島富詩文士
적목관에는 한유·유종원같은 무리 많네	赤目關多韓柳儔
두 언덕에서 흰 눈 같은 낭필 바치니	兩岸白雪供狼筆
용왕의 딸은 누구에게 구슬 주었을까	龍女捧珠向誰投
서쪽 바다 풍랑이 심하다고 말하지만	人傳西海風波惡
비단 돛대 탈 없이 낭화주에 이르렀네	錦帆無恙浪華洲
낭화 성에서 따뜻한 봄날 맞이하니	浪華城中逢春日
아름다운 계절이라 멀리 한강 그립네	佳節遙思漢江頭
비로소 대국 군자의 장엄한 풍모 보니	始看大國君子壯
비단도포 펄럭이며 자류마에 오른다네	金袍翩翩躍紫騮
밤 되자 성에선 젓대 소리 들리니	到夜城邊聞玉笛
매화곡[121] 소리에 봄 달이 그윽하네	曲中梅花春月幽
봄바람에 피리소리 매화 따라 스러지니	春風吹逐梅花落

---

120 익주(鷁舟) : 사신 배를 가리킨다. 익주는 수신(水神)을 누르고 바람을 견딘다는 뜻으로, 익새[鷁]를 돛대 머리에 단다.

121 매화곡(梅花曲) : 악부(樂府)의 횡취곡(橫吹曲) 가운데 하나로 매화락(梅花落)이라고도 한다.

공연히 잠 깬 객은 눈물 줄줄 흘리네	空破客夢淚難收
옛날 오래 전 왕인[122]이 이곳에 와서	昔在王仁來此地
제왕 보좌하며 봉래산에서 노닐었다네	羽翼從帝遊蓬丘
매화 노래 지어 새로 지위 안정시키고	歌題梅花新定位
사직 도와 더욱 임금과 근심 나누었네	人扶社稷更分憂
공 이루고서야 돌아가 벽려옷[123] 입고	功成初衣歸薜荔
명성 세워도 끝내 봉후되지 않았다네	名遂長不取封侯
이 분 원래 삼한에서 온 나그네이니	此人元是三韓客
묻노라 그대들은 같은 고향인가	借問公等同鄉不
우리나라에 현자를 찾는 어명있으니	本邦幸有求賢詔
현준한 그대 모두 고인과 비슷하네	俊賢全與古人侔
그대도 아름다운 오색 문장 지어서	君亦文章裁五色
임금 보필하여 취운구[124] 빛내시게	補袞願映翠雲裘

뒷날 틈이 있거든 화답시를 지어 주십시오. 감히 곧바로 답시를 바라지는 않습니다.

---

122 왕인(王仁) : 백제(百濟) 사람이다. 우리나라 고대 사적(古代史籍)에는 그 이름이 보이지 않으나, 일본의 고대기록(『일본서기(日本書紀)』·『고사기(古事記)』)에는 왕인(王仁) 또는 화이길사(和邇吉師)란 이름으로 나타나 있으며 『속일본기(續日本紀)』에는 일본의 응신천황(應神天皇) 때에 왕인이 일본으로 서적(書籍)을 전하고 유풍(儒風)을 크게 진작시켰다는 기록이 있다. 또 왕인의 자손도 대대로 하내(河內) 지방에 거주하였다고 한다.

123 벽려(薜荔)옷 : 벽려(薜荔)는 오늘날의 담쟁이 종류의 향초로 산인(山人)이나 은자의 옷을 뜻한다. 『초사(楚辭)』「구가(九歌) 산귀(山鬼)」에 "벽려로 옷을 입고 여라로 띠를 둘렀도다.[被薜荔兮帶女蘿]"하였다.

124 취운구(翠雲裘) : 푸릇푸릇한 구름 빛의 갖옷 이름이다. 여기에서는 천자가 입는 옷을 말한 듯하다.

석상에서 용연·현천·퇴석께 드리다
席上呈龍淵玄川退石

동도

사신수레 만리 길 떠나 일본에 오니	星軺萬里來日邊
바로 우리 부상의 도성 앞이라네	是吾扶桑帝城前
서경[125]엔 번화한 집이 백만 가구요	西京繁華家百萬
북궐엔 문무 겸비한 객이 삼천 명이라	北闕文武客三千
산천의 아름다운 기운 궁전에 스미고	山川佳氣朝宮殿
봄 가득 경운[126]은 임금 자리 비추네	春滿慶雲映御筵
봉황은 쌍으로 날아 꽃나무에 깃들고	鳳凰雙飛巢花樹
교룡은 여럿이 모여 옥연에서 뛰노네	蛟龍群集躍玉淵
조선의 사신들 멀리 와서 빙례 닦으니	鷄林衣冠遙脩聘
어진 풍모로 태평시대에 크게 떨치네	仁風大振太平年
여기서부터 사신 깃발 동쪽을 향하니	從此文斾堪東指
장사가 푸른 물결을 타고 먼저 가구나	先見長蛇駕靑漣
악양성 위에서 옥피리 구슬프게 부니	岳陽城上吹玉笛
곡중에 맑은 원한 누구를 가련히 여길까	曲中淸怨有誰憐
비파호가의 팔백리에	琵琶湖上八百里
그 가운데 신선이라 불리는 옥녀 있네	中有玉女稱神仙
사람들이 전하길 꽃피는 달밤 죽서에는	人傳竹嶼花月夜
지금까지도 미인이 비파 탄다고 하네	于今美人彈四弦

---

125 서경(西京) : 교토[京都]의 이칭(異稱)이다. 가마꾸라 막부[鎌倉幕府]가 동방에 있으므로 대칭(對稱)한 것이다.

126 경운(慶雲) : 상서로운 구름으로 경운(景雲) 또는 경운(卿雲)이라고도 하는데, 태평 세대가 올 징조로서 오색구름이 끼는 것을 말한다.

시도에서 돌아가는 배에 함께 고개 돌렸고	矢渡歸帆同回首
석봉의 희미한 달빛에 함께 수레 멈추었네	石峰殘月共停鞭
큰 바다와 겹겹 산은 지나기 수고롭지만	大海重山勞跋涉
사마와 박망[127]은 임금 사랑 듬뿍 받았네	司馬博望主恩偏
칠리탄[128]가의 장엄한 광경 한 번 보라	請看七里灘頭壯
종 북 옥 퉁소 소리 누선에서 일어나네	金鼓玉簫起樓船
비단 닻 같이 올리니 바람 소소하게 불고	錦纜同解風颯颯
구름 돛 함께 매다니 파도 넘실넘실 대네	雲帆共掛濤翩翩
변방 관문에 누가 기수[129]하고 지났는가	荒關誰能棄繻過
파교[130] 정자에서 어진 재자 보고 놀랐네	灞亭驚見才子賢
옷 걷고 수레 멈추고 높은 언덕에서 보니	褰裳停車臨巨岸
뭇 용들 파도를 헤치며 큰 바다 건너가네	群龍破浪凌大川

---

127 박망(博望) : 한(漢)나라 장건(張騫)으로, 장건이 흉노(匈奴)를 정벌하여 박망후(博望侯)가 되었다. 그 후 대하(大夏)에 사신(使臣)으로 가서 황하(黃河)의 수원(水源)을 끝까지 탐사(探査)했다 한다.

128 칠리탄(七里灘) : 일본 서해도(西海道) 비전주(肥前州)의 박다진(博多津)에 있는 여울로, 박제상이 절의(節義)로 죽은 곳이다.

129 기수(棄繻) : 비단 종이를 둘로 나눠서 만든 증명서 즉 통행 증명서를 버렸다는 말로, 한(漢)나라 종군(終軍)의 고사이다. 종군이 젊어서 장안(長安)으로 갈 적에 걸어서 관문에 들어서니, 그곳을 지키는 관리가 수(繻)를 지급하면서 다시 돌아올 때 맞춰 보아야 한다고 하였다. 이에 종군이 앞으로 그런 증명서는 필요 없을 것이라면서 버리고 떠났는데, 뒤에 종군이 알자(謁者)가 되어 사신의 신분으로 부절(符節)을 세우고 군국(郡國)을 돌아다닐 적에 그 관문을 지나가자, 옛날의 관리가 알아보고는 "이 사자는 바로 예전에 증명서를 버린 서생이다.[此使者乃前棄繻生也]"라고 말했다 한다. 『漢書 卷64下 終軍傳』

130 파교(灞橋) : 이별하는 장소를 말한다. 옛날 장안(長安) 사람들이 손을 배웅할 때는 반드시 파교(灞橋)까지 가서 다리 가의 버들가지를 꺾어 주어 송별(送別)을 했던 고사에서 온 말이다.

성난 파도는 끝없이 높이 돌을 날리고	無盡驚瀾高飛石
급류는 끊임없이 흩어져 물안개가 되었네	不斷急流裂爲煙
함께 수레 몰고 와 처음 부사산 빛 보니	並駕始看士峰色
은하수 뒤집어져 큰 백련이 피는 듯하네	銀河倒開大白蓮
차가운 봄이라 만년설 더욱 빛나니	春寒益輝萬年雪
해내의 어떤 산이 부사산과 감히 견주랴	海內何山堪比肩
들으니 기방에도 금강산이 빼어나	聞道箕邦金剛秀
일만이천 봉우리 아름답다고 하네	一萬二千峰頭鮮
어떤 이가 꼭대기에 이르렀는가	不知何人到絶頂
그림조차 이곳에 전해지지 않구나	可恨畵圖此不傳
일본은 불이[131]의 경지로 시부 많으니	日本不二多詩賦
채색 붓이 오색구름 서로 비쳐 이어졌네	彩毫相映五雲連
이 중 절반은 중원의 동화[132] 나그네이니	半是中華東華客
비단과 부채에 쓴 글 만전과 바꿀 만하네	拂絹題扇換萬錢
아래로는 꽃 숲이 운몽택을 삼킬 듯하고	下見花林吞夢澤
위로는 용지에 온천이 솟구친 듯하네	上有龍池出溫泉
천지의 귀신은 붉은 산에서 노닐고	天地鬼神遊紫岫
호해의 기러기 붕새는 푸른 산을 나네	湖海鴻鵬搏碧巓
사시사철 흰 눈이 인간 세상 비추니	四時白雪照人世
찬 그림자 높이 봄 하늘 가까이 걸렸네	寒影高逼春霄懸

---

131 불이(不二) : 불이법문(不二法門)의 약칭으로, 상대 차별을 없애고 절대 차별 없는 이치를 나타내는 법문이다. 여기서는 높은 삼매의 경지를 말한다.
132 중원의 동화(東華) : 조정의 관료를 말한다. 중국의 중앙 관서가 모두 궁성의 동화문 (東華門) 안에 있었던 데에서 유래한 것이다.

산의 백설이 동쪽으로 갈 날 기다리니　　　　　嶽雪似待東行日
영곡에 화답할 시편 다투어 지으시게　　　　　公等願鬪和邳篇

한가한 날이 있으면 화답시를 지어 주십시오.

남추월에게 올리는 글

동도

이보다 앞서 사신이 처음 낭화(浪華)에 이른 날, 멀리서 그대의 아름다운 이름을 듣고 '진실로 군자일 것이다. 사방 나라에 사신 가서 시를 말할 수 있고 또한 글을 논할 수 있으니. 이런 기회로 지미(芝眉)를 뵐 날이 있을 것이니 참으로 다행이다. 그때 직접 보잘것없는 시를 올려 귀한 말씀 듣는다면 천 년에 한 번 있을까 말까 하는 지원(志願)이 이루어지겠구나.'라고 생각하였습니다.

우리나라의 사문(沙門)에는 옛날에 시문으로 떨친 자가 겨우 두세 사람이었습니다. 비록 그렇지만 문(文)은 좌구명과 사마천 이전으로 거슬러 올라가지 않고 시는 이백과 두보를 본받지 않고서, 걸핏하면 한유·유종원·원진(元稹)·백거이를 일컬으며 유학의 으뜸으로 삼았습니다. 그래서 시문은 한갓 부허(浮虛)한 말만을 좇아 오래도록 고인(古人)의 진실함을 잃었습니다. 이 때문에 성덕지사(盛德之士)가 시문으로 자처하지 않은 것이니 도와 덕의 진실함을 해칠까 염려했기 때문입니다. 그래서 흙을 버리듯 쉽게 버렸으니 옛날의 시문이 아니기 때문입니다.

대저 옛날의 시문은 뜻과 하나가 되고, 지금의 시문은 뜻과 둘이 됩니다. 이른바 뜻과 하나가 된다는 것은 마음에 있는 생각이 말로 그대로 드러나 시와 문이라는 이름을 빌린 것일 뿐입니다. 만약 이러한 마음이 없다면 말하지 않고, 말하지 않는다면 본디 시문의 자취가 없기에 시문을 보면 그 사람의 현우(賢愚)를 알 수 있는 것입니다. 그래서 옛날에는 채시관(采詩官)¹³³이 있었습니다. 자하(子夏)가 말하기를, "마음에 있으면 뜻이 되고, 말로 발하면 시가 된다."¹³⁴라고 하였고, 『춘추좌씨전』에 이르기를, "말로써 뜻을 이루고 문채로써 말을 수식하니, 말하지 않으면 누가 그 뜻을 알겠는가. 말에 문채가 없다면 멀리 가지 못한다."¹³⁵라고 하였으니, 이 말을 증거로 삼을 수 있습니다. 이것이 이른바 뜻과 하나가 된다는 것입니다. 진실로 이러한 마음이 없는데도 억지로 말하여 그 말이 시와 문이 된다면 마음과 말이 둘이 되는 것입니다. 그래서 그 시를 외더라도 그 사람됨을 알 수 없습니다. 만약 마음에 있지 않는데 비단 같은 유려한 말을 구하고자 한다면 비록 번성한 도시의 저자가게처럼 화려하더라도 무슨 보탬이 있겠습니까. 이 때문에 공자께서 말로써 사람을 취함에 재아(宰我)에게서 실수하였다고 탄식한 것입니다.¹³⁶ 진실하도다. 육경(六經)과 성현께서 마음에 있으면 말로 드러나 시와 문이 된다고 하신 말씀이. 성현께서 어찌 시문을

---

133 채시관(采詩官) : 풍속과 정치를 살펴보기 위해 각 지방의 시가(詩歌)를 채집했던 주(周)나라의 관원 이름이다. 『禮記 王制』 『漢書 藝文志』

134 마음에……시가 된다 : 모시서(毛詩序)에, "시는 뜻이 가는 바이니 마음에 있으면 지(志)가 되고 말로 드러나면 시가 된다[詩者志之所之也. 在心爲志, 發言爲詩.]"라고 보이는데, 자하의 말인지는 확인할 수 없다.

135 : 말로써……못한다 : 양공(襄公) 25년 조에 옛글을 공자가 인용한 말이다.

136 공자께서……탄식한 것입니다 : 『사기(史記)』 권67 「중니제자열전(仲尼弟子列傳)」에, "내가 말로써 사람을 취함에 재여에게 실수하였고, 모습으로 사람을 취함에 자우에게 실수하였다.[吾以言取人, 失之宰予, 以貌取人, 失之子羽.]"라는 말이 있다.

꾸미는 데에 뜻이 있었겠습니까. 옛날의 이른바 시문을 알 만합니다.

그런데 한위(漢魏) 이래로 당명(唐明)의 호걸들이 선인의 사업을 계승하여 함께 일어나 비단같이 화려하게 수를 놓고 날줄과 씨줄을 번다하게 놀리고 화려하게 꾸며 오묘한 솜씨를 제멋대로 부렸으나 고인과는 전혀 합한 것이 없는 것은 말할 것도 없습니다. 그 밖에 채색을 진열하여 눈을 현혹시키고 부허(浮虛)한 것을 만들어 마음을 뒤흔들었습니다. 그래서 저는 그것을 버리고 취하지 않았습니다.

신조(神祖)가 한 번 천하를 바로 잡은 뒤로 온 나라의 훌륭한 문장이 대대로 크게 열려 문(文)이 도(道)를 싣고 도가 문을 도와서, 시와 문이 다시 예전처럼 진실하게 되었습니다. 당시에 고승들이 무리를 이루어 참선을 마치고 문예의 밭에 노닐었으나, 문이 뛰어나서 진실함을 잃는 근심은 없었습니다. 이 때문에 덕이 성하면서 문이 뛰어난 사람들이 대대로 적지 않은 것입니다. 저와 같은 경우는 깊은 언덕과 골짜기에서 불교의 결사체(結社體)와 떨어지면서부터 일찍이 여력이 없어서 혜휴(惠休)[137]와 지둔의 재주에 못 미친 지 오래되었으니 한스러울 뿐입니다.

바라건대, 당신께서는 저를 버리지 마시고 한두 가지 가르침을 주신다면 헤어진 후에 길이 그 가르침을 받들어서 온 나라에 자랑할 것입니다. 문장은 불후의 사귐이라 손을 잡는 즐거움에 못지않으니 어찌 재회하기 어렵다고 한탄하겠습니까. 글을 바라는 욕심이 끝이 없습니다.

두 편의 글은 사리(辭理)가 막힘이 없고 의견이 탁월하여 글을 지으려는 뜻이 없는데도 글이 절로 좋습니다. 선사께서 비록 겸손하여 지

---

137 혜휴(惠休) : 탕혜휴(湯惠休)이다. 육조 시대(六朝時代)의 시승(詩僧)이다.

둔과 혜휴의 무리에는 들지 못한다고 하셨지만 선송(禪誦)의 여가에 얻는 것임을 확실히 알 수 있겠습니다. 일본의 시는 재주와 힘이 섬약(纖弱)할 뿐 아니라, 일본의 전고(典故)·산천(山川)·재부(財賦)·병농(兵農)·풍속(風俗)·호구(戸口) 같은 것에 있어서도 막연하여 자세하지 않습니다. 그래서 비록 지은 작품이 있더라도 귀머거리와 벙어리가 꿈을 이야기하는 것과 같으니 어찌 조금이라도 드러내 밝힐 수 있겠습니까. 이에 가르침을 감히 받들지 못하겠습니다. 몇 글자 지어달라고 하신 말씀은 진실로 사양할 수 없으나 여러 경(經)이 마니주(摩尼珠)와 같이 빛나니 이것으로써 점수(漸修)한다면 돈오(頓悟)할 수 있을 것입니다. 만약 묵자(墨者)의 이름을 하고 유자(儒者)의 뜻이 있다면 하늘에 일월(日月)이 있는 것처럼 오경(五經)이 있으니 제가 무엇을 덧붙일 필요가 있겠습니까. 변변찮은 말솜씨라 더 이상 마음에 있는 말을 다하지 못합니다.

추월

정정재[138]가 나를 위하여 붓을 휘둘러 금련사[139]의 방을 써주니 인하여 이 시를 지어 사례하다
正正齋爲貧道揮毫, 作金蓮社之榜, 因賦此謝之

동도

옥절이 동해의 봄에 높이 빛나니　　　　　　　　　玉節高輝東海春

붓을 휘두른 객은 한나라 문필가라　　　　　　　　揮毫大客漢詞臣

---

138 정정재(正正齋) : 사자관(寫字官) 홍성원(洪聖源)을 말한다.
139 금련사(金蓮社) : 애지현(愛知縣) 번두군(幡豆郡) 길량정(吉良町)에 있는 조동종(曹洞宗)의 사원이다.

글 완성된 뒤에는 금련이 필 테니   書成從此金蓮發

길이 여산의 혜원 스님 배우리라[140]   長學廬山遠上人

퇴석 : 태학의 제생들이 보기를 청하니 스님과 필담할 겨를이 없습니다. 율시 한 수로 스님의 고시에 사례하고자 합니다.

동도 : 한 조각 밝은 달을 가져다 돌아가시는 길 비춰드리고 싶습니다.

초서로 율시 한 수 휘갈겨 인정 스님의 고시에 사례하고 인하여 이별의 마음을 전하다
走艸一律, 謝靜上人古詩, 因申別懷

퇴석

스님은 호계를 지나서 웃고   僧過虎溪笑

기러기는 초천 떠나 슬퍼하네   鴻別楚天哀

나그네는 방초에 길을 헤매고   客路迷芳艸

시상은 늙은 매화에 솟구치네   詩愁上老梅

스님은 영취사에 남아 있고   獅留靈鷲寺

사신은 몰운대[141]로 돌아가네   槎返沒雲臺

---

140 길이……배우리라 : 승려지만 유학자와도 어울리겠다는 말이다. 혜원은 진(晉)나라의 스님으로 여산(廬山) 동림사(東林寺)에 있으면서 손님을 전송할 때에 호계(虎溪)라는 시내를 넘어가지 않았는데, 하루는 도연명(陶淵明)과 육수정(陸修靜)을 전송하다가 모르는 사이에 시내를 지나고는 세 사람이 함께 한번 웃었다고 한다.

141 몰운대(沒雲臺) : 부산 앞바다에 있는 작은 섬으로 당시 우리나라의 제포(薺浦)와 부산포에 왕래하는 일본 배가 경유하는 곳이다.

훗날 서로 그리워 보고프면	他日相思處
어떻게 바다 달 보며 견딜까	那堪海月來

김퇴석에게 답하다
答金退石

동도

호계에서 이별하니	虎溪分手地
어찌 속인처럼 슬퍼하랴	豈作俗人哀
그대 사립문의 버들 꿈꾸니	君夢紫門柳
나는 백련사의 매화 따리라	我携蓮社梅
소식 끊겨 베개 뒤척일 제	斷鴻易欹枕
조각달에 누대 오르기 싫으리	片月懶登臺
함께 이별의 시 쓰세나	共就銷魂賦
밝은 달빛에 술 가져오게	明月許酒來

동도 : 훗날을 기약하고 돌아갑니다.

세 번째 만남

29일에 학사관(學士館)에 들어와 추월·용연·현천·퇴석을 만나 다음과 같이 글을 썼다.

"훗날 공들께서 동도(東都)를 떠나는 날에 성(城) 남쪽에 자리를 마련하여 동쪽 바다에서 이별하고자 하였습니다. 그런데 국금(國禁)이

허락하지 않으니 매우 애석합니다. 이 때문에 미리 생각하니 남몰래
애가 탑니다. 이에 그때를 미리 헤아려 송별시 및 서(序)를 지어 추월
및 용연·현천·퇴석에게 삼가 드리니 한 번 보시고서 웃고 버리신다
면 좋겠습니다."　　　　　　　　　　　　　　　　　　　　　　동도

　　추월의 대답을 잃어버려 애석하다.

조선 학사 남추월을 전송하다
奉送朝鮮學士秋月南公

　　　　　　　　　　　　　　　　　　　　　　　　　　　　　동도

하량에서 헤어짐[142]은 일대의 이별이라	河梁分手一代別
남몰래 혼을 녹인다는 말 이제야 믿겠네	始信黯然更銷魂
대동의 봄날 동쪽 바닷가에서 작별하니	大東春日辭東海
저 멀리 서쪽으로 여러 돛배를 매달았네	群帆西懸隔乾坤
송별연의 퉁소 북소리 성 밖까지 이어지고	祖帳簫鼓連城外
나는 일산 서로 따르며 온갖 문을 나오네	飛盖追隨出千門
매화곡 속에 젓대소리 정 머금고 떨어지고	梅花笛裡含情落
양류곡[143] 가운데 맺힌 시름이 솟구치네	楊柳曲中結愁翻

---

142 하량(河梁)에서 헤어짐 : 소무와 이릉의 이별을 말한다. 한 소제(漢昭帝) 때에 흉노
(匈奴)와 화친을 함으로써, 흉노에게 사신 갔다가 억류되었던 소무(蘇武)가 한나라로 돌
아오게 되자, 소무의 친구로서 흉노에게 투항한 이릉(李陵)이 시를 지어 소무를 송별하였
는데, 그 시에 "손 잡고 하수의 다리 가에 이르노니, 이 나그네는 저물게 어디로 갈꼬.[携
手上河梁, 游子暮何之?]"한 데서 온 말이다. 『漢書 卷54 李陵傳』
143 양류곡(楊柳曲) : 고대의 악부 가운데 하나인 절양류곡(折楊柳曲)으로, 버들가지를
꺾으면서 이별하는 아쉬운 정을 노래한 것이다.

강가에 말을 묶고 이별의 때를 원망하니　　江邊停馬此時怨
흐르는 물 끝없어 더이상 말하기 어렵네　　流水無盡更難言
어디의 명산에 시권을 보관하였으며　　何處名山藏詩卷
몇 번이나 재자들 고향을 그리워했나　　幾時才子憶故園
이역에 봄바람 부니 고향생각 간절하고　　異域春風懷土切
타향에 꾀꼬리 벗 찾는 소리[144] 시끄럽네　　他鄕鶯鳥求友繁
부사산 백설은 길이 그대 몫이 되었으니　　芙蓉白雪長屬君
오색이 멀리 초인의 문장에 아롱지네　　五色遙映楚人文
청컨대 그대는 일본의 봄빛을 보게나　　請看日本春日色
헤어지면 양국에서 꽃과 달을 바라보리　　兩地花月望自分
조선에 돌아가 부상의 일 말하게 되면　　歸國儻語扶桑事
먼저 앵두꽃 말하여 그대 백설에 견주게　　先言櫻花擬白雪

조선 세 서기 성용연·원현천·김퇴석을 전송하다
奉送朝鮮三書記成龍淵元玄川金退石

동도

일심은 온 천지를 담고　　一心籠天地
천지는 넓은 만국을 여네　　天地開萬國
사람이 생겨나면서부터　　自從生四民
조화를 헤아릴 수 없었네　　造化不可測

---

144 벗 찾는 소리 : 『시경(詩經)』「소아(小雅) 벌목(伐木)」에 "저 새를 보니, 새도 벗을
부르는데, 더구나 우리 사람들이 벗을 찾지 않을쏜가.[相彼鳥矣, 猶求友聲, 矧伊人矣,
不求友生?]"한 데서 온 말이다.

요순은 멀어 말할 수 없고	堯舜遠無論
성현은 근래 보기 어렵네	賢聖近難得
육경은 공자의 마음이요	六經孔子心
큰 빙례 계찰의 힘이라[145]	大聘季札力
두 나라는 사문을 붙들고	雙邦扶斯文
두 임금은 그 법도 지켰네	二君守其式
봄이 오니 사신의 수레	春來使乎車
멀리 군자 나라에 왔네	遙到君子域
제왕이 하늘의 뜻 이었으니	帝王一繼天
길이 만세토록 편안하리라	萬世寧可識
영조는 오동나무에 깃들고	靈鳥巢梧桐
인수[146]는 임금 보좌하네	仁獸補袞職
옥서로 태평시대 축하하고	玉書賀太平
금자[147]로 정직[148] 칭찬하네	錦字讚正直
사신 깃발 부상 동쪽으로	文旆桑海東

---

145 큰 빙례(聘禮)……힘이라 : 춘추시대 오(吳)나라 계찰(季札)이 상국(上國)을 역방하면서 당세의 이름난 사대부들과 교유를 맺고, 노(魯)나라에 들러 주(周)나라의 음악을 들어 보고는 열국(列國)의 치란흥망을 알았다고 하는 고사가 전한다. 『史記 卷31』

146 인수(仁獸) : 흰 바탕에 얼룩무늬가 있는 추우(騶虞)를 말하는데, 성인(聖人)의 덕화에 감응하여 나타난다고 한다. 『시경(詩經)』에 '무성한 갈대밭에서 한 번 쏘아 다섯 수퇘지 잡았네 아! 추우(騶虞)여[彼茁者葭, 一發五豝, 吁嗟乎騶虞.]'라는 표현이 보인다.

147 금자(錦字) : 전진(前秦) 두도(竇滔)의 아내 소씨(蘇氏)가 직금회문시(織錦回文詩)를 남편에게 보낸 고사로, 아내의 편지나 아름다운 시구를 뜻한다.

148 정직(正直) : 삼덕의 하나로, 『서경(書經)』「홍범(洪範)」에, "삼덕의 첫째는 정직이요, 둘째는 강함으로 극복하는 것이요, 셋째는 부드러움으로 극복하는 것이다.[六三德, 一曰正直, 二曰剛克, 三曰柔克.]" 하였는데, 그 주에 '정(正)은 사특함이 없는 것이고, 직(直)은 굽음이 없는 것이다.[正者, 無邪. 直者, 無曲.]' 하였다.

함관 북쪽 무성¹⁴⁹에 왔네	武城函關北

함관 북쪽 무성149에 왔네 　　　　　武城函關北
누선 잠시 이곳에 정박하고서 　　　樓船暫此留
검과 패옥 차고 궁에 오르네 　　　　劍佩登紫極
일월은 하나라의 책력 행하며 　　　日月行夏時
관면은 주나라의 덕 실었네150 　　　冠冕載周德
백 년 동안 어진 사람들 많아 　　　百年富賢良
만리 떠나 사직에 공로 세웠네 　　　萬里勞社稷
제생은 제나라 노나라 선비요 　　　諸生齊魯間
대유는 한묵 곁에서 노니네 　　　　大儒翰墨側
꽃구경하며 사귀었다고 하더니 　　忽聞看花交
이별하는 날이 벌써 다가왔네 　　　離筵日已逼
이별 후에 바다 서쪽으로 가면 　　別後滄溟西
공연히 희미한 달을 바라보리 　　空望殘月色
시름에 마음이 애타지만 　　　　　有銷愁人魂
돌아가는 기러기 날개 못 빌리네 　無假歸鴻翼
생각하니 어찌 그리도 슬픈가 　　所思一何哀
이별 노래 정말 짓기 어렵네 　　　別賦信難裁
연나라 송나라 음조 다르니 　　　燕宋風異響
누가 강엄의 재주 비기리오 　　　誰擬江淹才

---

149 무성(武城) : 동무(東武)인 에도를 말한다.

150 일월은……실었네 : 조선이 주나라처럼 문명국이라는 말이다. 안연이 나라를 다스리는 것을 묻자 공자께서 말씀하셨다. "하나라의 책력을 행하며 은나라의 수레를 타며, 주나라의 면류관을 쓰며, 음악을 소무(韶舞)를 할 것이요, 정(鄭)나라의 음악을 추방해야 하며 말재주 있는 사람을 멀리 할 것이니, 정(鄭)나라 음악은 음탕하고 말 잘하는 사람은 위태로운 것이다.[顏淵問爲邦, 子曰行夏之時, 乘殷之輅, 服周之冕, 樂則韶舞, 放鄭聲, 遠佞人, 鄭聲淫, 佞人殆.]"하였다. 『論語 衛靈公』

녹명151 부르며 서쪽 동산에 모이니	鹿鳴西園會
나는 일산 동쪽 물가로 오누나	飛盖東渚隈
공후와 문무 관료들이	公侯與文武
성 남쪽에서 송별 자리 열었네	城南祖帳開
어찌 두 손 놓고 헤어지리오	豈啻分雙手
재회는 아마 또한 어려우리	再會亦難哉
내 마음은 돛대 그림자 따라	隨意錦帆影
날아서 부산으로 돌아가네	飛向釜山回
천지는 원래 마음이 만들었으니	天地元心造
마음 따라 함께 배회하네	從心共徘徊
만방은 마음 밖에 있지 않아	萬邦非心外
오히려 명경대152를 향하네	猶向明鏡臺
각자 멀리서 서로 생각하면	各天如相憶
양쪽 땅 마음 안에 들어오리	兩地入心來

조선 서기 성용연·원현천을 전송하는 서

동도

고인(古人)이 '남몰래 혼을 녹이는 것은 오직 이별뿐이다.'153라고 하

---

151 녹명(鹿鳴) : 『시경』 소아(小雅)의 편명으로, 본래 임금이 신하를 위해 연회를 베풀며 연주하던 악가(樂歌)이다.

152 명경대(明鏡臺) : 깨끗한 거울과 같은 마음을 말한다. 불교 선종(禪宗)의 제5조(第五祖) 홍인 선사(弘忍禪師)의 상좌(上佐)인 신수(神秀)가 게(偈)를 쓰기를, "몸은 바로 보리수요, 마음은 명경대와 같으니, 때때로 부지런히 닦아서, 먼지가 일지 않게 하라.[身是菩提樹, 心如明鏡臺, 時時拂拭勤, 勿使惹塵埃.]"한 데서 온 말이다.

였는데, 빈 말이 아니었습니다. 조선의 용연과 현천이 내빙(來聘)하여 잠시 동도(東都)에 머물던 날에 제가 글을 쓰는 자리에 노닐면서 외람되이 방외(方外)의 사귐을 갖게 되었습니다. 원화(元和)년간의 빙문[154] 이후로 일본의 사문(沙門)이 당신 나라의 여러 유자들을 배알하여 시문을 드린 자를 모두 손에 꼽을 수 있습니다. 겨우 작자(作者)라고 일컬어지는 오산(五山)의 여러 선사와 시문을 수식하는 대동의 스님 중에는 그러한 사람이 부족한 듯합니다. 예전 일은 잠시 나두고 논하지 않더라도 근래에는 어찌 그러겠습니까.

　우리나라의 불법(佛法)은 처음에 성대하였고 중간에 쇠퇴했다가 지금은 크게 떨치고 있습니다. 중간에 쇠퇴한 이유는 무엇일까요? 귀한 가문을 등에 업은 뒤로 혹 고관대작의 힘을 빌려서 큰 사찰을 끼고서 높은 자리를 훔쳤습니다. 배우지 않고 덕이 없는 이들은 굳이 말할 것이 없지만, 덕이 후하고 재주가 많아 고승이라 불릴 만한 사람도 인연에 따르고 참선하지 않아 범망(梵網)을 크게 던져 천상과 인간세계의 어룡(魚龍)을 걸러 낼 수 없었습니다. 이때에 땅에 황금을 깔아[155] 공

---

153 남몰래……이별뿐이다 : 남조(南朝)의 문인 강엄(江淹)의 별부(別賦)에 보인다.

154 원화(元和)년간의 빙문 : 겐나(元和)는 일본 연호로 1615~1624년에 해당되는데, 1617년(광해 9)에 정사 오윤겸(吳允謙) 등이 오사카 평정을 축하하는 목적으로 파견된 통신사를 말한다.

155 땅에 황금을 깔아 : 원래는 신앙심 깊은 불교 신도의 시주(施主)에 의해서 사찰을 세운다는 뜻인데, 절을 화려하게 꾸민다는 뜻이다. 진(晉)나라 법현(法顯)의 『불국기(佛國記)』에, 인도(印度)의 급고독 장자(給孤獨長者)가 석가모니에게 사찰을 지어 기증하려고 기타태자(祇陀太子)에게 찾아가 그 정원을 팔도록 종용하자, 태자가 농담삼아 "그 땅에다 황금을 깔아 놓아야만 팔 수 있다.[金遍乃賣]"고 하였는데, 이에 장자가 전 재산을 기울여 그곳에 황금을 깔아 놓자[卽出藏金 隨言布地], 태자가 감동하여 그곳에 절을 짓게 하였다는 고사가 전한다.

연히 객과 사귀고 어마어마한 힘으로 늘 사람을 해쳐서, 명찰(名刹)에
는 꽃만 화려하게 피고 보리(菩提)의 결실은 떨어졌습니다. 그리하여
경박한 세속사람들은 벼슬을 높게 여기고 어린 사람들은 녹을 받는
것을 좋아하였습니다. 이는 모두 여러 경(經)에서 싫어한 것이요 여러
논(論)에서는 천하게 여긴 바이니 어찌 슬프지 않겠습니까. 이 때문에
덕을 닦아 도를 터득한 승려들이 모두 깊은 산속에 숨어 흰 구름에
자취를 감췄습니다.

하지만 지금은 그렇지 않아 임금은 불교를 숭상하시고, 승려들은
문단에서 노닐어, 불일(佛日)이 산의 구름사이로 높이 솟고 법우(法雨)
가 두루 조야(朝野)를 적셔서, 전등(傳燈)이 빛을 날리고 종풍(宗風)이
크게 떨쳐졌습니다. 이 때문에 참선을 마치고 글을 짓는 자들이 모두
작자(作者)의 영역에 들어왔습니다. 그래서 혜휴(惠休)와 지둔(支遁)에
게도 뒤지지 않는 재명(才名)있는 자들이 구름과 비와 같이 많아 범문
(梵文)과 초사(楚辭)가 찬연하게 두루 갖추어졌습니다.

저 같은 경우는 비유하자면 제비와 참새가 봉황 곁에 있는 것과 같
아 늘 추한 몰골이 부끄럽습니다. 비록 그러하나 우리나라 불교는 오
직 불경에만 힘을 쏟고 문(文)을 영화롭게 여기지 않아 감히 재주를
다투어 방외의 사귐을 맺고자 하지 않았습니다. 그러니 원화년간 이
래로 사문(沙門)들이 글을 주고받아 당신나라에 이름을 전하는 무리가
적은 것은 마땅합니다. 공들께서 귀국하시거든 제현(諸賢)들과 담소하
실 것이니, 행장을 풀고서 글을 논하는 여가에 멀리 일본의 시인들에
대해 말하다가 만약 사문과 창화(唱和)한 글이 적음을 괴이하게 여긴
사람이 있거든 꼭 그 이유를 말씀해 주십시오.

조선 서기 김퇴석을 보내는 서

동도

조선 서기 김퇴석이 사신의 임무를 마치고 옥절(玉節)을 가지고 장차 돌아가려 할 때에 일본의 사문(沙門) 인정(因靜)은 다음과 같은 글을 드립니다.

정덕(正德)년간[156]에 우리나라의 사문이 이동곽(李東郭)을 뵙고서 '당신나라의 불법이 고금에 어떻게 흥하고 망하였는가?' 하고 묻자, 이동곽이 답변하기를 '우리나라에서 신라가 망한 이유는 주로 불법이 성행했기 때문입니다. 그래서 우리 태조께서 나라를 세우실 때에 성인의 경전을 한껏 존신하여 이교(異敎)의 설을 힘껏 물리치셨습니다.'라고 하였다 하는데 당신께서도 이 생각에 동의하십니까? 제가 생각해보니 성인의 경전을 한껏 존신하였다는 말은 말할 것이 없지만, 신라가 망한 이유가 불법 때문이라는 말에 이르러서는 매우 의혹됩니다. 백제 사람이 처음 불상과 경론(經論)을 우리나라에 바쳐서 불교를 열었습니다. 이 당시는 당신나라의 군신(君臣)이 모두 유도(儒道)를 높이고 아울러 불법을 믿어 두 교가 크게 성행하여, 나라가 부강하고 백성이 편안하며 전쟁이 일어나지 않아 수세토록 태평하였습니다. 그런데 천여 년이 지난 뒤 왕요(王瑤)[157]의 때에 이르러서 삼강(三綱)이 매몰되고 구법(九法)이 무너져서[158] 조상의 제사를 버리고 나라를 무너뜨려 풍속이

---

156 정덕(正德)년간 : 쇼토쿠(正德)는 일본 연호로 1711~1715년에 해당되는데, 1711년 (숙종 37)에 정사 조태억(趙泰億) 등이 이에요시(家宣)의 습직을 축하하는 목적으로 파견되었다.

157 왕요(王瑤) : 고려 제34대 공양왕(恭讓王, 재위 1389~1392)의 이름으로, 고려 마지막 왕이다.

쇠퇴하고 백성이 원망하였으니, 이는 실로 천명을 바꾸어야 할 때였습니다. 옛날 걸주(桀紂)가 망하자 하늘이 탕무(湯武)에게 천명을 주었으니 이때에 중국에는 불법이 있지 않았지만 걸주는 망하였고 탕무는 흥하였습니다. 이것으로 본다면 신라의 망한 것은 하늘이 태조에게 천명을 주어서 그런 것이지 어찌 불법을 신봉했기 때문이겠습니까. 옛날에 불법이 융성할 때와 망할 때를 비교한다면 실로 그 효과가 백배나 차이나니 불법이 어디에서 기다렸다가 천년 뒤에야 화를 내리겠습니까. 이 또한 있을 수 없는 이치입니다. 그러니 신라의 망한 것은 불법 때문이 아님이 분명합니다.

대저 불법이 성행한 나라가 어찌 신라뿐이겠습니까. 중국 및 제번(諸番)과 같은 경우는 한껏 존신하였습니다. 우리 일본은 불법이 동쪽으로 점차 옮겨온 후로 천여 년이 지나서 종묘는 밝은 빛을 돕고 제왕은 지혜의 빛을 보호하였습니다. 그래서 집집마다 잇고 본받아 자운(慈雲)이 해내(海內)를 두루 덮고 법등(法燈)이 인간세상을 항상 비추어 국가가 더욱더 태평해지고 풍속이 더욱더 편안해졌습니다. 경(經)에 이르기를, '불심(佛心)이 대자비(大慈悲)이다.'[159]라고 하였으니, 여기에

---

158 삼강이……무너져서 : 구법은 『서경』 「홍범(洪範)」의 '구주(九疇)'를 가리킨다. 이는 천하를 다스리는 아홉 가지 대법(大法)으로, 곧 오행(五行)·오사(五事)·팔정(八政)·오기(五紀)·황극(皇極)·삼덕(三德)·계의(稽疑)·서징(庶徵)·오복(五福)이다. 한유(韓愈)의 「여맹간상서서(與孟簡尙書書)」에 "양주와 묵적이 서로 어지럽히니 성현의 도가 밝아지지 못하고, 성현의 도가 밝지 못하면 삼강이 매몰되고 구법이 무너지며 예악이 무너지고 이적이 횡행할 것이니, 어찌 금수가 되지 않을 수 있겠는가.[楊墨交亂而聖賢之道不明, 聖賢之道不明, 則三綱淪而九法斁, 禮樂崩而夷狄橫, 幾何其不爲禽獸也?]"라고 한 말이 보인다.

159 불심(佛心)이 대자비(大慈悲)이다 : 『대승지관법문(大乘止觀法門)』에 보인다.

서 말하는 자비는 바로 인(仁)입니다. 이 마음을 확충하여 왕도를 보호하고 백성들의 생업을 어루만지고 길러준다면 사해(四海)를 보호할 수 있을 것이니 불법이 국가에 무슨 해가 있겠습니까. 당신께서는 귀국하시거든 정사에 참여하는 날에 만약 불법이 국가에 해가 된다고 언급하면 제가 지금 한 말을 생각하셔서 어리석은 견해를 싹 쓸어버리시고 비로소 불일(佛日)을 빛나게 해 주십시오. 그러면 제가 멀리서나마 그 은혜를 받을 수 있을 것입니다. 이 때문에 말씀 드리지 않을 수 없으니 쓸데없는 이야기라 생각하지 마십시오.

네 공께 아룁니다

동도 : 장편 및 서(序)를 드리니 뒷날 여가가 있거든 눌재(吶齋)에게 화답시를 맡겨 주십시오. 즉답(卽答)을 바라지는 않습니다.

추월 : 알겠습니다.

추월 : 율시 한 편으로 스님의 이별시에 화답하고자 하여 화답시를 이미 완성했으나, 손님들이 찾아오는 바람에 옮겨 쓰지 못했습니다. 다 쓰면 눌재에게 주어서 전달해 드리겠습니다.

동도 : 알겠습니다. 빈관에 일이 매우 바쁜 관계로 제 글을 다 드리지 못한 것이 안타깝습니다. 뒷날 와서 뵈도 괜찮겠습니까.

추월 : 꼭 다시 오십시오.

동도 스님이 두 편의 장편시를 주니 그 가운데서 운을 얻어 화답하다
東渡師以二長篇相贈, 就其中得韻以和

추월

가사 그림자 숙상구[160]와 가까이하는데	袈裟影襯鷫鸘裘
배도 화상은[161] 언제 십주[162]에 이르렀나	盂渡何年到十州
오도는 문창을 전송하며 글을 전하여[163]	吾道欲傳文暢序
맑은 인연 맺어 호계에서 놀고자 하였네	淨緣頻結虎溪遊
서봉의 조각달은 멀리 나무에 걸려있고	西峯片月遙橫樹
한식에 날리는 꽃은 반이 누대에 들어왔네	寒食飛花半入樓
뿌리[164] 다 끊었지만 정은 떨치지 못해	斷盡諸根情未遣
시 지어 진중히 돌아가는 배에 채웠네	數詩珍重滿歸舟

---

160 숙상구(鷫鸘裘) : 초록 빛깔에 목이 길고 기러기와 비슷한 새의 깃으로 만든 갖옷인데, 한(漢)나라의 사마상여(司馬相如)가 이 갖옷을 잡히고 술을 마셨다 한다. 여기서는 숙상구를 입고 있는 자신을 뜻한다.

161 배도 화상(盂渡和尙) : 신통한 술법(術法)이 있어, 매양 잔[盂]을 물에 띄워 그것을 타고 바다를 건너다니므로, 사람들이 그를 배도 화상(盂渡和尙)이라 불렀다.

162 십주(十洲) : 신선이 거주한다는 대해(大海) 가운데의 열 곳의 명산(名山)이다.

163 오도(吾道)는……전하여 : 한유가 승려 문창(文暢)을 전송하며 써 준 「송부도문창사서(送浮屠文暢師序)」를 말한다.

164 뿌리 : 불가(佛家)의 용어로서, 6식(識)을 낳는 여섯 개의 뿌리 즉 안(眼)·이(耳)·비(鼻)·설(舌)·신(身)·의(意)를 말한다.

동도 스님이 장편시 두 수를 주시니 그 시 가운데서 운을 취하
여 율시 한편으로 사례하고 아울러 이별의 슬픈 뜻을 보이다
東渡上人贈長篇二首, 爲取其篇中韻, 以一律謝之, 兼致悵別之意

용연

해외에서 진실로 방외의 인연 이루었으니	海外眞成方外緣
머물러 쉬면서 서로 푸른 하늘 마주했네	休淹相對碧雲天
양류병165의 지혜로운 게송 삼매 통하고	柳瓶慧偈通三昧
백련결사 맑은 향기 시 두 편에 스며드네	蓮社淸香落二篇
다시 스님이 객사에 가까이 오는 건 좋으나	更許獅言親旅榻
송별자리에서 울릴 이별가 미리 근심하네	預愁驪唱動離筵
귀국하여 정히 서로 그리워하는 꿈 꿀 때면	西歸定有相思夢
아마 꽃은 빈산에 피고 달은 내에 비추겠지	花發空山月印川

위의 두 편의 율시는 산전도남(山田圖南)에게 맡겨서 부쳤다.

네 번째 만남

3월 6일, 학사관에 들어가 네 분을 만났다.
퇴석 : 오랫동안 뵙지 못하였는데, 평안하십니까?
동도 : 잊지 않고 기억해 주시니 매우 감사합니다.
퇴석 : 모친께서는 평안하십니까?
동도 : 덕분에 괜찮습니다.

---

165 양류병(楊柳瓶) : 불가의 감로수(甘露水)를 담은 병인데 관음보살이 들고 있다.

동도 : 네 번이나 빈연에서 모시게 되었으니 여러 사람들이 부러워
하는 바입니다. 그런데도 더 뵙고 싶으니 공들께서는 허락해 주시겠
습니까?

퇴석 : 오는 사람을 막지 않는 것이 저희들의 본래 뜻입니다.

동도 : 공께서 한 번 은총을 내려주셨기에 항상 모시고자 했으나 그
렇게 하지 못했습니다. 돌아가시는 날은 언제입니까?

퇴석 : 3월 11일에 서쪽으로 돌아갈 것입니다. 돌아가게 되면 다시
만날 수 없을 것이니 참으로 슬픕니다.

남(南)·성(成)·원(元) 세 분에게 올리다

동도 : 일전에 산전도남(山田圖南)에게 맡겨 멀리서 시 두 편과 문
(文) 한 편을 주셨는데, 도남의 아버지는 저와 지기인지라 어제 소매에
넣고 가져왔습니다. 삼가 봉함을 열어보니 시 속에 이별의 시름이 종
이에 여기저기 넘쳐났습니다. 생각해 주시는 은혜에 한 번 소리내어
읽어보니 이별을 하기도 전에 미리 애간장을 녹였습니다. 또한 글 중
에 제가 부모님을 생각하는 마음과 보잘것없는 글재주를 아끼셨습니
다. 하지만 부모님을 생각하는 마음과 형편없는 저의 글솜씨로 어찌
감히 바랄 수 있는 것이겠습니까마는 매우 영광입니다.

현천 : 우리 스님의 맑고 넓은 회포와 담아(澹雅)한 글귀를 생각하니
오늘 만남이 얼마나 행운인지 모르겠습니다. 다만 떠날 날이 촉박하
여 다시 만날 날을 기약할 수 없으니 이것이 슬픕니다.

동도 : 주신 글 중에서 저를 백낙천(白樂天)[166]으로 견주신 것은 제가

어찌 감히 바라겠습니까. 고인의 말 중에 '식견이 있는 자에게 그 시문을 논하게 하여야 제대로 알 수 있다.'고 하였으니 저는 그대를 만난 것이 큰 영광입니다.

현천 : 사람을 헤아릴 때는 반드시 그 평생의 일을 다 말하는 법이니, 안은 유자(儒者)요 겉은 불자(佛者)인 스님이 도리어 안은 불자(佛者)요 겉은 유자(儒者)인 향산(香山, 백거이)보다 낫습니다. 만약 힘써 공부하신다면 어찌 굳이 향산(香山)에게 많이 양보하실 필요가 있겠습니까. 글의 수미(首尾)에 저의 뜻을 나타내었으니 바라건대 다시 살펴 주십시오.

용연 : 스님을 생각한 지 오래입니다. 다시 와 주셨으니 시를 지어 사례합니다.

동도 : 빈관의 문이 늘 열려 있지 않아 이 때문에 멀리서 생각할 뿐입니다.

용연 : 만날 날은 많지 않고 이별할 날은 점차 가까워지니 시를 지을 때 외에도 다시 슬픔이 일어납니다.

동도 : 송별시를 이미 드렸습니다. 대마도(對馬島)로부터 낭화(浪華)와 서경(西京)을 거쳐 동도(東都)에 이를 때까지 문단의 재주 있는 자로 등용문을 허락받은 사람은 누구인지 성명을 보여주십시오.

용연 : 축주(築州)의 구정로(龜井魯)[167]는 재화(材華)가 찬란하고, 장주

---

166 백낙천(白樂天) : 낙천은 당(唐)나라 시인(詩人)인 백거이(白居易)의 자(字)이다. 그는 회창(會昌) 초기에 형부상서(刑部尙書)를 치사(致仕)하고 향산으로 갔다. 향산거사(香山居士)로 자칭하였으며, 그곳의 승려 여만(如滿)과 함께 향화사(香火社)라는 집을 짓고 서로 왕래하면서 지냈다. 『舊唐書 白居易傳』

167 구정로(龜井魯) : 1743~1814. 일본 고학파(古學派)로 이름은 노(魯), 자는 도재(道

(長州)의 농장개(瀧長愷)[168]는 풍류가 넓게 펼쳐졌고, 비주(備州)의 정잠
(井潛)[169]은 문장이 전아(典雅)하고, 근등독(近藤篤)[170]은 구법(句法)이 힘
차고, 대판(大坂)의 합리(合離)[171]는 기미(氣味)가 아름답고 정밀하였습
니다. 나파사증(那波師曾)[172]은 여러 사람의 훌륭한 점을 겸하였는데
가번(加番) 장로(長老)[173]와 함께 이곳에 왔습니다.

거듭 전운에 차운하고 남·원·김 세 분에게 답하다
重步前韻答南元金三君

동도

주미를 흔들며 현담 나누면서	談玄揮塵後
고상한 흥취로 유관을 모시네	高興侍儒冠
홀로 타향에서 꿈꾼다면	獨愛他鄉夢
만리 고향을 볼 수 있으리라	能令萬里看

載), 호는 남명(南冥)이다.

168 농장개(瀧長愷) : 1709~1773. 일본 유학자로 이름은 장개(長愷), 호는 학대(鶴臺)
이다.

169 정잠(井潛) : 자는 중룡(仲龍), 호는 사명(四明)이고, 문학이다.

170 근등독(近藤篤) : 자는 자업(子業), 호는 서애(西厓)이고, 시독(侍讀)이다. 무진 사행
때 창화하였다.

171 합리(合離) : 자는 여왕(麗王), 호는 두남(斗南)이다.

172 나파사증(那波師曾) : 1727~1789. 일본 학자로 호는 노당(魯堂), 자는 효경(孝卿)
이다.

173 가번(加番) 장로(長老) : 승첨(承瞻)을 말한다. 호는 유천(維天) 또는 갈피(葛陂)로,
만년사(萬年寺)의 승려이다.

두 번째
其二

하늘이 좋은 인연을 빌려주니   天假良緣日
잠시 만났으나 옛 친구 같네[174]   傾盖如故人
머나먼 만리 꽃 핀 뒤에는   萬里花開後
함께 태평의 봄 맞이 하리라   共逢太平春

세 번째
其三

누선이 강좌에 정박해 있으나   樓船繫江左
어찌 고향의 꽃과 같으리오   寧似故園花
세상 사람이 다 형제이니[175]   四海皆兄弟
장부는 집 생각 하지 마시게   丈夫不憶家

---

174 잠시……같네 : 길에서 우연히 만나 수레의 일산을 마주 대고 이야기를 나누는 것으로, 처음 만났음에도 오랜 벗처럼 친밀한 정을 느낀다는 뜻이다. 『사기(史記)』 추양열전(鄒陽列傳)에 "속어(俗語)에 '백발이 되도록 오래 사귀어도 처음 사귄 듯하고, 수레를 멈추고 잠깐 만났어도 오래 사귄 듯하다.' 하였으니 그 까닭은 무엇인가. 서로를 아느냐 모르냐에 달려 있다.[諺曰白頭如新, 傾盖如故, 何則, 知與不知也.]"라는 말이 나온다.

175 세상 사람이 다 형제이니 : 『논어(論語)』「안연(顏淵)」에, "사마우(司馬牛)가 근심하며, '남들은 모두 형제가 있는데 나 홀로 없다.' 하니, 자하(子夏)가 말하기를, '내가 들은 적이 있다. 죽고 사는 것은 운명이고, 부와 귀는 하늘에 있는 것이다. 군자가 공경해 마지않고 공손하고 예의 바르다면 사해(四海) 안이 모두 형제인 것이다. 군자는 형제가 없는 것이 무슨 근심이 되겠는가?' 하였다." 하였다.

다섯 번째로 동도 스님의 운에 화답하다
五和東渡上人韻

퇴석

흰 머리로 연막에 있으면서	白頭蓮幕裡
준의관176 쓰는 것 부끄럽구나	羞着鵁鶄冠
고마워라 여산의 혜원 스님이여	多謝廬山遠
꽃을 들어 한 번 웃어 보이시네	拈花一笑看

두 번째
其二

운수납자는 어느 산의 중인가	雪衲何山釋
연잎 도포 입은 난 이국인이네	荷袍異國人
우연히 만났다 헤어져 슬프니	萍蓬悲聚散
우담발화177 핀 봄 꿈에 남으리	留夢鉢花春

---

176 준의관(鵁鶄冠) : 준의는 새의 깃으로 장식한 관 이름인데, 주로 한(漢)나라 때에 임
금의 총애를 받던 낭시중(郎侍中)들이 이 관을 썼다.

177 우담발화(優曇鉢花) : 불교에서 말하는 인도의 상서로운 꽃 이름으로, 꽃이 꽃턱 속
에 숨어 있다가 한 번 피고 나면 곧바로 오므라들어서 사람들이 쉽게 볼 수 없기 때문에
무화과(無花果) 꽃이라고 부르기도 하는데, 부처가 세상에 출현하여 설법하는 것을 우담
발화가 한 번 꽃 피는 것으로 비유하기도 한다.

세 번째
其三

오래도록 삼도[178]의 객이 되니 　　　　　　　久爲三島客
봄 철 꽃이 모두 다 떨어졌네 　　　　　　　落盡一春花
부럽구나 선화자[179]는 　　　　　　　却羨禪和子
만나는 산마다 곧 그대 집인게 　　　　　　　逢山便是家

김퇴석에게 첩운하여 답하다
疊酬金退石

　　　　　　　　　　　　　　　　　　동도

의발이 조선의 시인을 만나서 　　　　　　　衣鉢逢詞客
옛 갈관 쓴 이와 글 논하네 　　　　　　　論文舊鶡冠
혜원 같은 풍류 있지 않은데 　　　　　　　風流非惠遠
호계의 혜원으로 보아주네 　　　　　　　誤作虎溪看

두 번째
其二

재주와 이름 지둔보다 못한데 　　　　　　　才名讓支遁

---

178 삼도(三島) : 바다 가운데 있으며 신선이 산다는 영주(瀛洲)·봉래(蓬萊)·방장(方丈)
　 의 삼신산(三神山)을 말한다. 여기에서는 일본을 가리킨다.
179 선화자(禪和子) : 참선을 주로 하는 승려를 말한다.

영중의 사람과 서로 만났구나　　　　　　　相值郢中人
창해에 석장 날리기 어려운데　　　　　　滄海難飛錫
공연히 금강의 봄을 생각하네　　　　　　空思錦水春

세 번째
其三

오래도록 일동의 객이 되니　　　　　　久爲日東客
금강에 핀 꽃 다 떨어졌겠지　　　　　　落盡錦江花
철석 짚고 운수 따라 떠도니　　　　　　鐵錫隨雲水
천지가 곧 나의 집이라네　　　　　　乾坤更作家

여섯 번째로 동도에게 화답하다
六和東渡
　　　　　　　　　　　　　　　　　　퇴석

하삼 입은 분 어디 스님이기에　　　　霞衫何處釋
한나라의 사대부 내방하였나　　　　　來訪漢衣冠
강주의 절에 석양 해 지는데　　　　　落日江州寺
청안으로 의자 마주하고 보네　　　　　青眸對榻看

두 번째
其二

난삼 가사입고 흥 타고 나왔다가 　　　　　　襴裟乘興出
북쪽으로 돌아가는 이와 이별하네 　　　　來別北歸人
삼상¹⁸⁰의 한이 더욱 슬픈 것은 　　　　　增悵參商恨
일본과 조선 만리의 봄 때문이라네 　　　和韓萬里春

세 번째
其三

비갠 뒤 운수납자 이르러 　　　　　　　雨餘雲衲至
웃으며 목서화¹⁸¹ 만지네 　　　　　　笑拂木犀花
만리 고향 그리워 꿈꾸는데 　　　　　　萬里懷鄉夢
일찍 출가한 그대 부럽네 　　　　　　　羨君早出家

180　삼상(參商) : 서로 멀리 떨어져 있는 것을 뜻하는 말이다. 삼성(參星)은 동쪽 하늘에 있고 상성(商星)은 서쪽 하늘에 있어서, 각각 뜨고 지는 시각이 틀리는 관계로 영원히 서로 만날 수가 없는 데에서 유래된 것이다. 『春秋左傳 昭公元年』

181　목서화(木犀花) : 물푸레나무를 가리킨다. 어떤 사람이 황룡회당선사(黃龍晦堂禪師)에게 법을 물었더니, 선사는 "뜰 앞에 있는 목서화의 향기를 맡았는가?" 하였다. "향기를 맡았습니다." 하니 "그러면 더 말할 것 없다." 하였다.

석상에서 인정 스님께 답하다
席上酬靜師

추월

오래 전 동림사의 짝과 헤어져　　　　　久別東林伴
그리운 마음에 갈관 높이 썼네[182]　　　相思岸葛冠
뜰 앞에 매화꽃이 다 떨어지니　　　　　庭前梅蕊盡
전날 볼 때와는 너무도 다르네　　　　　不是向時看

동도 스님에게 답하다
酬東渡上人

현천

마니주에 전생의 과보 있어　　　　　　摩尼存宿果
운수납자는 문인에게 부쳤네　　　　　　雲衲寄文人
한 그루 난초에 광채 있으니　　　　　　一樹蘭光在
집에 촌초의 봄[183]을 보내리라　　　　歸家寸草春

동도 : 당신께서 글씨를 잘 쓰시니 저를 위해 붓을 휘둘러 부채에
써주십시오.

---

182 오래 전……썼네 : 동림사(東林寺)의 짝은 동림사 주지였던 혜원 스님을 가리키고
　갈관(葛冠)을 쓴 사람은 갈건(葛巾)으로 술을 거르던 도연명을 가리키는 것으로 이들의
　이별은 '호계삼소(虎溪三笑)'로 유명하다.
183 촌초의 봄 : 효도하고픈 자식의 마음을 말한다. 당(唐)나라 시인 맹교(孟郊)가 어머니
　를 생각하며 지은 유자음(遊子吟)에 "한 치의 풀 같은 자식의 마음으로 삼춘의 햇살 같은
　어머니 사랑에 보답하기 어려워라.[難將寸草心, 報得三春暉.]"라고 하였다.

동도 스님의 부채에 쓰다
題東渡上人扇

용연

동림사의 스님 기운 맑으니	東林僧氣淨
솔 주미 가지고 또 만났네	松塵又逢君
글 짓는데 얽매이지 말고	且置詞華累
돌아가 불경이나 공부하시게	歸尋梵貝文

용연에게 답하다
答龍淵

동도

법등[184]은 혜원에게 전하고	法燈傳惠遠
게송은 그대에게 부탁하네	梵偈却煩君
참선 뒤에 뜻 따라 흥 이니	隨意禪餘興
초나라 글 논하여도 무방하리	不妨論楚文

동도 스님에게 거듭 화답하다
重和東渡上人

용연

객창에 시름으로 병들어 누웠는데	客窓愁臥病

---

184 법등(法燈) : 부처님이 말씀하신 교법(敎法)으로, 혼미한 세상의 캄캄한 마음을 없애
는 것을 등불에 비유하였다.

영약 가진 신선은 소식 아득하네   靈藥杳仙君
진승이 여기에 온 덕분으로   賴有眞僧訪
붓 끝으로 고문 이야기하네   毫端話古文

조화산(趙華山)[185] : 멀리서 온 조선 사신의 풍성(風聲)을 듣고서 공들이 멀리 와서 수창하시니 그 뜻이 매우 지성스럽습니다. 하지만 아치부터 밤까지 백편, 천편 지은 들 무슨 유익이 있겠습니까.

동도 : 다만 풍류를 즐길 뿐 굳이 무익함을 근심하지 않습니다. 비록 시 백편 천편을 지었다 하더라도 모두 차 마시며 하는 이야기와 같으니 어찌 수고롭겠습니까.

화산 : 또한 책상 위의 조화(造花)같아 비록 눈앞에 보이는 아름다움은 있으나 끝내 알맹이는 없습니다.

동도 : 어찌 조화처럼 알맹이가 없이 실로 수창하는 데 뜻을 두겠습니까. 퇴석의 수창시가 폭포수가 떨어져도 마를 줄 모르는 것과 같아서[186] 여러 재주 있는 자들이 모두 칭찬하기에 파란(波瀾)의 형세를 다투고자[187] 할 뿐입니다.

---

185 조화산(趙華山) : 정사 조엄(趙曮)의 족질로 이름은 성빈(聖賓), 호는 화산자(花山子)이다. 반인(伴人)으로 이번 사행에 참여하였다.

186 폭포수가……같아서 : 구변(口辯)이 좋음을 말한다. 진(晉)나라 곽상(郭象)이 도도(滔滔)하게 담론을 전개하자 태위(太尉) 왕연(王衍)이 "폭포수처럼 쏟아져도 마를 줄 모른다.[如懸河瀉水, 注而不竭.]"고 칭찬했던 고사가 있다. 『世說新語 賞譽』

187 파란(波瀾)의 형세를 다투고자 : 누구의 문장이 바다처럼 드넓은 지를 견주어 보자는 뜻이다. 두보(杜甫)의 시에 "털끝만큼도 유감이 없이, 파란의 그 문장 홀로 원숙해졌어라.[毫髮無遺憾, 波瀾獨老成]"라는 표현이 있다. 『杜少陵詩集 卷2 敬贈鄭諫議十韻』

동도 : 그대의 웅대한 재주가 용솟음치듯 하여 대적할 만한 시가 없는지 오래입니다. 저를 다행히도 살펴 주셨기에 글을 드리고자 하니 당신께서는 화답시를 주실 수 있겠습니까?

퇴석 : 스님의 뜻을 저버리기 어렵습니다. 주필(走筆)로 대충 썼는데 시라고 말할 수 있겠습니까. 지나치게 칭찬해 주시니 매우 부끄럽습니다.

석상에서 퇴석께 드리다
席上呈退石

동도

무심히 철석으로 여러 현자와 마주하니	無心鐵錫對群賢
눈으로 보고 서로 통하여 선 이야기 하네	目擊相通堪說禪
분명히 알겠네 꽃 피는 달 밤 집 생각에	極識思家花月夜
꿈꾸며 머나먼 천리 한강 가 날을 줄을	夢飛千里漢江邊

석상에서 동도에게 화답하다
席上和東渡

퇴석

한유는 일찍이 태전[188]의 훌륭함 알았고	韓公曾識太顚賢
나도 동쪽으로 건너와 인정 스님 알았네	我亦東來得靜禪

---

188 태전(太顚) : 당(唐)나라 때의 고승으로 한유(韓愈)가 조주 자사(潮州刺史)로 있을 적에 서로 왕래하며 교분(交分)이 있었다.

가을 달과 봄 꽃 필 제 밤에 꿈꾸면　　　　秋月春花他夜夢
혹시라도 금강 가의 날 기억해 줄런지　　　倘能相憶錦江邊

금강(錦江)은 우리 집 문 앞의 강 이름이다.

석상에서 퇴석에게 답하다
席上答退石
동도

반게[189]로는 현명한 재자 표현하기 어려워　　　半偈難裁才子賢
웃으면서 글 논하고 난 후 함께 도선[190]하네　　笑論文字共逃禪
멀리서도 알겠도다 화려한 누대에서 꿈꾸면　　遙知紅粉樓中夢
곧바로 부상의 강좌 기슭에 이르리라는 것을　　直到扶桑江左邊

석상에서 동도에게 화답하다
席上和東渡
퇴석

동쪽으로 올 때 재현들 없어 안타깝더니　　　東來每恨乏才賢
오늘에야 바닷가의 스님 만나게 되었구나　　　今日初逢海上禪
만리 먼 내양에서 이별함에 한스러운데　　　萬里萊陽相別恨

---

189 반게(半偈) : 게는 본디 불가의 찬송사(贊頌詞)로서 보통 사구(四句)를 일게(一偈)로
삼는데, 여기서 반게라고 한 것은 곧 자기의 시(詩)를 겸사(謙辭)로 일컫는 말이다.
190 도선(逃禪) : 좌선하다가 도망쳐 나오는 것을 말한다. 두보(杜甫)의 시에 "소진은 수놓
은 부처 앞에 오래 재계를 하다가도, 취하면 가끔 좌선하다 도망쳐 나오길 좋아했네.[蘇晉
長齋繡佛前, 醉中往往愛逃禪]"라는 구절이 나온다. 『杜少陵詩集 卷2 飲中八仙歌』

세 바다 넓고 아득하여 끝이 없구나   三洋空闊渺無邊

퇴석 : 이미 스님과 창화한 시가 십여 편이 넘었고, 다른 손님들로 소란한 것을 그대도 아는 바입니다. 자주 곤란하게 하는 것은 시인의 도가 아니니, 이후로는 화답하지 않겠습니다.

동도 : 사귀는 정이 아직 다하지 못하여 애써 창화할 뿐이었습니다. 이후로는 마땅히 가르침대로 하겠습니다.

현천 : 앞의 난초를 우리 스님께 드리니 돌아가셔서 부모님께 드리십시오.

동도 : 돌아가 부모님께 드리라고 주셨으니, 이보다 값진 물건이 어디 있겠습니까. 가지고 가서 부모님께 드린다면 암혈(巖穴)에 갑자기 빛이 생긴 것과 같을 것입니다.

현천 : 보잘것없는 물건인데 그렇게 깊이 감사하실 것이야 있겠습니까. 우선 그대 회귤(懷橘)의 정성에 제 마음을 표시하고 싶었습니다. 그리고 일전에 쓴 발문 중에 반복된 것이 있는지 잘 살펴주십시오.

동도 : 저도 마찬가지입니다. 실로 빈말이 아닙니다. 제가 어머니에게 효도하는 마음을 공께서 글로 표현한 것이 몇 번입니까. 이것으로 본다면 공의 지극한 효를 묻지 않아도 알 수 있습니다.

동도 : 저를 인정해 주시니 늘 영광으로 생각하겠습니다. 글로는 뜻을 다 전달할 수 없는데, 하물며 다시 졸렬하게 붓을 휘두르겠습니까. 이역만리의 이별은 재회를 기약하기 어렵지만 단지 서로 그리워하는 마음이 흐르는 물과 같다면 밤낮으로 그치는 때가 없을 것이니 공들께서는 이 뜻을 헤아려주시겠습니까?

추월 : 선사의 끈끈한 정과 간절하고 슬픈 마음이 제 마음을 움직이
지만, 이별하는 날은 가까워오고 훗날 만날 기약은 끝이 없으니 어찌
하겠습니까.

장차 돌아가려 할 때에 남추월에게 드리다
將歸呈南秋月

동도

사신 수레 언제 동경을 출발하려나	星軺何日發東京
시 이루자 만리 슬픔에 애가 타네	賦就銷魂萬里情
이별 뒤에 밝은 달빛 길이 전하여	別後長傳明月色
천추만세토록 무창성[191]만 비추리라	千秋偏照武昌城

인정 스님의 이별시에 차운하다
次靜上人別語

추월

상사날 꽃놀이 한양에서 하지 못하고	上巳芳遊隔漢京
숙상[192]의 인연으로 괜스레 정에 끌리네	宿桑緣業漫牽情
이 누대의 봄빛은 해마다 같으니	此樓春色年年似
꽃은 못에 가득하고 버들은 성 덮겠지	花滿淸池柳覆城

---

191 무창성(武昌城) : 동무(東武)인 에도를 가리킨다.
192 숙상(宿桑) : 상하일숙지연(桑下一宿之緣)의 준말로 뽕나무 밑에서 하룻밤을 지낸
인연이란 뜻인데, 잠시 동안 머문 곳을 가리키는 말로 쓰인다.

거듭 추월에게 답하다
重答秋月

동도

사신 행차 언제 한양에 이를까	馬車何日到韓京
이역의 이별은 조감의 마음이네	異域離筵晁監情
귀로에 가을바람 어디에서 일까	歸路秋風何處起
공연히 명월만 무창성에 두었네	空留明月武昌城

원현천에게 올리다

동도

제가 병이 많아 항상 절에 누워 있었는데 당신의 은총을 받아 몸소 그대를 뵙게 되었으니 얼마나 다행인지 모르겠습니다. 돌아가는 날이 매우 가까워 빈관의 일이 많이 바쁘다고 하니 공연히 예좌(猊座)에서 이별함에 멀리서 그리워할 뿐입니다. 스스로 생각건대, 추월·용연· 퇴석은 저를 잘 안다고 할 수 있을까요? 저를 알아주고 생각해 주신 분은 현천 당신 한 사람일 뿐입니다. 월석보(越石父)가 말하기를, '나를 알아주는 사람을 위해 뜻을 편다.'[193]라고 하였으니, 이것이 이른바 지음에게는 말할 수 있고 속인에게는 말할 수 없다는 것입니다. 일전에

---

193 월석보(越石父)가……편다 : 월석보는 춘추시대 제 나라의 현자(賢者)이다. 남에게 매인 몸이 되어 곤경에 처했을 때, 재상 안영(晏嬰)이 나갔다가 길에서 그를 만나, 왼쪽 참마(驂馬)를 풀어서 속(贖) 바치고 그를 빼내왔다. 그런데 어느 날 갑자기 떠나려 하자 안영이 말렸는데, 그때 석보는 말하기를 "제가 들으니 군자는 자기를 알아주지 않는 사람에게 굽히고 자기를 알아주는 사람에게는 뜻을 폅니다.[吾聞君子詘於不知己, 而信於知 己者.]"라고 하였다. 그래서 안영은 석보를 상객의 자리에 앉혔다. 『史記 晏嬰傳』

자리에서 모시면서 묻고 싶은 것이 있었는데 그때에 찾아오는 자들이
비처럼 많아 공들께서 싫어하신다는 것을 이미 알았습니다. 그래서
하고 싶은 말을 의중에 감춰두고 돌아와 다시 눌재에게 부탁하여 제
가 방외의 사귐을 맺어 좋은 일에 함께 할 수 있는 지를 물은 것이니
어찌 글을 창수하는 데 뜻이 있었겠습니까.

　저는 오직 당신나라의 불법이 고금에 어떻게 흥하고 폐하였는가를
알고 싶을 뿐입니다. 기타 육경의 도와 제자백가의 설에 있어서는 우
리에게도 여론(餘論)일 뿐입니다. 이에 처음 볼 때에 먼저 퇴석에게 물
었는데, 퇴석이 답하기를 '불법은 성인의 도가 아닙니다. 그래서 우리
강헌대왕(康獻大王)이 일절 통금(痛禁)하셨습니다.'라고 하였습니다. 한
마디의 말은 추기(樞機)인데 말실수를 해 버리고 말았으니 이로 인하
여 귀방(貴邦)에서 말하기를 꺼린다는 사실을 알았습니다. 그래서 다
시 묻지 못한 채 저의 바람을 이루지 못했습니다. 그리고 퇴석에게 글
을 보내 거듭 불법을 변론하고 반박하였으나, 퇴석은 답변하지 않았
습니다. 이로부터는 한갓 예문의 밭에서 유희하고 문단에서 뽐낼 뿐
이었습니다. 그런데 당신께서 저를 안은 유자(儒者)요 겉은 불자(佛者)
로 여겨 지나치게 칭찬해주시며 아름다운 글을 주셨으니, 이는 제가
뜻한 바가 아니었습니다.

　이보다 앞서 추월과 시문의 도를 논하였는데, 추월이 대답하다가
유불의 도를 언급하였습니다. 만약 유불의 대도를 논하고자 한다면
어찌 추월의 말을 기다리겠습니까. 또한 제 글 가운데 시문을 아울러
논하고 고금의 흥폐(興廢)와 당명(唐明)의 취사(取捨)를 논하였는데 추
월은 이를 제쳐 두고 변론하지 않고서 오직 유불의 도만 언급한 것은
어째서이겠습니까. 우리의 불법을 공들께서 알지 못해서일 것입니다.

제가 이 때문에 한 마디도 불법에 대해 언급하지 않은 것이니, 이는 당신께서도 알고 계실 것입니다. 돌아보건대, 아는 것을 들어서 남이 알지 못하는 것과 비교하고, 우월한 것을 들어서 남이 열등한 것과 비교하는 것을 고인은 하지 않았습니다. 만약 우월한 것을 들어서 열등한 것을 비교한다면 우리나라가 당신나라보다 나을 뿐이겠습니까. 비록 중국이라도 실로 적수가 되기 어려울 것입니다.

우리나라는 우월한 것이 세 가지 있습니다. 첫 번째는 하나의 성(姓)이 임금이 되어 만세토록 변하지 않는 것이요, 두 번째는 임금의 덕이 사해(四海)에 퍼져 있으나 신하의 지위를 피하지 않은 것이요, 세 번째는 봉건제가 하(夏)·은(殷)·주(周) 삼대와 아름다움을 나란히 하는 것입니다. 이 세 가지는 중국에도 절대 없는 것인데 제번(諸蕃)에 어찌 있겠습니까. 혁혁(赫赫)한 대동(大東)에서만이 볼 수 있고 들을 수 있습니다. 우리나라는 비록 이러한 아름다움이 있는데도 이것으로 귀방(貴邦)에 대항하지 않았는데, 하물며 어찌하여 공들께서 꺼리고 싫어하는 것으로 이와 같이 보답하겠습니까. 저는 오히려 객을 공경하는 위의를 잃을까 염려했는데, 추월께서는 제가 객을 공경하는 위의가 없다고 책망하시니 저는 매우 의혹됩니다. 현천처럼 저를 알아주고 생각해주시는 분이 아니라면 누가 이해해 주겠습니까. 오직 당신에게만 말씀드립니다.

윗글은 현천이 장차 돌아가려할 때에 동도가 눌재에게 부탁하여 준 것이다. 현천이 말하기를, "대판(大坂)에서부터 눌재에게 부탁하여 답하려 했으나 그렇게 하지 못하여 애석하다."라고 하였다.

『동도필담(東渡筆談)』 끝

인정 스님의 시문집 뒤에 쓰다

　진실로 들어가서는 부모님께 효도하고 나와서는 어른을 공경하며 인의(仁義)를 사모하고 경전에 뜻을 두면서도 시문으로 이름이 나 자신을 다스리는 도구로 삼는다면 가령 불자(佛者)라도 또한 유자(儒者)일 것이다. 한창려(韓昌黎)가 문창(文暢)을 취한 것은 단지 그가 시문을 좋아해서인데, 하물며 시문 이외에 또 뜻한 바가 있는 자에 있어서랴.

　인정 스님은 불자(佛者)이다. 그 옷은 검고 그 머리털은 깎았지만, 그 모습은 진실하고 그 위의는 바르며, 그 시문은 또한 대략 인의(仁義)를 으뜸으로 삼았다. 그리하여 늙은 노모가 계시다는 이유로 회귤(懷橘)의 정성과 정도(正道)로 돌아가려는 뜻이 또한 고스란히 글속에 녹아 있었다. 옛날 백낙천(白樂天)이 스스로 지은 상찬(像贊)에 '겉은 유자의 행실로써 몸을 꾸미고 안은 불도로써 욕심을 씻는다.'[194]라고 하였는데, 지금 우리 스님은 안은 유자요 겉은 불자이다. 백낙천이 터득한 바와 비교한다면 또한 더 심오한 면이 있으니 어찌하여 문창은 지혜가 얕아서 문사(文辭)만을 좋아하는 데 그쳤는가. 그러나 인정 스님은 불자이다. 나는 스님이 어디에 출입하였는지 의심하지 않을 수 없지만 그를 의심하는 것은 잘못이다. 나의 말을 굳이 따질 필요는 없으니, 스님이 또한 물러나서 스스로를 살펴보면 알 것이다.

　살아가는 것은 쉽지 않고 총명은 얻기가 어려우니 몸을 마치도록

---

194 겉은……씻는다 : 『산서통지(山西通誌)』 권192 「자찬묘지(自撰墓誌)」에, "겉은 유자의 행실로 그 몸을 닦고, 안은 불교로써 그 마음을 다스린다.[外以儒行修其身, 中以釋教治其心.]"라는 표현이 보인다.

유불의 사이에서 헤맨다면 정대광명(正大光明)한 도에 참여할 수 있겠
는가. 사신행차가 무주(武州)에 이르자 인정 스님이 시문을 가져와서
보여주기에 마침내 이 글을 써서 드리노라. 때는 갑신(甲申)년 중춘(仲
春)이다.

조선 원현천 쓰다

천초 어당전(淺艸御堂前)
십촌 오병위(辻村五兵衛) 인쇄

東渡筆談序

　　東渡上人以其所贈答韓客筆談詩文，授余俾序之，余受而卒業焉，翩翩致足樂也。上人修西方之學，以濟度爲業，其塵垢粃糠陶鑄文字，自視猶一呋也，若引區區繩墨而論之，奚啻千里？余武士也，學聖人之道，稟生懧弱，少不自力，武藝無以自見。加以病憊，行年四十血氣向衰，幸沐升平之化，偷生愒日，萬一有如文祿之變，不知何以先登斬馘，從鬼將軍之後矣，是爲負其職。從政敝邑，無尺寸效，是爲負所學。猶累斗升之祿，不能引去，簿領塡委，文雅掃地。韓使入都朝謁，皆不能出觀，聞其巧騎射，欲觀演武於輪苑，又值儤直不果。及其發夕，纔能一覿歸裝，何望往來鴻臚館，以盡塡篋之雅乎？近年文思日減，欲作一詩，呻吟數日，藉令有宦暇，惡能與遠人爭捷於頃刻哉？上人年與余相若，精進其業，不負所學，又以其餘力，優息藝文，唱酬蕃客，吐言如屑，英氣勃勃不已，一何壯也？余以是愧上人。上人之業，死生亦大矣，而不得與之變，況其他乎？而猶繾綣余一言，豈彼道所謂宿業習氣者乎？顧余小國陪臣，無以重上人，以是重愧上人。然文非籍人而傳者也。

　　龜山 松崎惟時撰。

東渡筆談序

　　因靜上人持其《東渡筆談》者，來語余曰："是貧道所唱酬韓客詩若文，輯以爲卷。旣已囑松崎君脩，則賜之序，君之於君脩，固有塡篋如貫之誼，貧道必求君序，欲以媲美。是吾不朽也，請亡以拒吾所乞。吾受而讀之反復忘餐焉。旣而私怪上人之道解脫塵縛，滌除習障，超然玄覽乎是非利害之外，窅然忘其死生焉，而猶託瑣瑣小枝，試嘗蕃客，誇張微名於世者邪？寧傚白面書生之技癢乎？旣而讀之，乃知上人嗒焉若喪其耦，固其所好，未能割愛，則其感所應，豈可使若欺魄邪？而其所託者，不過不朽其名矣。夫名者實之賓也，身將相忘，焉用名爲？雖然固有情，其感所應，抑有不得已者耶？道人之爲俗輩，何得測之？則以此視上人，則吾不知其可也；以此病上人，則吾復不知其可也。上人矻矻乎文字之業，窺契吾道，徵諸異域之人，此所謂宿業不能驅除乎？蓋上人之風流也。其道之貴，固有所脩，游戲三昧，亦唯可以見上人之風流耳。已經君脩，吾言之則爲贅也。

　　劉維翰撰。

東渡筆談

東渡釋因靜著

初見

寶曆十四年二月十六日，朝鮮信使入東都。十九日賓道過本願寺，訪對馬書記小林吶齋於賓館，介紹見學士及三書記。譯者在座，通寒誼，吶齋乞筆硯，小童與之，卽書曰．

≪奉稟朝鮮學士及三書記≫

諸君從三使，萬里凌大海，錦帆無恙，玉節有光。年逝春來，聘于日東，實兩國之福，且四民之慶也。雖然異域春光洵美，何如上國耶? 貧道幸在東都，觀此大禮，得見公等，交以詩文，一代佳會。未審諸君尊姓名，願各書以代舌，何勞譯者? 貧道名因靜，字獅子吼，號東渡。

姓南，號秋月 【學士】

姓成，號龍淵 【書記】

姓元，號玄川 【書記】

姓金，號退石 【書記】

≪席上奉呈秋月南公≫ 　　　　　　　　　　　　　　東渡

春天鸞鳳下金堂，暫繫仙槎東海傍。二國交歡周禮[195]樂，三台冠盖漢賢良。花開江北思千里，≪詩≫學≪召南≫遊四方。始見使星城上聚, 今朝太史奏明光。

≪次東渡上人≫　　　　　　　　　　　　　　　　　　秋月

細竹衰梅遶石堂, 僧來客到篆煙傍。西峰道侶今文暢, 南國豪儒舊楚良。交誼未須論異調, 淨緣抑且託殊方。同程亦有空門伴, 相對眉毫欲放光。

【師與小野生同訪, 座間又有萬年僧春溪, 故云。】

≪再用前韻奉答秋月見和贈≫　　　　　　　　　　　　東渡

許詢、支遁訪春堂, 金錫群停翰墨傍。詩賦浮湘憐屈子, 會盟扶漢憶張良。飛龍含燭遊東海, 過雁懸書歸北方。楚調申來爭日月, 梵文聊接彩毫光。

≪再和東渡≫　　　　　　　　　　　　　　　　　　　秋月

客中春序去堂堂, 浪跡徘徊積水傍。蔬筍氣看苾嶺淨, 梗枏材識楚山良。雲林性業空諸妄, 湖海詩篇愧大方。萬里但贏華鬢得, 憑師惟欲問金光。

≪席上奉呈龍淵成公≫　　　　　　　　　　　　　　　東渡

奉使新年賦≪遠遊≫, 大東文物接風流。青雲路傍群賢直, 明月珠隨同調投。萬里結交齊、魯地, 千秋爲政弟兄州。請看芙嶽春天雪, 和郢遙邀騷客求。

---

195 禮 : 원문에는 글자가 누락됐으나 문맥상 禮인 듯하다.

≪和靜上人≫   龍淵

雨後禪房辨勝遊，篆煙凝處磬聲流。袈裟出定欣初見，針芥隨緣喜
西投。萬里雲霞浮海國，一春梅柳散江州。半簾斜日揮松麈，詩趣聊
從爾後求。

≪再用前韻奉答龍淵見和贈≫   東渡

給園誰并李膺遊？共到龍門對碧流。詞簡逢人堪可授，衣珠混俗豈
容投。詩成白髮三千丈，名滿青蚨六十州。末代斯文猶未墮，東西再
會不難求。

≪重和東渡≫   龍淵

神鵬斥鷃各天遊，蕩潏溟波納衆流。快興還從間界住，淨緣惟向道
心投。蓮花社裡招元亮，柏樹庭中憶趙州。但使尼珠長在袖，雪山歸
路不難求。

≪席上奉呈玄川元公≫   東渡

金樹花迎上客開，詞壇相接梵王臺。垂天翼自西天展，蹈海心連東
海來。朝聘風雲名士會，文章日月大夫才。魚龍萬里皆兄弟，不用登
樓王粲哀。

≪和靜上人≫   玄川

長揖賓筵一笑開，新晴小雨出樓臺。琳宮釋佾三花至，玉節人從
≪四牡≫來。弘法眞如分道界，曹溪正脉集禪才。相逢莫問歸人意，
水國朝聞獨雁哀。

≪再用前韻奉答玄川見和贈≫　　　　　　　　　　　　　　　　東渡

　花底詞筵幾度開, 詩成應憶楚王臺。皇明北地論文罷, 日本 東林許
酒來。空結他鄕春艸夢, 難裁異代碧雲才。雙邦無路飛金錫, 遙寄禪
心與月哀。

≪疊酬東渡≫　　　　　　　　　　　　　　　　　　　　　　　玄川

　惟許摩尼席上開, 東風花落覆層臺。鶚侵斜日垂雲去, 燕蹴新泥度
樹來。慧路知從無說證, 修羅元是止觀才。千年迦葉遲浮海, 石電光
中生死哀。

≪席上奉呈退石金公≫　　　　　　　　　　　　　　　　　　東渡

　飛閣花開佛日高, 許詢論法氣何豪。雙龍遙合新知樂, 群鳳親逢舊
彩毫。江左春雲迎玉佩, 城東白雪映金袍。文章五色君家事, 衣裡明
珠屬我曹。

≪和靜上人贈示韻≫　　　　　　　　　　　　　　　　　　　退石

　許掾風流本不高, 遠公才格一何豪。行人手裡無花筆, 韻釋眉間有
白毫。來自仙山飛錫杖, 久淹蓮幕愧荷袍。喜君透得詩家妙, 才捷應
同七步曹。

≪再用前韻奉答退石見和贈≫　　　　　　　　　　　　　　　東渡

　和成初識郢中高, ≪白雪≫ 相誇興亦豪。獨步風流違卓錫, 百年衣
鉢老揮毫。人間文學楊雄賦, 天下榮名范叔袍。異域流鶯空喚友, 禪
餘一癖混詩曹。

≪再和東渡上人韻≫　　　　　　　　　　　　　　　退石

海外名山富嶽高，日東詞客靜師豪。墨磨鵬鳥天池水，筆以蟾宮玉
兔毫。花鳥靈區揮月斧，風霜異域弊霞袍。晁卿藏釋重生世，不道偏
邦得爾曹。

≪貧道曾觀昔時交聘之筆語，動鬪二國詩文之光輝，不相下者，已
多矣，殊不知其益如何。自古星槎東指，月卿西迎，此意無他，唯講兩
邦之和耳。然好事之士共爭其長，不亦左乎？古者國風之起也，其國
之興廢，其人之賢否，形其言而不可掩，豈不言治世之音安以樂，亂世
之音怨以怒？詩之所以爲勸懲者，可不愼耶？一代一見之佳會，分手
望洋，何有攘臂相誇之餘？猶恐請益之日忽薄西山也。因裁巴調，以
奉呈秋月、龍淵、玄川、退石四公。≫　　　　　　　　　　　東渡

翰林春滿海流東，兩地文華見國風。萬里共憐龍劍合，清談不必問
雌雄。

春帆無恙掛飛瀾，大海休言行路難。縱使論文交可許，雙邦分手望
漫漫。

故園兄弟夢春遊，萬里書空歸雁愁。君在他鄉花月好，始知王粲賦
登樓。

詞社春風拂世塵，花間彩筆大都賓。中原試問登龍客，御李文章得
幾人？

上人高論切中今時弊源，甚喜甚喜。玄川

≪三和東渡上人喜其語意頗不凡聊示鄙志≫ 秋月

詞盟從古沿西東，深媿賓筵禮讓風。<u>老子</u>元無憑軾勇，守雌還欲不知雄。

≪重步前韻酬南公≫ 東渡

春來玉節聘居東，始見周南君子風。萍水共逢太平世，一時詞客自英雄。

≪四和東渡≫ 秋月

弘法宗規流<u>日東</u>，上人詩有<u>皎然</u>風。間[196]唵最害觀禪理，歸把≪楞伽≫講大雄。

≪三和東渡≫ 龍淵

莫把文章較紫瀾，禪門元自轉經難。鐵船東渡知何日，萬里風程尙浩漫。

≪重步前韻酬龍淵≫ 東渡

請看東海賦驚瀾，≪七發≫由來亦不難。夢裡分明飛鐵錫，東西再會豈漫漫?

≪四和東渡上人≫ 龍淵

靈山廣樂海翻瀾，白馬經殘度劫難。只許眞僧通覺路，西天津筏[197]

---

196 間 : 문맥상 閒의 오자인 듯하다.

197 筏 : 筏의 오자이다.

渺漫漫。

≪三和東渡≫ 玄川

上人元慕智藏遊，能望中州却有愁。一席相看人萬里，良緣何異淛[198]江樓。

【唐人集中，有送日本僧智藏之詩故云。】

≪重步前韻酬玄川≫ 東渡

禪餘偶訪翰林遊，花鳥催詩慰客愁。衣鉢欲知王粲怨，春風同上一層樓。

≪四和東渡≫ 玄川

雲箋彩筆屬良遊，半日悠然忘客愁。且欲提携窮壯矚，暮烟何處是名樓？

≪三和靜上人韻≫ 退石

祝髮靈山斷六塵，拈花來接海西賓。禪棲幸得同文會，異日難忘靜上人。

≪重步前韻酬退石≫ 東渡

文光百丈射紅塵，梅柳交遊無主賓。君自風流似陶令，袈裟何擬虎溪人？

---

198 淛：浙의 오자이다.

≪四和靜上人≫   退石

高僧法眼炯無塵, 韓使看如上國賓。惠遠遺風君自繼, 莫將元亮比
行人。

≪觀櫻神童侍學士膝下作艸書, 率爾賦此, 呈南公≫   東渡

鴻臚館上客紛紛, 驚見神童侍右軍。簾外揮毫能落紙, 紫烟翻作墨
池雲。

佳佳。　秋月

≪見六歲童子作草書, 重和東渡師≫   秋月

腕力纖纖筆勢紛, 食牛之氣掃千軍。座間懷素率高興, 橫倚繩牀灑
法雲。

≪奉答秋月, 兼示櫻神童≫   東渡

之子風姿出俗紛, 翩翩筆勢似張軍。何當更到鳳池上, 染翰能裁五
色雲?

≪更次東渡≫   秋月

慧法門前龍象紛, 一聲高唱伏魔軍。偶然出世成三笑, 寺在中峰幾
疊雲?

指示鷄卵曰:"此是非葷, 喫亦無妨。"　秋月
病僧許肉, 是梵網中之罪人也, 況此他乎?　東渡
不許肉, 許果【胡桃】　秋月

敬受之。日本僧戒，不愧古時。　東渡

曾聞日本僧或有不守戒者，故云。　秋月

或有之，謂之一向宗，非我輩。　東渡

願袖之【胡桃】。辭歸捧老親。　東渡

懷橘可感。更以數枚爲歸獻之資，先贈者，師自契了。　秋月

實滿望蜀之意。　東渡

師讀≪恩重經≫幾遍？報佛恩只在報親恩，今觀懷橘之誠，感歎感歎。　龍淵

謬蒙過譽，不敢當，可愧可愧。　東渡

君是翠虛成公之後耶？　東渡

翠虛先生，僕之從曾祖也。　龍淵

師居何山何寺？　龍淵

未住寺，吾宗禁一入小寺，後不能移擁大刹。是故我輩久在三緣山中，修其業耳。山中魚龍三千僧。　東渡

上人年幾何？　退石

四十。　東渡

一見氣意相投，不忍分手，上人亦如此乎？　退石

不圖萬里萍水，同病相憐。　東渡

本邦古者，有遣唐使受經於中國，備見國史，沙門隨星槎，入中國，遍叩佛關，親傳大法。此事漸絕，至于千歲，可嘆。貧道性本好學，乃似蓮社之業聊成者，且于詩于文，締致久苦耳。今時大東見稱高僧者，亦不乏，然而未知折節侍何師貌[199]座下。是以宿昔私竊有意飛錫於西方，遊中華及貴邦也。國禁不許，可恨可恨。曾聞貴邦接地於中華，

199　貌：㒵의 오자이다.

且奉使入于天朝，面觀朝野之美，貧道願接芝眉者，在于此。吾佛法事元出方外，公等雖不與聞，而耳目之所見聞，暫說之，亦無妨。謹請爲貧道語之。　東渡

周代皇華傳國風，萬邦佛日掛蒼穹。梵經誦盡三千卷，空望西天老海東。

《五和東渡上人韻》　　　　　　　　　　　　　　　　退石
吾邦自古尙儒風，瑞日祥雲曜碧穹。縱有三乘亦安用，禪經不到鴨江東。

詩有紙盡，願期他日。　東渡
終日唱酬詩盈一束，而君輩錄詩之紙，短劣如小赫蹄，字畫又荒潦，殊無敬客之儀，僕輩宜不和贈，而有作輒酬，能領此意否？　秋月
親蒙示教，至無敬客之儀語，則且懼且愧。又其宜不和贈，而賜高和者，已辱其慈，投桃報瑤，豈易得乎？如楮枝短劣，字畫荒遼，則力所不足不敢辭其責耳。　東渡
今日佳會，亦難得焉。是以不堪分袖，他日許來見否？　東渡
如蒙更願，可不掃榻？　秋月

《將歸席上贈吶齋》　　　　　　　　　　　　　　　　東渡
詩賦禪餘約，春來逢楚人。風流千載事，夢幻百年身。揮塵非支遁，談玄讓許詢？憑君爲探璧，無妨問龍津。

再見

廿二日重至賓館，與吶齋同謁南公及成、元、金三君，席上書曰：

向到龍門，見許御李，且得參詩，始懷明月，竊以爲榮。然而詩賦如雲，意中甚忙，今日再遊，願以閑語請益，不敢望唱酬，公等許之乎？

敬諾。　秋月

書中或有一字可疑，則文意難通，況是分手萬里，無路問之？從此以往，願行書以示之。　東渡

領諾。　秋月

《自携百壽紙，呈秋月，系以詩》　　　　　　　　　　　東渡

雙邦佳會對儒冠，不減當年十日歡。織出錦文堪獻壽，裁衣君試客中寒。

《袖來梅花紙，呈龍淵，系以詩》　　　　　　　　　　　東渡

折來梅樹贈詞場，紙上花開才子傍。他日城南公袖後，東西萬里慕餘香。

《自擁櫻花紙，呈玄川，系以詩》　　　　　　　　　　　東渡

東海櫻花紙上開，飛來春色映高臺。使星西動歸鄉日，携去長供楚客才。

《懷來名花紙呈退石系以詩》　　　　　　　　　　　　　東渡

《三都賦》就益揮毫，相贈誰論紙價高？元是名花稱國色，不知何似一綈袍。

再來妄訪，深感慈悲心。禪偈當和，花牋字不安，墨不受，謹還完，

而殷勤之意, 何敢忘也?　秋月

分外臨貴, 重承再昨之雅, 感荷何言? 華作謹當和奉, 花牋聊此還呈, 幸諒拙意。無以爲不恭也。　龍淵

賓筵唱酬, 不可若是草率, 須更繕寫袖來, 此紙奉還。　玄川

獻芹微悃, 公等何却人之峻也?　吶齋

鄭重之意, 旣已領得, 花牋不省用處, 萬里帶去, 不便於客意故也, 吶齋何不諒耶?　秋月

向賜懷橘, 歸獻老親, 喫之示余曰: "高意滿腹, 仁及巖穴。嗚呼, 君子哉! 承此盛意欲□[200], 至此臥病夫[201]起, 奈之何?" 因命貧道, 以奉謝其萬一, 楮華雖非佳品, 是大人之志也。願公等受之, 則父子飮河之願足矣。　東渡

四公諒他獻芹微意, 受之亦可也。　吶齋

上人以親命爲言, 義不可辭, 兹以强領。　秋月

上人旣以親意來贈, 義不敢不受, 留之可也。　退石

≪東渡贈以花牋, 辭之以其尊公命, 懇要領留, 義不可拂, 遂以一篋爲歸獻之資, 因步其韻≫　　　　　　　　　　　　　　　　秋月

獅拂重來對鵁冠, 懷中百壽侑淸歡。湘筠妙製聊相贈, 要助高堂扇枕寒。

≪東渡上人以其高堂之意, 致梅花牋七幅, 義不得辭, 乃以一扇謝之, 且和其韻≫　　　　　　　　　　　　　　　　　龍淵

---

200 글자가 누락되었다.
201 夫 : 未의 오자이다.

錫衲重登翰墨場，彩箋光淨百梅傍。蒲葵一柄還相贈，師是空門扇枕香。

≪東渡見贈詩牋，且致尊堂之意，以一箋奉酬≫ 玄川
溪藤七幅袖中開，二月櫻花落滿臺。一箋酬君歸扇枕，修羅兼是難收才。

≪次東渡贈示韻，謝花牋以紙筆≫ 退石
東裝不欲累絲毫，莫道花牋品格高。縱負山人來贈意，歸時脫灑一荷袍。

四公賜箋且紙筆，別後仰仁風，懷三君揮毫，懷獨醒之人，喜喜。
東渡

≪席上呈南成元金四君≫ 東渡
問禮衛才子，先生魯國冠。雙邦兄弟政，莫作客中看。

其二
百年三韓客，才名誰似君。隨意方言異，二國扶斯文。

其三
一望高樓夕，論文讓楚人。東都滿花好，不是故鄉春。

其四
誰作登樓賦，他鄉天醉花。不知江左月，萬里照君家。

《重酬靜公》　　　　　　　　　　　　　　　　　　　秋月
釋子靑蓮衲, 書生碧蕙冠。蒼茫萬里別, 孤月海中看。

《酬五絶》　　　　　　　　　　　　　　　　　　　　玄川
古寺寒梅樹, 斜陽異域人。人歸樹猶在, 留記別年春。

《次東渡五絶》　　　　　　　　　　　　　　　　　　退石
星槎遙渡海, 雲衲笑拈花。却羨西峰月, 山山便是家。

弘法大師示化於何山何處? 僕等所經驛中, 見其碣也。　龍淵
仁明帝時, 示化紀州 高野山, 是我邦眞言宗之大祖也。知德流于千
歲, 宗風振于四海矣。　東渡
金仙氏誰耶? 聞貴國有高僧傳, 恨不得一見。　玄川
《元亨釋書》、《本朝高僧傳》、《扶桑僧寶傳》等, 世著述之, 今
至廿部, 其中天台傳敎大師·眞言弘法大師·佛心榮西國師等, 皆一宗
大祖, 而知德之迹, 共見其傳。特吾祖圓光大師, 上爲三帝之師, 下爲
四海之父, 其傳四十八軸, 帝王自勞翰墨, 公卿手扶丹靑, 是又諸家之
所無也。近世三緣山 定月、義重山 義海、常州 高辨等, 法中龍象
也。雖然不敢遊于筆硯之間者, 見余送序中。　東渡
旣賜佳作, 中有禪經不到鴨江東之句, 試問佛敎何故不到鴨江乎?
東渡
昔我康獻大王肇開鴻業, 一洗麗朝之陋, 痛斥佛敎, 故凡干禪敎者,
不敢接跡。故西域寂滅之敎, 不敢渡鴨水以東。　退石
大王者太祖尊諡乎?　東渡
然。　退石

李東郭曰: 新羅之時, 佛法盛行, 果然乎? 貴邦中一掃佛教耶?　東渡
新羅、高麗之世, 果崇佛法, 而我康獻大王以其非聖人之道, 一切
痛禁, 雖有些少沙門之寄, 在山間者, 皆不敢齒於衣冠之列耳。　退石
已承教示, 雖然強論之, 則恐觸公等之諱, 還失敬客之儀, 且非雅
談, 是以止耳。因裁一絶, 以呈退石。　東渡

龍門百尺亦難攀, 誰倚高欄共解顔? 從此清談揮筆處, 只遊明月白
雲間。

≪再和東渡韻≫　　　　　　　　　　　　　　　　　　退石
玉樹淸標幸再攀, 禪棲喜對白毫顔。願君歸讀文公表, 閑話休煩筆
舌間。

≪步前韻答退石≫　　　　　　　　　　　　　　　　　東渡
諸天玉樹本難攀, 謾說金仙開笑顔。爲是文公裁≪佛骨≫, 可憐空
老海潮間。
【退之謫潮州故云。】

≪席上呈秋月≫　　　　　　　　　　　　　　　　　　東渡
使星東動古靑州, 絲管曉發大都秋。君恩推轂賜華節, 百官侍宴賦
≪遠遊≫。威鳳樓前連飛盖, 蟠龍隴外送應劉。萬里橋邊銷魂處, 城
上殘月影空留。天邊欲攀扶桑日, 地軸遙橫滄海流。雙鶴凌空隨文
斾, 群鯨破波護鷁舟。聞道初冬到馬島, 此日回首結客愁。鄕關從此
常入夢, 異域落木望悠悠。日本諸生初獻賦, 鷄林大夫共登樓。靑藍
島富詩文士, 赤目關多韓、柳儔。兩岸白雪供狼筆, 龍女捧珠向誰投?

人傳西海風波惡, 錦帆無恙浪華洲。浪華城中逢春日, 佳節遙思漢江頭。始看大國君子壯, 金袍翩翩躍紫騮。到夜城邊聞玉笛, 曲中《梅花》春月幽。春風吹逐梅花落, 空破客夢淚難收。昔在王仁來此地, 羽翼從帝遊蓬丘。歌題梅花新定位, 人扶社稷更分憂。功成初衣歸薛荔, 名遂長不取封侯。此人元是三韓客, 借問公等同鄉不? 本邦幸有求賢詔, 俊賢全與古人侔。君亦文章裁五色, 補袞願映翠雲裘。

【他日有暇, 幸賜高和, 不敢望卽答。】

《席上呈龍淵玄川退石》　　　　　　　　　　　　　　　東渡

星軺萬里來日邊, 是吾扶桑帝城前。西京繁華家百萬, 北闕文武客三千。山川佳氣朝宮殿, 春滿慶雲映御筵。鳳凰雙飛巢花樹, 蛟龍群集躍玉淵。雞林衣冠遙脩聘, 仁風大振太平年。從此文旆堪東指, 先見長蛇駕靑漣。岳陽城上吹玉笛, 曲中淸怨有誰憐。琵琶湖上八百里, 中有玉女稱神仙。人傳竹嶼花月夜, 于今美人彈四弦。矢渡歸帆同回首, 石峰殘月共停鞭。大海重山勞跋涉, 司馬、博望主恩偏。請看七里灘頭壯, 金鼓玉簫起樓船。錦纜同解風颯颯, 雲帆共掛濤翩翩。荒關誰能棄繻過? 灞亭驚見才子賢。褰裳停車臨巨岸, 群龍破浪凌大川。無盡驚瀾高飛石, 不斷急流裂爲煙。並駕始看士峰色, 銀河倒開大白蓮。春寒益輝萬年雪, 海內何山堪比肩? 聞道箕邦金剛秀, 一萬二千峰頭鮮。不知何人到絶頂? 可恨畫圖此不傳。日本不二多詩賦, 彩毫相映五雲連。半是中華東華客, 拂絹題扇換萬錢。下見花林吞夢澤, 上有龍池出溫泉。天地鬼神遊紫岫, 湖海鴻鵬搏[202]碧巓。四時白雪照人世, 寒影高逼春霄懸。嶽雪似待東行日, 公等願鬪和玗篇。

---

202 搏 : 搏의 오자이다.

【暇日，幸賜芳和。】

《奉南秋月書》　　　　　　　　　　　　　　　　　東渡

　先時，文斾始至于浪華之日，遙聞足下之美名，貧道私竊念之，信君子哉！足以使四方，可與言詩，亦可與論文也。由此願接芝眉，有日何幸，親呈巴調，切荷鼎言，千載一時志願足矣。盖吾大東沙門，古以詩文鳴者，僅二三家。雖然文不溯左、史，詩不本李、杜，動稱韓、柳、元、白，以爲斯道之祖，故詩文徒求浮辭之虛，長失古人之實也。是以盛德之士不以詩文自居者，惟恐害道德之實，故棄之如土，爲非古之詩文也。顧夫古之詩文，與志爲一；今之詩文，與志爲二。所謂與志爲一者，在于心，發于言，假名爲詩爲文耳。若無斯心，則不言，不言，則固無詩文之跡矣。故卽其詩文，而其人之賢愚可知也。是以古有采詩之官。子夏曰：‘在心爲志，發言爲詩。’傳曰：‘言以足志，文以足言，不言，誰知其志？言之無文，行而不遠。’可以徵焉，所謂與志爲一者。固無斯心而强言之，言之則亦爲詩爲文也，是心與言爲二，故誦之而其爲人不可知也。若不在心而求言於錦繡，則縱使文華如五都之肆，是何益乎？是故孔子有以言取人，失之宰我之歎也。信哉，六經聖賢之言！在心發言，稱之爲詩爲書，聖賢寧有意脩之哉？古之所謂詩文者，可知矣。漢、魏以降，唐、明豪傑，踵武並起，藻繪如錦，經緯繁密，工擅七襄之妙，冥合于古人者，無論也。其他陳采以眩目，裁虛以蕩心，貧道棄而不取焉。自神祖一匡天下，海內文華，隨世大開，文載其道，道扶斯文，而詩也文也，再歸古之實。當此時，龍象成群，禪餘遊戲藝圃，無文勝失實之患。是故盛德而有文者，世不乏人也。至若貧道，則丘壑自分蓮社之業，曾無餘力，愧惠休、支遁之才久矣，可以恨耳。伏惟足下謬蒙不棄，一二賜敎，別後長捧，可以誇于東海矣。文章不朽之交，不減握手之樂, 則何恨再會之難乎? 無任望蜀之意云。

二幅盛文, 辭理條暢, 意見超卓, 無意於爲文, 而文自佳, 師雖謙不居支、惠之儔, 而其所得於禪誦之餘者, 居可知已。日本賦非但才力纖弱, 其於貴邦典故、山川、財賦、兵農、謠俗、戶口之類, 漠乎無以詳悉, 縱有所作, 如聾啞之說夢, 其何能闡揚萬一乎? 玆不敢奉戒, 至於一二贈言, 固不可辭, 而諸經如尼珠瑩然, 持是漸修, 可以頓悟。若能墨名而儒志, 則有日月中天之五經在, 不佞庸何贅焉? 草草口復不能盡懷。　秋月

≪正正齋爲貧道揮毫作金蓮社之榜, 因賦此謝之≫　　　　東渡
玉節高輝東海春, 揮毫大客漢詞臣。書成從此金蓮發, 長學廬山 遠上人。

太學諸生請見, 不暇與上人筆談, 欲以一律, 謝上人古詩耳。　退石
願得一片明月, 照歸路。　東渡

≪走艸一律謝靜上人古詩, 因申別懷≫　　　　　　　　退石
僧過虎溪笑, 鴻別楚天哀。客路迷芳艸, 詩愁上老梅。獅留靈鷲寺, 槎返沒雲臺。他日相思處, 那堪海月來?

≪答金退石≫　　　　　　　　　　　　　　　　　東渡
虎溪分手地, 豈作俗人哀? 君夢紫門柳, 我携蓮社梅。斷鴻易欹枕, 片月懶登臺。共就銷魂賦, 明月許酒來。

期他日而歸。　東渡

三見

廿九日，入學士館見秋月、龍淵、玄川、退石，卽書曰：
他日公等辭去東都之日，欲張帳於城南，分手於海東，國禁不許，可
惜可惜。是以預思之，黯然銷魂矣。因擬其時，以作送別詩幷序，謹呈
秋月及龍淵、玄川、退石，如賜一覽，笑而置之，亦足耳。　東渡
失秋月答語，可惜。

《奉送朝鮮學士秋月南公》　　　　　　　　　　　　　　　　東渡
河梁分手一代別，始信黯然更銷魂。大東春日辭東海，群帆西懸隔
乾坤。祖帳簫鼓連城外，飛盖追隨出千門。《梅花》笛裡含情落，《楊
柳》曲中結愁翻。江邊停馬此時怨，流水無盡更難言。何處名山藏詩
卷？幾時才子憶故園？異域春風懷土切，他鄉鶯鳥求友繁。芙蓉白雪
長屬君，五色遙映楚人文。請看日本春日色，兩地花月望自分。歸國
儻語扶桑事，先言櫻花擬《白雪》。

《奉送朝鮮三書記成龍淵元玄川金退石》　　　　　　　　　　東渡
一心籠天地，天地開萬國。自從生四民，造化不可測。堯舜遠無論，
賢聖近難得。六經孔子心，大聘季札力。雙邦扶斯文，二君守其式。
春來使乎車，遙到君子域。帝王一繼天，萬世寧可識？靈鳥巢梧桐，仁
獸補袞職。玉書賀太平，錦字讚正直。文旆桑海東，武城函關北。樓
船暫此留，劍佩登紫極。日月行夏時，冠冕載周德。百年富賢良，萬里
勞社稷。諸生齊、魯間，大儒翰墨側。忽聞看花交，離筵日已逼。別

後滄溟西, 空望殘月色。有銷愁人魂, 無假歸鴻翼。所思一何哀? 別
賦信難裁。<u>燕</u>、<u>宋</u>風異響, 誰擬<u>江淹</u>才。≪鹿鳴≫西園會, 飛盖東渚
隈。公侯與文武, 城南祖帳開。豈啻分雙手? 再會亦難哉! 隨意錦帆
影, 飛向<u>釜山</u>回。天地元心造, 從心共徘徊。萬邦非心外, 猶向<u>明鏡</u>
<u>臺</u>。各天如相憶, 兩地入心來。

≪奉送朝鮮書記成龍淵元玄川序≫　　　　　　　　　　東渡

　古人有言, 黯然銷魂唯別而已矣, 信不虛語也。<u>朝鮮</u> <u>龍淵</u>、<u>玄川</u>來
聘, 暫在于<u>東都</u>之日, 貧道幸遊筆硯之間, 辱方外之交。自<u>元和</u>之聘
以降, <u>日本</u>沙門奉謁貴邦諸儒, 呈詩文者, 屈指則盡矣。<u>五山</u>諸禪師
僅稱作者, 大東釋氏脩飾詩文, 似乏其人也。古時暫置而不論焉, 近
世豈其然乎? 我邦佛法, 初盛中衰, 今時大振矣。其中衰者, 何也? 自
負門地之貴, 或假青雲之力, 以擁大刹, 以竊高位, 不學無德, 固無論
焉。德篤才大, 堪稱高僧, 亦非隨緣折節, 則無由大投梵網, 以漉人天
魚龍。當此之時, 布地黃金空結客, 垂天青翼長鍛[203]人, 名刹花開, 菩
提實落, 薄俗尊朝天, 少年驚賜祿, 此皆諸經之所厭, 群論之所賤, 豈
不悲乎? 是以脩德有道之僧, 皆隱深山, 削迹白雲。今則不然, 帝王仰
鑽釋敎, 僧龍臥遊文園, 佛日高出於嶽雲, 法雨遍洽于朝野, 傳燈揚
輝, 宗風大振。是故禪餘文學, 兼入作者域, 才名不減<u>惠休</u>、<u>支遁</u>者,
如雲如雨, 梵文楚辭, 粲然大備矣。至若貧道, 譬如燕雀之在鳳凰之
側, 常恥形穢。雖然我邦金仙氏之爲學也, 唯竭力貝棄中, 而不以文
爲榮, 故不欲敢鬪技, 以結方外之交。宜哉, <u>元和</u>已來, 沙門投酬桃李,
以傳名於貴國之儔, 甚少也! 公等歸國, 談笑諸賢, 解裝論文之餘, 遙

---

203 鍛 : 鍜의 오자인 듯하다.

及日本詞客, 如由怪少沙門唱和者, 幸爲語之矣。

《奉送朝鮮書記金退石序》　　　　　　　　　　　　　　東渡

朝鮮書記金退石, 使事旣竣, 玉節將歸, 日本沙門因靜贈言曰: '正德中, 本邦沙門謁李東郭, 有問貴邦佛法古今興廢者.' 東郭答之曰: '本邦新羅氏之亡也, 職由佛法盛行。吾太祖建國也, 一尊信聖經, 務闢異教之說.' 足下亦繼此志? 貧道念之, 如一尊信聖經之語, 則無論也, 至新羅氏之亡, 由佛法之說, 則甚惑矣。古者百濟人始獻佛象經論於我邦, 以開金仙之道, 方此之時, 貴邦君臣皆尊儒道, 兼信佛法, 二教大盛, 而國富民寧, 兵革不動, 累世昇平。其後千有餘歲, 及王瑤之時, 三綱淪, 九法斁, 棄其祖祀, 壞其家國, 士風以衰, 民心以怨, 是天實革命之秋耶。昔桀紂之亡也, 天以授湯武也, 此時中國未有佛法, 而桀紂以亡, 湯武以興。以此觀之, 則新羅氏之亡, 則天授太祖之時也, 豈由信佛法之故乎? 古時佛法之隆, 比之其亡時, 實百倍之, 佛法何所待, 而降禍於千歲之後? 此亦理之所無也。新羅氏之亡, 非佛法之故也明矣。夫佛法之盛行, 豈啻新羅? 如中國及諸蕃, 一尊信之, 至若我日本, 則自佛法東漸, 千有餘歲, 宗廟扶助惠光, 帝王保護智輝, 家祖述之, 戶憲章之, 慈雲遍覆海內, 法燈長照人間, 國家益平, 民俗益安。經曰: '佛心者大慈悲是也.' 所謂慈悲者仁是也。是故擴充此心, 以羽翼王道, 撫育民業, 可以保四海矣, 佛法何害國家之有? 足下歸國, 與聞政事之日, 若及佛法有害國家之說, 願思鄙言, 以掃癡暗, 始輝佛日, 則貧道遙受其賜矣。是以不能無贈言, 幸勿以爲駢拇矣。

《稟四公》

奉贈長遍及序, 他日幸有暇, 則託吶齋以賜高和。不敢望卽答。　東渡

敬諾。　<u>秋月</u>

欲以一律和師之別詩, 詩已圓矣。客來請見, 未及書奉, 當書致吶
齋以傳之。　<u>秋月</u>

謹諾。館中忙甚, 不能悉呈巴調可恨。他日來見, 可得否?　<u>東渡</u>

重來重來。　<u>秋月</u>

≪東渡師以二長篇相贈, 就其中得韻以和≫　　　　　　　　　<u>秋月</u>

袈裟影襯鸊鷉裘, <u>盂渡</u>何年到十州。吾道欲傳<u>文暢</u>序, 淨緣頻結<u>虎</u>
<u>溪</u>遊。西峯片月遙橫樹, 寒食飛花半入樓。斷盡諸根情未遣, 數詩珍
重滿歸舟。

≪東渡上人贈長篇二首, 爲取其篇中韻, 以一律謝之, 兼致悵別之
意≫　　　　　　　　　　　　　　　　　　　　　　　　<u>龍淵</u>

海外眞成方外緣, 休淹相對碧雲天。柳瓶慧偈通三昧, 蓮社淸香落
二篇。更許獅言親旅榻, 預愁驪唱動離筵。西歸定有相思夢, 花發空
山月印川。

右二律, 託<u>山田圖南</u>以寄贈。

四見

三月六日, 入學士館, 見四君。

許久不相見, 平安否?　<u>退石</u>

益賜不棄, 幸甚。<u>東渡</u>

尊大人平安否?　<u>退石</u>

共受其賜。　東渡

四侍綺筵, 諸子所羨, 猶有狃於售醜之意, 公等容之乎?　東渡

來者不拒, 俺等本意也。　退石

公一見賜寵光。是以常欲御李, 猶未得之, 不知歸期何日乎?　東渡

將以十一日西歸, 自此不得更逢, 何恨如之?　退石

≪稟南成元三君≫

向託山田圖南, 遙賜佳作二篇盛文一章, 而圖南之大人余知己, 昨日袖來達之, 謹開緘, 詩裡別愁散溢紙上, 相思之賜, 一唱之, 則預銷魂矣。又書中, 愛吾以懷橘及彫蟲, 雖然烏鳥之私情, 巴人之下調, 豈敢望之? 然而竊以爲榮矣。　東渡

思吾師冲曠之襟, 澹雅之句思之也, 切今日奉接, 何幸何幸? 且行期已迫, 再會未期, 是覺悵然。　玄川

佳篇中較我以樂天, 我敢望之乎? 古人有言, 使識者論其詩文而可以徵焉。貧道得吾公, 以爲盛覬哉。　東渡

擬人耶, 必盡言其平生耶, 師之內儒外釋, 却勝於香山之內佛外儒, 若力之行之, 顧何必多讓於香山? 篇中首尾, 因有致意處, 幸更詳之。玄川

思師久矣。卽荷再顧, 賦謝之。　龍淵

館門不漫通。是以遙相思耳。　東渡

會日無多, 別日漸近, 詩外更惹惆愴。　龍淵

送別旣呈矣。敢問自馬島經浪華、西京, 到東都之間, 詞場才子見許登龍門者, 爲誰願示姓名?　東渡

筑州 龜井魯材華照爛, 長州 瀧長愷風流弘張, 備州 井潛篇章典雅, 近藤篤句法遒健, 大坂 合離氣味婉精, 而那波師曾兼數家之美, 見與

<u>加番</u>長老，來此中。　<u>龍淵</u>

≪重步前韻答南元金三君≫　　　　　　　　　　　　<u>東渡</u>
談玄揮麈後，高興侍儒冠。獨愛他鄉夢，能令萬里看。

其二
天假良緣日，傾盖如故人。萬里花開後，共逢太平春。

其三
樓船繫<u>江左</u>，寧似故園花。四海皆兄弟，丈夫不憶家。

≪五和東渡上人韻≫　　　　　　　　　　　　　　<u>退石</u>
白頭蓮幕裡，羞着鵷鸞冠。多謝<u>廬山　遠</u>，拈花一笑看。

其二
雪衲何山釋？荷袍異國人。萍蓬悲聚散，留夢鉢花春。

其三
久爲<u>三島</u>客，落盡一春花。却羨禪和子，逢山便是家。

≪疊酬金退石≫　　　　　　　　　　　　　　　<u>東渡</u>
衣鉢逢詞客，論文舊鶹冠。風流非<u>惠遠</u>，誤作<u>虎溪</u>看。

其二
才名讓<u>支遁</u>，相值<u>郢</u>中人。滄海難飛錫，空思錦水春。

其三
久爲日東客，落盡錦江花。鐵錫隨雲水，乾坤更作家。

《六和東渡》　　　　　　　　　　　　　　　　　　退石
霞衫何處釋? 來訪漢衣冠。落日江州寺，青眸對榻看。

其二
襕裟乘興出，來別北歸人。增悵參商恨，和、韓萬里春。

其三
雨餘雲衲至，笑拂木犀花。萬里懷鄉夢，羨君早出家。

《席上酬靜師》　　　　　　　　　　　　　　　　　　秋月
久別東林伴，相思岸葛冠。庭前梅蕊盡，不是向時看。

《酬東渡上人》　　　　　　　　　　　　　　　　　　玄川
摩尼存宿果，雲衲寄文人。一樹蘭光在，歸家寸草春。

足下善書，爲余揮毫題扇。東渡

《題東渡上人扇》　　　　　　　　　　　　　　　　　龍淵
東林僧氣淨，松塵又逢君。且置詞華累，歸尋梵貝文。

《答龍淵》　　　　　　　　　　　　　　　　　　　　東渡
法燈傳惠遠，梵偈却煩君。隨意禪餘興，不妨論楚文。

≪重和東渡上人≫　　　　　　　　　　　　　　　　　龍淵
客窓愁臥病, 靈藥杳仙君。賴有眞僧訪, 毫端話古文。

公輩聞遠客風聲, 遠來酬唱, 其意良勤, 而終日竟夜, 至於百千篇,
亦何益?　趙華山
只弄風流之趣, 不必患其無益, 縱至於百千篇, 總類喫茶之話, 何勞
之有?　東渡
亦如床上假花, 雖有目前之巧, 亦竟無實。　華山
豈是如假花之無實, 實是有意? 而退石之唱酬, 如懸河注不竭, 諸
才子皆稱之。是以試鬪其波瀾之勢耳。　東渡
雄才如湧, 詩無敵久矣。貧道幸蒙顧照, 欲强獻桃, 君賜瑤否?　東渡
難孤上人之意, 走筆潦草, 詩可云乎哉? 蒙此過奬, 多愧多愧。　退石

≪席上呈退石≫　　　　　　　　　　　　　　　　　　東渡
無心鐵錫對群賢, 目擊相通堪說禪。極識思家花月夜, 夢飛千里漢
江邊。

≪席上和東渡≫　　　　　　　　　　　　　　　　　　退石
韓公曾識太顚賢, 我亦東來得靜禪。秋月春花他夜夢, 倘能相憶錦
江邊。
　　【錦江, 是弊盧門前江名。】

≪席上答退石≫　　　　　　　　　　　　　　　　　　東渡
半偈難裁才子賢, 笑論文字共逃禪。遙知紅粉樓中夢, 直到扶桑 江
左邊。

《席上和東渡》　　　　　　　　　　　　　　　　　　退石

東來每恨乏才賢，今日初逢海上禪。萬里萊陽相別恨，三洋空闊渺無邊。

已與君相和者，過十餘篇，他客紛撓，君所知也。數數相困，非詩人之道，請從此斷唅。　退石

交情猶未盡，是以强相和耳。從此以往，當如示敎。　東渡

師前蘭艸，奉贈吾師，歸呈尊堂。　玄川

歸獻之盛眖，何物如之？持去捧膝下，則巖穴忽生光輝。　東渡

薄物何足深謝？且欲表懷橘之誠。頃日題跋語，所反復者，幸加詳意。　玄川

同病相憐信不虛語也。公書中，表吾懷橘之烏情，不知何遍？以此觀之，公之至孝，不問而知耳。　東渡

幸見許攀玉樹，長以爲榮矣。書不盡意，況復拙揮毫乎？異域萬里之別，再會難測，只有相思，似流水，日夜無盡時，不知公等能容此意耶？　東渡

師纏綿之情，悁黷之思，令人動心。別日在近，後期無涯，奈如之何？　秋月

《將歸呈南秋月》　　　　　　　　　　　　　　　　　　東渡

星軺何日發東京？賦就銷魂萬里情。別後長傳明月色，千秋偏照武昌城。

《次靜上人別語》　　　　　　　　　　　　　　　　　　秋月

上巳芳遊隔漢京，宿桑緣業漫牽情。此樓春色年年似，花滿清池柳

覆城。

≪重答秋月≫　　　　　　　　　　　　　　　　　　　東渡
馬車何日到韓京, 異域離筵晃監情。歸路秋風何處起? 空留明月武
昌城。

≪奉元玄川≫　　　　　　　　　　　　　　　　　　　東渡
靜也多病, 常臥方丈, 何幸旣辱足下寵異, 身逢其盛乎? 聞歸期甚
逼, 館中多忙, 空分猊座, 遙相思已。自惟秋月、龍淵、退石能知我
否? 至其知我而憐我, 玄川一人耳。越石父曰: ‘爲知我者伸。’ 是所謂
可爲知音道, 而難爲俗人言者也。向侍坐, 有所欲問, 時執謁者紛紛
如雨, 公等厭之已知其意。是故藏諸意中, 而歸更託吶齋, 奉問貧道
結交方外, 混迹好事, 豈有意於翰墨之間? 我所欲問者, 唯在貴邦佛法
古今興廢如何。其他六經之道, 百家之說, 在我則爲緒餘。是以一見
先問之退石, 退石答曰: ‘佛法非聖人之道, 故康獻大王一切痛禁焉。’
一言樞機, 駟不及舌, 因知貴邦所諱, 故不重問, 失我所望。然與書於
退石, 重辨駁佛法, 退石不答。從此以往, 徒遊戲藝圃, 飛揚騷壇, 足
下乃以貧道爲內儒外佛, 謬蒙過譽, 盛貺大文, 而非我意也。先是, 與
秋月論詩文之道, 秋月答之, 及儒佛之道, 若論儒佛大道, 何俟秋月決
之? 且我書中, 並論詩文, 以論古今興廢, 唐、明取舍, 秋月舍而不辨,
唯及儒佛之道者何也? 夫吾佛法, 公等之所不知。靜是以未嘗片言及
佛法, 足下所知也。顧擧其所知, 以敵人所不知, 擧其所優, 以敵人所
劣者, 古人所不爲也。若擧其所優, 以敵其所劣, 則我邦非啻勝於貴
邦? 雖中國實難敵歟。我邦所優有三, 一姓爲君, 萬世不變一也。德
有四海, 不避臣位二也。封建之制, 媲美三代三也。此三者, 中國所絶

無, 而諸蕃寧有之乎? 赫赫大東, 可得而見矣, 可得而聞矣。我邦雖有是美, 而未曾以此抗于貴邦, 何況以公等所諱所厭, 爲投報如是? 猶恐失敬客之儀, 然秋月責我以無敬客之儀, 余甚惑矣。非玄川知我而憐我者, 誰能解之? 唯爲足下道而已矣。

　右, 玄川將歸日, 託吶齋贈之, 玄川曰: '自大坂亦託吶齋, 酬之而不果, 可惜。'

≪東渡筆談≫終

　≪題因靜上人詩文軸後≫

　苟能入孝出悌, 慕仁義, 志經籍, 而名詩文, 以翼治具, 就佛亦儒也。昌黎之取文暢, 只以其喜詩文也, 況詩文外又有所志者耶? 靜師佛者也。其衣緇其髮髡, 而其容諦, 其儀整, 其詩其文又略祖仁義, 以其有老父在, 懷橘之誠, 反正之情, 又藹然於容辭。昔樂天自作像贊曰: '外以儒行飾其躬, 內以佛道汰其慾。' 今吾師內儒而外佛, 較于樂天所得, 又將有深矣, 豈直文暢淺之喜文辭而止耶? 然靜師佛者也, 吾不能無疑於出入之間, 疑之非也。余之言不必究也, 不然知師亦退而自省也。人生不易, 聰明難得焉。有終其身, 漫漶於儒佛之間, 而可以與於正大光明之道耶? 行至武州, 靜師贄詩文以見, 遂書此以贈。于時甲申仲春也。

　朝鮮 元玄川子書。

　淺艸御堂前

　辻村五兵衛梓行

남궁선생강여독람

南宮先生講餘獨覽

조선 사신과 학문적 토론을 벌인 시문집

『남궁선생강여독람(南宮先生講餘獨覽)』은 1764년(영조 40)에 남궁선생인 난구 다이슈[南宮大湫, 1728~1778]가 미농(美濃)의 금수(今須)에 머물고 있는 조선 사신에게 편지를 보내어 학문에 관해 의견을 주고받은 것을 기록한 책이다. 이 책은 국립중앙도서관에 소장되어 있고, 한 면에 9행 20자로 총 52면의 1권 1책 목판본이며, 1764년 9월에 일본 동경의 문천당(文泉堂)에서 간행되었다.

책의 구성은 시가 총 13수이고, 편지가 대부분을 차지한다. 시는 난구 다이슈가 9수, 조선의 문사 네 사람이 각각 한 수씩 지었다. 편지는 총 3차례 왕래되는데, 난구 다이슈가 조선의 제술관 남옥(南玉, 1722~1770)에게 편지를 보내고, 남옥이 난구 다이슈에게 답장을 보내며, 마지막으로 다시 난구 다이슈가 남옥에게 편지를 보내는 순서로 되어 있다. 그리고 난구 다이슈가 병이 들어 직접 찾아오지 못하고 제자들을 보내어 글을 전달하였기 때문에 다른 책과 달리 필담이 수록되어 있지 않다. 서문은 시부이 다이시쓰[澁井太室, 1720~1788]가, 발문은 호소이 헤이슈[細井平洲, 1728~1801]가 썼는데, 호소이 헤이슈는 난구 다이슈와 절충학파(折衷學派)에 속하고, 시부이 다이시쓰는 좌창부(佐倉俯)의 문학(文學)이다.

이 책의 저자인 난구 다이슈[南宮大湫]는 이름은 악(岳), 자는 교경(喬卿), 호는 대추(大湫)이다. 강호시대 중기의 한학자로, 미농(美濃) 사람이다. 이 책에 나타난 그의 특징을 2가지로 요약해 볼 수 있다.

우선, 그는 절충학파에 속하나, 고학(古學)파에 가까운 사람이었다. 고학은 주자학에 맞서 공자의 본래 가르침으로 돌아가자는 주의로 오규 소라이[荻生徂徠, 1666~1728]에 의해 창시되었다. 시부이 다이시쓰는 서문에서 고학을 잘하는 사람이라고 추켜세우며, 한(漢)나라의 동중서(董仲舒), 가의(賈誼), 공안국(孔安國), 정현(鄭玄), 사마천(司馬遷), 반고(班固)와 같은 사람이 될 수 있을 것이라 칭찬하였다. 열거된 사람들이 모두 한나라 시대의 학자들임을 감안할 때, 고학은 반주학적 성격이 강함을 알 수 있다. 그래서 주자학을 숭상했던 조선의 학문 풍토와는 달라 조선 사신과 의견이 많이 엇갈린 부분을 편지 곳곳에서 찾아볼 수 있다.

둘째로, 그는 학문하는 태도가 매우 치밀하였다. 시부이 다이시쓰는 서문에서 '고금의 학문의 같고 다름을 조목조목 나열하여 물은 것들은 모두 스승의 설이 되는 이유를 알지 못하고 자기와 의견이 왜 다른지 살피지 않는 부류가 아니었다. 게다가 자신의 뜻과 다르면 또다시 이야기하고 질문하여 바로잡았으니, 이는 우리들처럼 우선 남의 의견을 받아들이기만 하고 자기를 공격하지 않기를 바라는 부류도 아니었다.'라고 하여 시시비비를 분명히 따져 옳으면 왜 옳고 그르면 왜 그른지를 면밀히 파헤쳤다. 그리고 호소이 헤이슈는 발문에서 '조선의 여러 학사에게 글을 보내어 자신의 견해를 말할 때에 하나라도 옳지 못하다고 여기면 또 다시 의견을 개진하였다.'라고 하여 자신의 의견과 맞지 않으면 몇 번이고 다시 자신의 견해를 피력하여 남의 의견을 무비판적으로 받아들이지 않았다.

　1764년에 조선 통신사가 일본에 왔을 때는 일본의 한문학 수준이 정점에 올라 개인의 필담집이 많이 등장하였고, 단순히 만나서 기쁘고 헤어져 슬프다는 식의 글은 이전에 비해 많이 줄어들었고, 학문적 견해나 의학·관상 등의 전문적인 의견을 주고받는 경향이 짙어졌다. 이 책도 그러한 일본의 학문 경향을 반영한 것이라 할 수 있다.

남궁선생강여독람(南宮先生講餘獨覽)

『강여독람(講餘獨覽)』 서(序)

지금 고학(古學)을 공부한다고 말하는 자들을 알만하다. 순수하게 하나만을 지키는 한(漢)나라 동중서(董仲舒)[1], 가의(賈誼)[2], 공안국(孔安國)[3], 정현(鄭玄)[4]과 같은 사람도 아니고, 또 견문이 넓고 기억을 잘하여 일가

---

1 동중서(董仲舒) : B.C176~B.C104. 중국 전한 중기의 대표적 유학자이다. 전한 초기 유교가 쇠퇴하였을 때, 도가의 설을 물리치고 유교 독립의 터전을 굳혔다. 무제(武帝)를 섬겨 총애를 받아 유교를 채용하고 교육 행정으로 공헌하였다. 이로써 뒷날 중국의 정신 발전에 중요한 영향을 미쳤다.

2 가의(賈誼) : B.C200~B.C168. 중국 전한 문제 때의 문인 겸 학자이다. 시문에 뛰어나고 제자백가에 정통하여 문제의 총애를 받아 약관으로 최연소 박사가 되었다. 1년 만에 태중대부(太中大夫)가 되어 진(秦)나라 때부터 내려온 율령·관제·예악 등의 제도를 개정하고 전한의 관제를 정비하기 위한 많은 의견을 상주하였다.

3 공안국(孔安國) : 생몰연대 미상. 『상서(尙書)』 고문학의 시조인 공자의 11대손으로 중국 전한(前漢) 무제 때의 학자이다. 공자의 옛 집을 헐었을 때 나온 과두문자(蝌蚪文字)로 된 『고문상서(古文尙書)』, 『예기(禮記)』, 『논어(論語)』, 『효경(孝經)』을 금문(今文)과 대조·고증, 해독하여 주석을 붙였다. 이것에서 고문학(古文學)이 비롯되었다고 한다.

4 정현(鄭玄) : 127~200. 중국 후한(後漢) 말기의 대표적 유학자. 시종 재야(在野)학자로 지냈다. 제자들에게는 물론 일반인들에게서도 훈고학·경학의 시조로 깊은 존경을 받았다. 경학의 금문(今文)과 고문(古文) 외에 천문(天文)·역수(曆數)에 이르기까지 광범

(一家)를 이루었던 사마천(司馬遷)[5], 반고(班固)[6]와 같은 사람도 아니다. 굳게 사설(師說)을 지키나 왜 스승의 설이 되는지 알지 못하고, 자기와 다른 의견을 힘써 배척하나 왜 자기와 다른지 살피지 않는다. 그리하여 사설(師說)이 되는 이유를 찾아서 그 사설(師說)을 지키거나, 자기와 다른 의견이 옳은가 그른가를 살펴서 시비를 따지는 자를 찾고자 하나 찾을 수가 없다.

남궁교경(南宮喬卿)[7]은 미주(尾州) 사람이다. 기세형(記世馨)[8]을 통하여 자신이 저술한 『강여독람』을 보여주고서 나에게 서문을 요구하였다. 내가 읽어 보고 고학을 잘 공부하는 자가 바로 이 사람임을 알았다. 나는 다른 사람과 왕래가 적을 때부터 남들이 조선사람과 수창(酬唱)한 글을 매우 많이 보았는데, 시로써 흥을 담고 글로써 위로한 것이 아니면 그 자리에서 응대만 할 뿐이었다. 설령 자기 의견과 맞지 않더

위하게 섭렵했다.

5 사마천(司馬遷) : B.C145?~B.C86?. 전한시대의 역사가이며 『사기(史記)』의 저자이다. 무제의 태사령이 되어 사기를 집필하였고 기원전 91년 『사기』를 완성하였다. 중국 최고의 역사가로 칭송된다.

6 반고(班固) : 32~92. 중국 후한 초기의 역사가이다. 표(彪)의 아들이고, 서역도호 초(超)의 형이다. 『한서』 편집 중, 국사를 개작한다는 중상모략으로 투옥되기도 하였으나, 20여 년에 걸려 완성하였다.

7 남궁교경(南宮喬卿) : 남궁대추(南宮大湫, 난구 다이슈, 1728~1778). 이름은 악(岳), 자는 교경(喬卿), 호는 대추(大湫)이다. 강호시대 중기의 한학자로, 미농(美濃) 사람이다. 어려서 부모를 잃고 병약(病弱)했지만 학문에 뜻을 두어 중서담연(中西淡淵)을 사사하였다. 이후로 명망이 높아져 대사(大師)로 일컬어졌으며, 학문으로 일가를 이루었다. 저서로 『대추선생집(大湫先生集)』이 있다.

8 기세형(記世馨) : 세정평주(細井平洲, 호소이 헤이슈, 1728~1801), 성은 기(記), 이름은 덕민(德民), 자는 세형(世馨)이다. 강호시대의 유학자로 절충학파이다. 『강여독람』발(拔)을 썼다.

라도 우선 남의 의견을 따르고 자기를 공격하지 않기를 바랐으니 바로 나의 행위도 이러한 면이 없지 않았다.

조선의 사신이 지나갈 때 교경(喬卿)이 병으로 직접 가지 못하고 제자들에게 시를 주어 고금의 학문이 같은지 다른지 조목조목 나열하여 물었으니, 모두 스승의 설이 되는 이유를 알지 못하거나 자기와 의견이 왜 다른지 살피지 않는 부류가 아니었다. 게다가 맑고 뛰어나 자신의 뜻과 다르면 또 다시 이야기하고 질문하여 바로잡았으니, 또한 우리들처럼 우선 남의 의견을 받아들이고 자기를 공격하지 않기를 바라는 부류도 아니었다. 이로써 살펴보건대 순수하게 하나만을 지키는 한(漢)나라 동중서(董仲舒), 가의(賈誼), 공안국(孔安國), 정현(鄭玄)처럼 후대에 본받을 만한 사람이 될지 알 수 없고, 견문이 넓고 기억을 잘하여 일가(一家)를 이루었던 사마천(司馬遷), 반고(班固)와 같을 지도 알 수 없다.

나의 학업이 교경에 비해 훨씬 뒤떨어지지만 사양하지 않고 서문을 쓴 것은, 고학을 잘 공부한 사람을 얻어 기뻐서이고 행여 이 글을 통하여 그가 본래 식견이 있는 사람임을 두루 전할 수 있기 때문이다. 그러나 끝내 교경이 나에게 부탁한 이유가 무엇 때문인지 알지 못하겠다.

명화(明和) 원년(元年)[9] 가을 8월.

좌창부(佐倉俯) 문학(文學) 정효덕(井孝德)[10]은 찬하다.

---

9 명화(明和) 원년(元年) : 1764년(영조 40)이다. 메이와(明和)는 일본의 연호(元号) 중 하나로 1764~1771년까지이다.

10 정효덕(井孝德) : 삽정태실(澁井太室, 시부이 다이시쓰, 1720~1788), 이름은 효덕(孝德), 자는 자장(子章), 호는 태실(太室)이다. 강호 중기의 한학자이다. 저서에 『독서회의(讀書會意)』가 있다.

신농(信濃) 남궁악(南宮岳) 저

낭화(浪華) 삼포언군근(三浦言君謹), 고수(高須) 수곡신공보(水谷申公甫) 집록(輯錄) · 교감(校勘)

보력(寶曆) 갑신(甲申) 봄 2월 조선의 빙하사(聘賀使)가 오자, 사장(士章) · 자혜(子惠) · 자수(子壽) · 공추(公樞) 등이 미농(美濃)의 금수(今須) 역정(驛亭)에서 제술관(製述官)과 세 서기(書記)를 만났다. 나는 자혜(子惠)에게 부탁하여 글과 시를 주어서 몇 편을 왕복하여 주고받았다. 비록 볼만한 것은 없지만 그런대로 기록하여 병든 여가에 한 번 즐길 거리로 삼는다.

조선 제술관(製述官) 전적(典籍) 남군추월(南君秋月)에게 드림 이름은 옥(玉), 자는 시온(時韞), 호는 추월(秋月)

난거(鸞車)를 새벽에 기름칠하니 만리(萬里) 행장 크게 갖춰지고, 봉기(鳳旗)가 햇빛에 빛나니 구천(九天)의 풍운(風雲)도 걷혔네. 큰 덕을 갖춘 사람 나라의 울타리이니[11] 명성과 칭송 나라 곳곳에 퍼지고, 사모(四牡)[12] 노래 기다리니 사신의 풍채 여기저기에 전해지네. 빙문의 예 닦으니 조야(朝野)가 모두 축하하네.

삼가 생각건대, 남군(南君) 당신은 순수한 자질이 매우 뛰어나고 학식은 두루 통합니다. 높은 갓을 쓰고 넓은 띠를 매고서 왕실의 법식과

---

11 큰 덕을……울타리이니 : 『시경』「대아(大雅) 판(板)」에 "큰 덕을 갖춘 사람은 나라의 울타리이며 많은 무리는 나라의 담이다.[价人維藩, 大師維垣.]"라는 말이 보인다.
12 사모(四牡) : 네 필의 수말이라는 뜻으로, 『시경』「소아(小雅)」의 한 편명이다. 왕명을 봉행하는 사신을 위로하기 위해 지어진 시이다.

예를 갖추고 있으니 집안은 응당 조종(祖宗) 대대로 장원을 하였을 것입니다. 또 두건을 쓰고 버선과 신발을 신고서 기방(箕邦)의 위의를 갖추고 있으니 문장은 바로 당대의 숙로(宿老)임을 알겠습니다.

　하지만 저는 바닷가에 사는 처사인지라 썩은 나무와 거름흙¹³처럼 보잘 것이 없습니다. 저의 재주는 저력(樗櫟)¹⁴과 같아 여러 해가 지나도록 쓸모가 없고, 자질은 포류(蒲柳)와 같아 가을이 되면 꼭 떨어지고 맙니다.¹⁵ 반평생 낚싯대 드리우고 있으나 사는 곳은 반계(磻溪)의 터가 아니어서 간절한 갈망과 그리움에 다만 황옥(璜玉)으로 그대의 온화한 용모와 바꾸고자 하고,¹⁶ 편지로 마음 전하고자 하나 이 몸은 소경(少卿)이 아니어서 오랜 객지 생활에 지쳐 기러기를 통해 사신에게 편지를 전달하는 것도 어렵다는 것 알았습니다.¹⁷ 하지만 공은 넓은

---

13 썩은……거름흙 : 더 이상 어떻게 해 볼 수 없는 폐인(廢人)이라는 뜻의 겸사이다. 『논어』「공야장(公冶長)」에 "썩은 나무는 새길 수 없으며 거름흙은 흙손질 할 수 없다.[朽木, 不可雕也, 糞土之牆, 不可杇也.]"라고 제자 재여(宰予)의 게으름을 호되게 질책한 공자(孔子)의 말이 나온다.

14 저력(樗櫟) : 크기만 할 뿐 아무 쓸모가 없어서 어떤 목수도 돌아보지 않는 산목(散木)이라는 뜻으로, 『장자(莊子)』소요유(逍遙遊)와 인간세(人間世)에 이에 대한 비유가 나온다.

15 포류(蒲柳) : 체질이 쇠약한 사람을 비유한다. 『진서(晉書)』「고열지전(顧悅之傳)」에, '열지가 간문제(簡文帝)와 동갑인데 머리털이 일찍 희어지니 간문제는 그 이유를 물었다. 열지는 대답하기를, '송백(松柏)의 바탕은 추위를 겪어도 오히려 무성하고, 포류(蒲柳)의 기질은 가을만 바라보면 먼저 진다.' 하였다.

16 반평생……바꾸고자 하고 : 태공 망(太公望)이 반계(磻溪)에서 은둔하며 낚시질을 하다가 황옥(璜玉)을 얻었는데, 그 옥에 "주나라가 천명을 받는다.[周受命]"는 글이 적혀 있었다고 한다. 『尙書大全 卷2』

17 편지로……알았습니다 : 소경(少卿)은 소무(蘇武)를 가리킨다. 무제(漢武帝) 때 소무(蘇武)가 흉노(匈奴)에 사신(使臣)으로 갔다가 19년 동안 유치(幽置)되었다. 소제(昭帝)가 흉노와 화친을 맺고 소무를 돌려보내라고 요청했으나 흉노는 소무가 벌써 죽었다고

아량으로 저 같이 용렬한 사람을 포용하여 한두 가지 질문하였는데 아끼지 않고 지적해 주셨습니다. 이에 시 한편 대충 써서 이동생(伊東生)에게 부탁하여 애오라지 저의 간절한 마음을 표시하니, 만약 그대께서 살펴보시고 저의 문장을 한 번 밝게 씻어주신다면 어찌 고기 눈깔을 야광주와 바꾸는데 비하겠습니까.[18] 아니면 목과(木瓜)를 주어 경거(瓊琚)를 얻는 따위이겠습니까.[19] 삼가 아룁니다.

조선 제술관 전적 남군추월께 드림
呈朝鮮製述官典籍南君秋月

해 뜨는 나라 바닷가에	日出之邦海水涯
명 받고 온 그대 위로하려 황화시[20] 읊네	勞君奉命賦皇華
관문에 들어서니 구름이 진인의 기운 비추고	入關雲映眞人氣

속였다. 이러므로 한나라 사신이 다시 흉노에게 가서 역시 속여서 말하기를, "우리 임금님이 상림원에서 흰 기러기를 쏘아 잡았는데 기러기 발목에 묶여온 소무의 편지에 소무의 무리가 어느 늪 속에 있다고 했으므로 그를 데려가려고 지금 온 것이다." 하자, 흉노는 그 말을 듣고 깜짝 놀라면서 한사(漢使)에게 사과하고 소무를 돌려보냈다. 『漢書 蘇武傳』

18 고기……비하겠습니까 : 자신을 고기 눈깔에, 상대를 야광주에 비유한 것이니, 상대가 자신을 지나치게 대우해주는 것에 대한 겸사이다. 『문선』에 고기 눈깔이 겉모양은 구슬 같지만 사실은 구슬이 아니어서 진위(眞僞)를 혼동한다는 내용이 보인다. 『文選 卷40 到大司馬記室牋』

19 목과(木瓜)를……따위이겠습니까 : 보잘 것 없는 자신의 시를 보내 상대의 훌륭한 시를 얻는다는 말이다. 목과는 모과열매이고 경거는 귀중한 옥이다. 『시경』「위풍(衛風) 목과(木瓜)」에 "나에게 목과를 주거늘 경거로써 갚는다.[投我以木瓜, 報之以瓊琚.]"라고 한 것에서 유래하였다.

20 황화(皇華) : 『시경』소아(小雅) 황황자화(皇皇者華)에서 나온 것으로, 임금의 명을 받들고 외방으로 가는 사신을 찬송하는 노래이다.

땅 건너오니 별이 사신 수레 밝히네	阻地星明使者車
객로 소요하느라 계절이 바뀌었는데	客路逍遙裘換葛
문장의 숲 빛나니 붓에 꽃 피어나네[21]	詞林爛熳筆生花
풍속이 지역 따라 다르다 하지 말라	莫論風俗稱殊域
같은 문자로 일가 이룰 수 있으니	幸賴同文作一家

금수역정에서 남궁 선생이 멀리서 부친 시에 화답하다
今須驛亭和南宮老學遙寄之作

추월

풍기가 비로소 절목 물가[22]에서 개이니	風氣初開折木涯
이별을 이야기하고 뒤에 시 주고 받았네	先論岐路後詞華
저물녘에도 수사[23]에는 하늘에 해 걸려있고	夕陽洙泗天懸日
깊은 밤에도 하민[24]에는 촛불이 수레 인도하네	長夜河閩燭導車
한·진의 유학자 아직도 의리만 말하고	漢晉諸儒猶說義
육왕[25]의 군더더기 학문은 공화[26]일 뿐이네	陸王餘學但空花

---

21 붓에 꽃 피어나네 : 문장이 뛰어남을 말한다. 『개원천보유사(開元天寶遺事)』에 "이태백(李太白)이 소시에 평소 사용하는 붓머리에 꽃이 핀 것을 꿈꾼 뒤로부터 천재가 더욱 드러나 이름이 천하에 알려졌다." 하였다.

22 절목(折木) : 십이지(十二支)의 동방(東方), 즉 인(寅)에 해당하는 성차(星次)인 석목(析木)의 착오인 듯하다.

23 수사(洙泗) : 공자(孔子)의 고향인 산동성(山東省) 곡부(曲阜)로 흘러드는 수수(洙水)와 사수(泗水)로, 공자 및 유가(儒家)의 별칭으로 쓰이는 말이다.

24 하민(河閩) : 하남성(河南省) 낙양(洛陽)의 정자(程子)와 민중(閩中)의 주자로 염락관민(濂洛關閩)의 학문을 말한다. 염계(濂溪)의 주돈이(周敦頤), 낙양(洛陽)의 정자(程子), 관중(關中)의 장재(張載), 민중(閩中)의 주자를 통칭한 것으로, 곧 송대의 성리학을 뜻한다.

복규 처사[27] 가르침 높이 드니　　　　　　復圭處士皐比抗

이단으로 종통의 학문 섞지 마시게　　　　　莫以宗門混異家

보내주신 편지는 조리와 차서가 있고 논의가 근거할 만하였습니다. 제가 일본에 온 후에 처음으로 당신께서 학문을 강론하고 연구하신 글을 보았으니, 그 기쁨이 어찌 한산(寒山)에서 한 조각돌을 보는 것뿐이겠습니까.[28] 다만, 사신 행차가 매우 급하여 답장 보낼 겨를이 없으니 동무(東武, 에도)에 이르면 삼가 일러 주신대로 친한 유자에게 부탁하여 인편에 부칠 것이니 조금 기다려 주십시오.

제가 지난 번(1748년)에 당신 나라의 몇 분을 미장 성고원(尾張性高院)에서 만났는데, 그때에 해고이군(海皐李君)[29]이 글을 써서 보여주기를 "그대 또한 주자의 학문에 반대하는가?" 하였습니다. 제가 처음에는 그 뜻을 알지 못하고 바로 글을 써서 대답하기를, "대저 요순(堯舜)

---

25 육왕(陸王) : 주희(朱熹)의 이학(理學)에 반대하여 심학(心學)을 제창한 송(宋)나라 육상산(陸象山)의 학문과, 이를 계승하여 양명학(陽明學)으로 집대성한 명(明)나라 왕수인(王守仁)의 학문을 병칭하는 학술 용어이다.

26 공화(空花) : 공중의 꽃이란 뜻으로, 허공 중에는 본래 꽃이 없지만, 눈병 있는 사람이 혹시 이를 보는 수가 있다. 본디 실재하지 않는 것을 실재한 것이라고 잘못 아는 것을 비유한 말로, 즉 망상(妄想)을 의미한다.

27 복규(復圭) 처사 : 백규(白圭)시를 세 번 되풀이하여 외운[三復白圭] 공자의 제자 남용(南容)을 가리킨다. 여기에서는 남궁 선생을 가리킨다.

28 한산(寒山)에서⋯⋯보다[漢山見片石] : 원래는 깔끔하고 뚜렷한 모양이나 그 절경을 말하는데, 여기서는 글이 훌륭함을 칭찬하는 말이다. 수(隋)의 설도형(薛道衡)의 한산일편석(寒山一片石)을 인용한 것이다.

29 해고이군(海皐李君) : 이명계(李命啓, 1714~?). 자는 자복(子攵), 호는 해고(海皐)로, 1748년(영조 24)에 통신사행 때 종사 서기(從事書記)로 참여하였다.

을 으뜸으로 삼아 전술하고, 문왕과 무왕을 본받으며,[30] 중니(仲尼)를
스승으로 삼으니, 학자는 이것을 본받을 뿐이다."라고 하였더니, 이군
(李君)이 아무런 대답이 없었습니다.

　돌아보건대, 우리나라는 한 두 분의 선현(先賢)들께서 본인들의 견
해를 가지고 저마다 기치를 내걸고 후생들을 인도하면 후생들도 반드
시 선현들을 기다려 배웠습니다. 주자를 배척하는 자들을 그대들도
취하지 않는데 어찌 주자의 학문을 그르다고 하겠습니까. 그러나 지
금 이를 옳지 않다고 여겨 일률적으로 주자를 배반했다고 축출합니다.
주문공이 말하기를, "보통사람의 학문은 하나의 이치에 치우쳐서 일설
(一說)만을 주장하기 때문에 사방을 보지 못하여 쟁변(爭辨)을 일으키
는 것이다."라고 하였으니 그대들은 반드시 이와 같지 않을 것입니다.
하물며 우리나라도 이미 주문공의 학문으로 국학(國學)을 삼았으니,
굳이 주자의 말을 배척하겠습니까. 다만 스스로 믿고 있는 것만을 말
한다면 분분하게 쟁송(爭訟)하여 결국 한 바탕의 쟁변(爭辨)을 초래할
뿐입니다. 하지만 모두 선왕의 도를 배운다면 비록 견해가 같고 다름
은 있으나 누가 효제충신(孝悌忠信)으로 가르침을 삼지 않겠습니까.

　제가 매우 천루(淺陋)하여 일찍이 선생과 장자(長者)의 가르침을 듣
지 못하였지만, 어려서 독서를 좋아하여 매번 송(宋)의 여러 학자들의
말에 대해서는 무릎을 치면서 탄식하지 않은 적이 없었습니다. 그러
나 한유(漢儒)들이 매우 잡박(雜駁)하다고 한 말은 제 마음에 편치 않
은 점이 있습니다. 앞 사람이 선창(先唱)하면 뒷사람은 화답하니, 한

30　대저 요순(堯舜)을……본받으며 : 『중용(中庸)』 30장에 "중니는 요순을 으뜸으로 삼아
　　전술하시고, 문무를 본받으셨다.[仲尼祖述堯舜, 憲章文武.]"라고 하였다.

(漢)은 진(秦)의 불타고 남은 것들을 거두어 모았고, 당(唐)은 그것을
이어서 윤색하였으며, 송(宋)은 그것을 모아서 훈고(訓詁)하기도 하고
주석(註釋)을 달기도 하였습니다. 그래서 전해진 것이 반이나 되어 한
때에 찬란하게 빛났습니다. 만약 다른 점이 있다고 한다면 이른바 한
인(漢人)이 나귀를 타면 호인(胡人)은 걸어가고, 호인(胡人)이 나귀를
타면 한인(漢人)은 걸어가는 것[31]처럼 다른 것은 없고 오직 논의만 다
를 뿐입니다. 송유(宋儒)들이 먼저 한유(漢儒)들을 잡박(雜駁)하다고 한
이상 명유(明儒)들도 송유(宋儒)들을 잡박하다고 할 것입니다. 이와 같
다면 서로 잡박하다고 지적하기에도 겨를이 없을 것이니, 후생들이
누구를 믿고 따르겠습니까. 저와 같은 천루(淺陋)한 사람은 삼가 이견
(異見)을 내세우지 못하고 그렇다고 제가 좋아하는 것에 아부하지도
아니하여 오직 선현들의 말만을 따를 뿐인데, 하물며 한(漢)·당(唐)·
송(宋)·명(明)에 있어서이겠습니까. 오직 마음에 편치 못한 것이 있어
한 두 가지 질문을 드립니다. 그리고 지난해 이군의 말에 느낀 점이
있어서 이와 같이 두루 말씀 드리니 만약 제 말이 심기를 불편하게
했다면 바다를 품는 도량으로 용서해 주십시오.

○ 명 정효씨(明鄭曉氏)가 말하였다.[32]

---

31 한인(漢人)이……걸어가는 것 : 거의 차이가 없다는 말이다. 당(唐)의 장작(張鷟)이 지
   은 소설 『유선굴(遊仙窟)』에 보인다.
32 명 정효씨(明鄭曉氏)가 말하였다 : 명 정효씨는 명나라 학자 정효(1499~1566)로 자는
   질보(窒甫)이다. 이 글은 청나라 주이존(朱彝尊)이 편찬한 『경의고(經義考)』 권297 「통
   설(通說)」에 실려 있다.

"송유(宋儒)들이 오도(吾道)에 공헌한 것이 매우 많지만 입만 열었다 하면 한유(漢儒)들이 잡박(雜駁)하다고 하고 또 그 훈고(訓詁)를 비판하니, 한유(漢儒)의 마음을 감복시키기에는 부족할 듯하다. 송유(宋儒)들이 한유(漢儒)에게 도움 받은 것이 열에 여덟·아홉이고, 지금 여러 경서의 전주(傳注)가 모두 한유(漢儒)에게 미치지 못한다. 그런데도 송유(宋儒)들이 한유(漢儒)들을 너무 심하게 비판하였다. 근세에는 또 송유(宋儒)들을 지나치게 신봉하였는데, 지금의 학자들은 또 송유(宋儒)들을 지나치게 비판한다."

이에 대해 내가 말하였다.

"대저 학문은 널리 익히는 것이 귀하니 한 가지 견해만을 고집하고 옮기지 않는 것은 진실로 군자가 할 것이 못됩니다. 병을 치료하는 것으로 비유하자면, 사기(邪氣) 막혀 있으면 반드시 내려야 합니다. 만약 원기(元氣)가 허(虛)하고 모자라면 다른 증상이 따라서 생기게 되는데, 그렇다고 설사시키기 위해 겁약(劫藥)[33]을 사용하면 도리어 뒤에 병의 원인이 될 뿐입니다. 한 사람의 힘으로 한 사람의 병을 다스리더라도 오히려 이와 같은데 하물며 학문에 있어서이겠습니까."

○ 주자가 말하였다.[34]

---

[33] 겁약(劫藥) : 증상을 신속하게 경감시킬 수는 있으나, 병이 낫는 것을 방해하는 약물이다.

[34] 주자가 말하였다 : 이 글은 중국 명말(明末) 청초(清初)의 사상가 고염무(顧炎武, 1613~1682)의 저서 『일지록(日知錄)』 권7 「부자지언성여천도(夫子之言性與天道)」에

　"성인께서 사람을 가르치는 것은 효제충신(孝弟忠信)과 지수송습(持守誦習)에 불과하였다. 이것은 하학(下學)의 근본인데, 지금의 학자들은 이것을 별로 배울 것이 없다고 하여 뜻을 두지 않는다. 그래서 평소에 하는 말이 모두 자공(子貢)이 말한 '들을 수가 없었다[不可得而聞]'[35] 이다. 또 근래에 학자들의 병통이 고원(高遠)한 것을 좋아하여 『논어』에서 말한바 '배우고 때때로 익힌다[學而時習]'를 묻지 않고 곧바로 '하나로 꿰뚫는다[一貫]'를 말하고[36], 『맹자』에서 말한 '양혜왕이 이로움을 묻는다[梁惠王問利]'를 묻지 않고 곧바로 '진심(盡心)'을 말하며[37], 『주역』에서는 64괘를 보지 않고 곧바로 「계사(繫辭)」를 읽는다.[38] 이것은 엽등(獵等)의 병폐이다."

　또 말하였다.

　"성현이 후세에 남기신 말은 본래 평이한 것인데, 지금은 그것을 밀어 높게 하고, 파서 깊게만 한다."

　이에 대해 내가 말하였다.

　실려 있다.

35 들을 수가 없었다 : 성(性)과 천도(天道)를 말한다. 『논어』 「공야장」에 "부자의 성과 천도는 들을 수가 없었다.[夫子之言性與天道, 不可得而聞也.]"라고 한 자공이 말이 보인다.

36 논어에서……말하고 : 학이시습(學而時習)은 『논어』 1장에 나오는데, 일상생활에서 실천할 수 있는 학문 방법이고, 일관(一貫)은 일이관지(一以貫知)의 준말로 성인만이 할 수 있는 방법이다.

37 맹자에서……말하고 : 양혜왕문리(梁惠王問利)는 맹자 1장에 나오고 진심(盡心)은 마지막 장에 나온다.

38 주역에서……읽는다 : 64괘 다음에 「계사전」이 있다.

"주자의 말씀이 이와 같은데, 지금은 그것을 놓아두고 도체(道體)를 논하고 심학(心學)을 말하니, 저는 그게 맞는 것인지 모르겠습니다. 주자의 학문은 과연 무엇을 말하겠습니까. 원(元)의 유정수(劉靜修)가 이에 대해 말하기를, '육경(六經)이 진(秦)나라 때 불타 버린 후로 한(漢)은 육경(六經)에 주석을 달았고, 당(唐)은 소석(疏釋)[39]을 달았고, 송(宋)은 이에 대해 논의를 하여 날로 일어났다가 날로 변하였다고 한다. 그래서 나는 반드시 먼저 주석을 단 후에 소석(疏釋)을 달고, 소석(疏釋)을 단 후에 논의하여 처음과 끝, 근원과 말단을 미루어 찾고 연구하였다. 그래서 마침내 나의 생각으로 직접 살펴서 기준을 삼아, 신기한 것을 좋아하지 않고 편벽하고 기이한 것을 좋아하지 않아, 내 마음을 평온하게 하고 내 기운을 안정시킨 이후에 터득하였다.[40]'라고 하였습니다. 유정수(劉靜修)는 주자의 가르침을 받들었던 자라 그 말이 이와 같으니, 그대 생각은 어떻습니까?"

○ 황씨(黃氏)가 날마다 『상서(尚書)』의 '인심(人心)은 위태롭고 도심(道心)은 은미하니 정밀하게 하고 전일하게 해야 진실로 그 중도(中道)를 잡을 수 있다.[人心惟危, 道心惟微, 惟精惟一, 允執厥中.]'라고 한 한 장을 초해(抄解)하여 말하였다.[41]

---

39 소석(疏釋) : 주소(注疏)를 더하여 해석하는 것을 말한다.

40 원(元)의……터득하였다 : 유정수(劉靜修)는 원(元)나라 학자로 이름은 유인(劉因)이고 호는 정수(靜修)이다. 이 글은 『정수집(靜修集) 속집(續輯)』 권3 「서학(叙學)」에 실려 있다.

41 황씨(黃氏)가……말하였다 : 황씨는 남송의 이학가(理學家)로 주희의 문인인 황간(黃

"이 장은 본래 요(堯)가 순(舜)에게 명한 말인데, 순(舜)이 거듭 우(禹)에게 명하여 자세하게 보탠 것이다. 요(堯)가 순(舜)에게 '진실로 그 중도(中道)를 잡아야 한다.[允執厥中]'라고 하였는데, 이제 순(舜)이 '위미정일(危微靜一)'을 '윤집궐중(允執厥中)' 위에 두었으니, 우(禹)가 잘 선택하고 중도를 잡도록 하기 위해서였다. 이것은 훈계하는 말이니, 모두 요(堯)의 '윤집궐중(允執厥中)' 한마디 말을 위주로 해서 드러낸 것이다. 요(堯)가 순(舜)에게 '사해(四海)가 곤궁하면 하늘의 녹이 영원히 끊어질 것이다.[四海困窮, 天祿永終]'라고 말했는데, 이제 순(舜)이 '상고할 수 없는 말은 듣지 말라.[無稽之言不聽]'라고 한 말부터 '백성들이 원하는 것을 공경히 닦아라.[敬修其可願]'라고 한 말에 이르기까지 '천록영종(天祿永終)' 위에 덧붙였으니, 순(舜)이 간절히 경계해서 우(禹)가 곤궁하여 복록이 영원히 끊어지지 않도록 하기 위해서였다. 이것은 경계하는 말이니, 모두 요(堯)의 '영종(永終)' 두 글자를 위주로 해서 드러낸 것이다. '집중(執中)'의 가르침은 정설(正說)이고, '영종(永終)'의 경계는 반설(反說)이다. 이는 아마도 순(舜)이 옛날에 요(堯)에게서 들은 훈계와 평소에 노력하여 자득한 것을 아울러 모두 우(禹)에게 명하여 '집중(執中)'하여 '영종(永終)'에 이르게 해서는 안 됨을 알게 하신 것일 뿐이니 어찌 마음을 말하기 위해 이런 말씀을 하셨겠는가.

근세에는 심학(心學)을 말하기를 좋아하여 전장(全章)에서 말한 본래 뜻을 버리고 인심(人心)·도심(道心)만을 말하며, 심한 경우에는 도심(道心) 두 자만을 떼어내어 바로 '마음이 곧 도(道)이다.'라고 한다. 이

___

鞍)을 가리킨다. 자는 직경(直卿)이며, 복주(福州) 민현(閩縣) 사람으로, 흔히 면재 황씨(勉齋黃氏)로 불린다. 이 글은 『일지록』 권18 「심학(心學)」에 실려 있다.

는 선학(禪學)에 빠져서 요(堯)·순(舜)·우(禹)가 천하를 주고받은 본래
뜻과 거리가 멂을 알지 못한 것이다."

이에 대해 내가 말하였다.
"요(堯)·순(舜)·우(禹)는 천자이면서 성인이다. 천하를 주고받은 경우
에 이르러서는 이와 같은 사람이 있은 뒤에야 이와 같은 말을 할 수
있으니, 어찌 후세에서 전수받은 도통(道統)을 전한 경우와 같겠는가."

○ 당 인경(唐仁卿)이 남에게 답한 편지에 다음과 같이 말하였다.[42]
"신학(新學)[43]이 일어나면서부터 명가(名家)들이 신학이라는 모자를
쓰고서 자처하는 자들이 적지 않았다. 그러나 배움을 말하면 마음이
라고 할 뿐이니 나는 옛날에 도(道)를 배웠다는 말은 들었지만 마음을
배웠다는 말은 듣지 못했고, 옛날에 배움을 좋아하였다는 말은 들었
지만 마음을 좋아하였다는 말은 듣지 못했다. '심학(心學)' 두 글자는
육경(六經)과 공맹(孔孟)도 말하지 않은 것인데, 지금 배움을 말하는 자

---

42 당 인경(唐仁卿)이……말하였다 : 당 인경은 명나라 학자 당백원(唐伯元, 1540~1597)
으로, 자는 인경(仁卿), 호는 서태(曙台)이다. 정주(程朱)의 이학(理學)을 신봉하고 왕
수인의 신학, 즉 '심학'을 반대하였다. 이 글은 『일지록(日知錄)』 권18 「심학(心學)」에
실려 있다.

43 신학(新學) : 왕수인(王守仁, 1472~1528)의 신학인 양명학을 가리킨다. 중국 송나라
때 주자(朱子)에 의해 확립된 성리학(性理學)의 사상에 반대하여 명나라 때 왕양명(王陽
明)이 주창한 학문이다. 성리학과는 대립된 성격을 가지고 있으며 육상산(陸象山)의 철
학과 함께 심학(心學)으로도 불린다. 왕양명은 초기에 성리학(性理學)을 공부하다가 주
자의 성즉리(性卽理)와 격물치지설(格物致知說)에 회의를 느끼고 육상산의 설을 이어
심즉리(心卽理), 치양지(致良知), 지행합일설(知行合一說)을 주창하였다.

들은 '마음이 곧 도(道)이다.'라고 하니 나는 이해할 수 없다. 왜냐하면
위태롭고 은미한 뜻이 거기에 있기 때문이다. 비록 뛰어난 성인이라
도 감히 마음에 대해 말하지 않았는데, 지금 사람들은 대부분 내가 배
움을 말하면서 마음을 빠뜨리는 것을 괴이하게 여긴다. 그렇다면 그
대가 배우지 않는 것이 학문을 이루기 쉽다고 말하면 나도 그 말에
아무 말 없이 수긍하는 편이 낫지 않겠는가.

　공자께서 '하루라도 인(仁)에 힘을 쓰는 자가 있는가.'라고 하였고,
또 '하루라도 극기복례(克己復禮)하라.'라고 하였으며, '종일토록 부지
런히 일을 행하라.'라고 하였으니, 나는 아직 이것에 능하지 못하다.
공문(孔門)의 제자들이 하루나 한 달에 한 번 인(仁)에 이르렀는데도
부자(夫子)께서는 오히려 학문을 좋아한다고 인정하지 않았는데, 하물
며 하루도 이르지 않은 경우에 있어서이겠는가. 배우지 않았다고 말
하여도 괜찮을 것이다. 알지 못하겠지만, 그대가 말한 배운다는 것이
인(仁)인가, 일인가, 아니면 마음인가. 인(仁)과 예(禮)와 일을 제쳐두고
서 마음을 말한다면 그대도 옳지 못한 일임을 알 것이다. 그대는 틀림
없이 '인(仁)과 예(禮)와 일은 곧 마음이니, 인(仁)에 힘을 쓰는 것은 마
음에 힘을 쓰는 것이요, 예(禮)를 회복하는 것은 마음을 회복하는 것이
요, 일을 행하는 것은 마음을 운용하는 것이다.'라고 생각하였을 것이
다. 이는 내가 이해할 수 없는 점이니 앞에서 말한 것처럼 배우지 않
았다고 말하여도 괜찮을 것이다. 또 그대가 '부지런히 선을 행하는 것
은 마음이요, 부지런히 이익을 꾀하는 것도 반드시 마음일 것이다.'라
고 하니, 위태롭도다. 마음이여! 마음은 길흉(吉凶)을 판단하고 사람과
금수를 구별하니, 비록 대성인이라도 오히려 방비해야 할 것은 반드
시 막았을 것이니, 감히 심학(心學)을 말하셨겠는가.

심학은 마음을 배우는 대상으로 삼는 것이니 마음을 배우는 대상으로 삼는다면 이는 마음을 성(性)으로 여긴 것이다. 마음이 성(性)을 갖추고 있지만 마음을 곧 성(性)이라고 할 수 없다. 이 때문에 방심(放心)을 찾는 것은 옳지만 마음을 찾는 것은 잘못이고, 마음을 찾는 것은 잘못이지만 마음에서 찾는 것은 옳으니, 내가 심학(心學)을 걱정하는 이유는 마음을 찾기 때문이다. 과연 마음을 찾기를 기다린다면 반드시 나와 동류(同類)는 아닐 것이요, 마음을 과연 배울 수 있다면 '예(禮)로 마음을 제어하고, 인(仁)으로 마음을 보존한다.'라고 한 말이 바로 마음에 장애가 되지 않겠는가."

이에 대해 내가 말하였다.

"마음은 본래 움직이는 물건이어서 마음을 어떻게 제어하는가가 중요하다. 말을 모는 것에 비유하면, 고삐와 채찍은 말을 모는데 사용되는 것인데, 만약 이 두 가지를 사용하지 않는다면 무슨 수로 말을 달리고 멈추게 할 수 있겠는가. 하물며 법도에 맞게 말을 달리는 것에 있어서이겠는가. 만약 '말을 제어할 수 없는데도 제어할 수 있다.'라고 말한다면 나는 반드시 부정한 방법으로 말을 몰았음을 알겠다. 『맹자』에서 말한 본심(本心)과 방심(放心)은 후세에서 말한 마음과는 같지 않다."

남궁대추(南宮大湫)께 답하다

추월

금수역정에서 서로 만났던 선비들은 모두 안정(安定)의 문인[44]과 같아, 말하고 행동하는 것이 이미 스승에게서 전수받은 바가 있음을 알았고, 긴 편지나 작은 시로 온축한 것을 밖으로 드러낸 것이 심후하다는 것을 알았습니다. 다만 사신의 여정이 급하고 바빠서 시를 화답함에 하고자 하는 말을 다하지 못하였고, 그대가 가르쳐준 여러 조목들에 대해 아울러 답장을 드렸으나 그대 뜻과 맞지 않은 것이 많을까 부끄럽습니다. 여기에 처음 올 때는 문식(文識)이 있는 선비들과 상하의 이치를 논하고 의리의 옳고 그름의 귀결처를 궁구하려고 하였는데, 선비들이 와서 응대하는 일이 계속 이어지다보니 단지 보잘것없는 시 몇 편만 지었습니다. 간혹 한두 명 정도 말할 만한 사람을 찾았으나 마음속에 있는 것을 숨김없이 이야기하지 못하여 진실로 이미 평소에 갖고 있던 생각을 잃어 버렸습니다. 그래서 그대 나라의 글을 짓는 유자(儒者)들이 매우 원망스러웠습니다. 지금 잠깐 틈을 이용하여 물음에 답합니다. 다만 저의 개인적인 의견과 진부한 말이 그대의 견해와 부합하기에는 어렵겠지만, 마음을 평안히 하셔서 차근차근 살펴주십시오.

보내주신 편지에 명 정효씨가 '송유(宋儒)가 한유(漢儒)를 비판한 것이 너무 지나치고, 근세에는 송유(宋儒)를 신봉하는 것이 너무 지나치다.'라고 한 말을 인용하여, '이는 원기가 허(虛)하고 부족한데도 겁약

---

44 안정(安定)의 문인 : 안정은 송(宋)나라 호원(胡瑗, 993~1059)의 호이다. 그가 호주(湖州)의 교수(敎授)로 있을 때, 경의재(經義齋)와 치사재(治師齋)를 설치하고 제자들을 가르치면서 엄격하게 과조(科條)를 세워 솔선수범하였으므로 사방에서 학생들이 몰려들어 이루 다 받아들일 수가 없었는데, 주군(州郡)에서 언행이 뛰어난 자들을 보면 모두가 선생의 제자였고, 그들이 서로 선생이라고 일컬을 때면 모두가 호공(胡公)을 지칭하는 것임을 알 수 있었다는 기록이 전한다. 『小學 卷6 善行篇 實立敎』

(劫藥)을 사용하여 설사시킨 것이다.'라는 말로 비유하여 결론을 내렸습니다. 한유(漢儒)를 너무 지나치게 비판한 점은 진실로 송유(宋儒)의 잘못입니다. 그러나 한유(漢儒)가 정자와 주자가 분명히 열어놓은 것처럼 성명(性命)을 궁구하는 것에 대해 언제 말한 적이 있습니까? 뜻을 훈고(訓詁)하고 음을 풀이한 점은 한유(漢儒)가 살던 시대가 옛날과 가까워 취할만한 것이 많았지만, 실제로 공부를 하는 부분에 있어서는 한유(漢儒)들이 이것에 대해 도리어 모호하였습니다. 그러니 송유(宋儒)가 한유(漢儒)를 비판한 점을 들어서 원기를 설사시키는 약과 같다고 여겨서는 안 될 듯합니다.

주자가 '학자들이 고원한 것을 좋아해서 엽등(獵等)의 폐단이 있고 평이한 것을 밀어 높게 하고 파서 깊게 한다.'라고 한 말을 인용하여, 그대의 의견으로 깨우쳐 주셨습니다. 또 유정수(劉靜修)의 '신기한 것을 좋아하지 말고, 편벽되고 괴이한 것을 좋아하지 말라.'라고 한 말로써 증명하셨습니다. 이 한 구절은 모두 평이하고 온당하며 실제와 부합됩니다. 고원(高遠)한데에 힘쓰는 자들에게 적절한 경계가 되니 매우 훌륭합니다.

황간이 날마다 위미정일(危微精一) 한 장을 초해(稍解)하여, '천록영종(天祿永終)으로 경계한 것이지 심학(心學)으로 가르친 것이 아니다.'라고 한 말을 인용하여, 그대가 '성인이 천하를 주고받는 것이 어찌 후세에 도통(道統)을 전하는 것과 같겠는가.'라고 하였으니, 이는 황씨도 잘못한 것이고 그대도 큰 오류를 범하였다고 할 수 있습니다. 요(堯)의 '집중(執中)'이 한 마디 말은 비록 '인심도심위미정일(人心道心危微精一)'

을 말하지 않았지만 그 안에 포함하고 있어, 순(舜)은 이미 깨달아 의심이 없었습니다. 또 순이 거기에 보태어 세 마디 말로 간곡하게 반복하는 뜻을 나타낸 것은 요(堯)의 '집중(執中)' 두 글자로는 부족하여 우(禹)가 깨닫지 못해서가 아닙니다. 다만 깊이 근심하여 자세히 말한 것이고, 시대가 더욱 후대로 내려와 말이 더욱 길어졌던 것입니다. 만약 위미(危微)의 간극을 살피고 정일(精一)의 공부를 하지 않아서, 상고할 수 없는 말을 듣고 묻지 않는 계책을 쓰며, 두려워할 만한 것을 잊고 사랑할만한 것을 소홀이하는 데에 이르면[45] 천록이 장차 영원히 끊어질 것입니다. 이는 요(堯)의 '영종(永終)'이라는 말과 진실로 일관됩니다. 지금 '정일(精一)'의 가르침과 '영종(永終)'의 경계가 같지 않다고 말하니 이는 성인의 본래의 뜻을 잃은 것인데, 아래 두 항목은 더욱 천리만큼이나 어긋납니다. 천하를 주고받는 것은 진실로 천하의 큰일이지만, 어찌 도통(道統)을 전하는 것이 천하의 큰일이 아니겠습니까. 그런데도 도통(道統)을 전하는 것을 후세의 일이라고만 하겠습니까. 천하를 주고받는 것은 가벼운 일이고 도통(道統)을 전하는 것은 무거운 일이니, 도통(道統)이 없다면 천하를 어느 곳에 둘 수 있겠으며, 도통을 전하고자 하는 마음을 버린다면 도가 어느 곳에 붙어 있겠습니까. 바라건대 그대는 잡서(雜書)를 보지 말고 다시『중용(中庸)』서문을 가져다가 수개월을 공부한다면 그대 말의 오류를 알 수 있을 것입니다.

---

45 상고할……이르면 :『서경(書經)』「대우모(大禹謨)」에, "상고할 수 없는 말은 듣지 말고, 묻지 않은 계책을 쓰지 말며, 사랑할 만한 것은 임금이 아니며, 두려워할 만한 것은 백성이 아니겠는가.[無稽之言勿聽, 弗詢之謨勿庸. 可愛非君, 可畏非民.]"라고 한 말을 인용하였다.

「당인경서」에서 '심학(心學) 두 글자는 고도(古道)가 아니다.'라고 한 말을 인용하여 그대가 다시 말을 모는 것에 비유하였으니, 그대의 말은 근거가 있는 듯하나 폐단이 있습니다. 공맹(孔孟)이 학문을 말함에 '심(心)'자를 드물게 말하셨고, 대부분 일상생활에서의 효제(孝弟)를 말하였으니, 이는 사람으로 하여금 마음을 보존하게 하기 위해서입니다. 정자(程子)의 말이 참 좋습니다. "성현의 천 마디 말씀과 만 마디 말씀은 다만 사람들로 하여금 이미 잃어버린 마음을 거두어서, 되돌려 다시 몸에 들어오게 하려는 것일 뿐이다."[46]라고 하였으니 비록 심학(心學) 두 글자를 말하지 않았으나, 이것이 마음을 닦는 학문이 아니겠습니까. 후세의 학자들은 쇄소응대(灑掃應對)를 배우지 않고, 입만 열었다 하면 곧 심학(心學)을 말하니 진실로 잘못입니다. 그러나 8살에 학교에 들어간 이후로는 마음을 버려두고 배우는 자가 있지 않으니, 또한 심학(心學) 두 글자를 후세의 좋지 않은 제목이라고는 할 수 없습니다. 다만 마음을 통제하고 보존하여 각각 마땅하게 운용해야 하니, 조금이라도 마음을 배우는 대상으로 삼는다면 곧 마음으로 마음을 보는 폐단에 빠지게 됩니다. 이 또한 정밀하고 자세하게 분별해야 하는 것입니다. 알지 못하겠습니다만, 그대는 어떻게 생각하는지요. 두서없이 씁니다. 바라건대 잘 헤아려 살펴 주십시오.

갑신년(1764) 2월 21일 추월 올림.

---

46 성현의……뿐이다 : 이 말은 정호(程顥)가 존양(存養) 공부에 대하여 말한 것으로, 『근사록(近思錄)』 권4 「존양(存養)」에 보인다.

다시 추월남군께 답하다

2월 21일 동무(東武)의 빈관(賓館)에서 목봉래(木蓬萊)에게 부탁한 편지가 며칠도 되지 않아 세주(勢州)에 이르러 근래 정황을 알게 되었습니다. 지난 번 저의 문생들이 금수역정에서 뵐 때에 화답시를 주시고 깨우쳐 주신 것이 있다 하니, 당신께서 관사의 일로 바쁘시고 게다가 긴 여정으로 피로하실 텐데도 두터운 은정(恩情)이 끝이 없었습니다. 이제 사신의 일을 마치시고 서쪽으로 돌아가는 길에 여유가 있어서 낭화에 잠시 수레를 멈추셨다 하니, 매일 당신의 덕과 의범(儀範)을 가슴에 품어 사모하지 않은 적이 없지만, 그대를 따를 길이 없어 아쉬울 뿐입니다. 그대의 편지를 읽어보니 어쩌면 그렇게도 마음이 진중하고 말이 간절하십니까. 그대가 이처럼 돌보고 생각해주시니 얼마나 다행인지 모르겠습니다.

가르쳐주신 여러 조목들은 사리가 두루 통하여 저의 부족한 점들을 바로잡아 주셨습니다. 하지만 전처럼 납득할 수 없는 점이 있어 이에 다시 석천태일(石川太一)에게 부탁하여 감히 다시 질문드립니다. 견해를 주장함에 서로 잡박하다고 지적하는 것은 진실로 성덕지사(盛德之士)가 할 일이 아닌데 하물며 같고 다름을 다투는 일에 있어서이겠습니까. 옛날 주자양(朱紫陽)과 육상산(陸象山)이 서로 논변하면서 몇 차례 편지를 왕복했었는데, 주자양이 결국 "각자 들은 것을 존숭하고 각자 아는 것을 행하는 것이 좋겠다."[47]라고 하였으니, 그대도 이 말을 알고 계실 것입니다. 지금 상황이 오히려 이와 같습니다. 비록 그러하

---

47 각자……좋겠다 : 『회암집(晦庵集)』 권36 「답육자정(答陸子靜)」에 보인다.

나 성인이 사람을 가르칠 때에 저마다 심한 고질병에 따라서 가르치
셨고, 바로 주부자(朱夫子)의 말도 "병에 따라 맞는 약을 처방하는 것
이 좋겠다."라고 하였으니 어찌 다시 하나하나 꼭 맞기를 따질 필요가
있겠습니까. 이 때문에 제가 약으로 비유한 것입니다.

바라건대, 그대는 넓은 가슴과 야량으로 오로지 고도(古道)를 회복
하는 데 마음을 두어서 고의(古義)를 취하고 신주(新注)를 없애지 마십
시오. 새것과 옛것에 함께 밝다면 그대 나라의 문물(文物)이 성대할 것
이요 훌륭한 인재가 많게 될 것이니, 그 교화가 반드시 예전보다 배가
될 것입니다. 보잘것없는 저는 감히 그대와 견줄 수는 없으나 그대의
훌륭한 가르침 덕분으로 간절한 저의 생각을 다 말씀드립니다. 여러
가지로 살피고 헤아려주셔서 꾸짖어 버리지 않으신다면 다행이겠습
니다.

보내주신 편지에 '한유(漢儒)를 너무 지나치게 비판한 것은 진실로
송유(宋儒)의 잘못이나, 송유가 한유를 비판하는 것을 가지고 원기를
설사시키는 약으로 삼아서는 안 될 듯하다.'라고 하였습니다. 그런데
그대가 이미 한유를 비판한 점은 진실로 송유의 잘못으로 여겼으면서
어째서 그렇게 말씀하십니까? 또 '한유가 살던 시대가 옛날과 가까워
채택할 만한 것이 많다.'라고 하면서 어찌 한유를 비판하십니까? 송유
들이 한 가지 허물로 큰 잘못을 남겨 후세의 학자들이 눈이 있는데도
한유의 글을 못 보는 지경에 이르게 하였으니, 이는 제가 말씀드린 겁
약을 사용하여 사기를 설사시킨다는 것과 같지 않겠습니까. 진실로 뜻
을 훈(訓)하고 음을 풀이한 점은 취할 만하니 이는 한유의 장점이지만,
성명(性命)을 궁구함은 한유가 말하지 않았고 송유가 말하기 좋아했습

니다. 그런데 지금 그대는 송유가 말하기 좋아했다는 사실을 들어 한
유가 성명을 말하지 않았다고 비판하니, 똑같이 다시 원기를 설사시키
는 약이 될 것입니다. 그대는 밝은 식견으로 다시 살펴 주십시오.

　보내 주신 편지에, '주부자(朱夫子)의 말을 인용하고 유씨(劉氏)의 설
로 증명하였으니, 그대의 말이 모두 실제에 부합하다.'라고 말하였습
니다. 주자가 높고 심원한 말을 싫어하고 한결같이 효제충신(孝弟忠信)
과 지수송습(持守誦習)을 주장하신 것은 원대한 것만을 힘쓰는 후생들
을 위해 말씀하셨을 뿐만이 아닙니다. 유씨가 진(秦)·한(漢)·당(唐)·
송(宋)을 네 번의 변화로 여겼으니, 이것은 그대가 깊이 인정하신 것입
니다. 하지만 다시 '한유를 비판하는 말로써 원기를 설사시키는 약으
로 삼아서는 안 된다.'라고 말하였으니, 앞뒤의 말로 고찰해보면 서로
모순이 됩니다. 부자(夫子)가 돌아가신 이후로 은미한 말이 끊어져서
제가(諸家)가 분분히 저마다 기치를 내세워 크게 후생들을 이끈 것이
어느 시대인들 없었겠습니까. 이 때문에 역대로 선현들이 할 수 있는
힘을 다하여 부지런히 공부하여 쉴 틈이 없었습니다. 진실로 일설(一
說)만을 주장하여 아는 것은 기뻐하고 알지 못한 것은 비판한다면, 반
맹견(班孟堅)[48]이 말한 학자의 큰 병통이라는 것이니 주자가 어찌 귀하
게 여기겠습니까. 그래서 주자가 단지 "문내(門內)의 일을 이해한다고
해서 문외(門外)의 일이 곧 해결되는 것은 아니다. 이 때문에 성인께서
사람을 가르침에 박학(博學)하도록 하신 것이다."[49]라고 하신 것이니

---

48 반맹견 : 반고(班固, 32~92). 자는 맹견(孟堅)이고, 부풍(扶風) 안릉(安陵) 사람으로
　동한 초년의 문학가이다. 주요한 저서로 『한서(漢書)』가 있다.

그대는 우연히 잊으셨습니까?

보내 주신 편지에 '황씨가 위미정일(危微精一) 장을 잘못 해석하였고
저도 큰 오류를 범하였다.'라고 하셨고, 또 '천하를 주고받는 것은 가
벼운 일이고 도통을 전하는 것은 무거운 일이다.'라고 하셨습니다. 그
리고 저에게 『중용』 서문을 읽으라고 하셨습니다. 이는 그대가 송유
(宋儒)의 설로 이 장의 뜻을 깊이 신봉하고 있는 것이니 이른바 설사시
키는 약일 뿐입니다. 이 장은 요·순·우가 평소에 스스로 시험해 보았
던 것으로 천하를 서로 주고받는 것을 말한 것입니다. 바로 황씨가 '집
중의 가르침은 정설이고, 영종(永終)의 훈계는 반설이다.'라고 한 말과
같으니 이 말은 볼 만합니다. 이는 모두 훈계하는 말이니 곧 유계(遺
戒), 유언(遺言)의 종류입니다. 다만 요·순·우는 성인이기 때문에 그
말이 매우 신중하여 후세에 본받을 만한 말이 된 것이니 더 이상 보탤
것이 없습니다. 이는 심학을 말하는 사람들을 위해서 말한 것이 아닙
니다. 아마 도통을 전했다고 말하면 비슷할 것입니다. 하지만 도통을
전했다는 말이 옛날에도 있었습니까. '예전에 없었는데 지금은 있다.'
라고 말씀하신 듯하니, 그렇다면 성인의 가르침이 일정하지 않게 됩
니다. 오직 당신께서는 유념하여 전장(全章)의 본래 뜻을 그르치지 마
십시오. 『한서 예문지(漢書藝文志)』의 중용설 2편은 예가(禮家)에 있고,
자사의 23편은 유가에 있으며, 『공총자(孔叢子)』[50]에서도 49편이라고

---

49 문내(門內)……하신 것이다 : 『주자어류(朱子語類)』 권117 「훈문인 오(訓門人五)」에
  보인다.
50 공총자(孔叢子) : 한(漢)나라 때 공부(孔鮒)가 지은 글로, 공자 및 그의 일족의 사실을
  기록하였다.

말하였으니, 고서가 진실로 잔결(殘缺)되어 비록 의심할 만한 것이 많으나, 이 책이 옛날 『예기(禮記)』 중에서 채록되었다는 것은 이설이 없습니다. 진(晉)의 대옹(戴顒)과 양무제(梁武帝)가 처음으로 드러내었고, 송의 두 정자에 이르러 마침내 표장(表章)하고 존신(尊信)하여 후세에 도를 전하는 책이 되었습니다. 그러나 예전에는 이런 일은 없었는데 지금 이런 말만 있다고 하시니, 어디에서 전수받은 것이 있어서 그러한 것입니까? 또한 옛날 성왕(聖王)의 도가 만고에 뻗어 청천백일(靑天白日)처럼 사라지지 않고 있으니, 반드시 『중용』 한 책을 읽은 후에 도를 전할 수 있는 것은 아닐 것입니다. 이 때문에 제가 쓸데없이 길게 부연하여 황씨의 말까지 언급한 것입니다.

보내 주신 편지에, '당 백원(唐伯元)이 심학 두 글자를 논함에 그대가 말을 모는 것으로 비유한 것은 폐단이 있다.'라고 하여 당신께서 정자의 말을 인용하여 마음을 다스리는 공부로 삼았습니다. 또 '심학 두 글자는 후세에 좋지 않은 제목이라 할 수 없다.'라고 하였으니 그대가 오랜 습관으로 깊이 신봉하였기 때문에 제가 말한 것을 전혀 살피지 않으신 것입니다. 그러나 그대도 마음으로 마음을 보는 폐단에 빠졌고, 마음을 제어하고 보존하는 것을 저마다 마땅하게 해야 한다고 말씀하신 경우에 있어서는 이는 진실로 제가 말한 것입니다. 그대가 '옛날의 공맹(孔孟)이 학문을 말함에 심(心)자를 드물게 말씀하시고 대부분 일상생활속의 효제(孝弟)를 말씀하셨으니, 요컨대 이는 사람에게 마음을 보존하도록 가르치신 것이다.'라고 말씀하신 것에 이르러서는 저도 모르게 두려워 공경함이 일어났습니다. 이러한 면이 있군요. 그대의 말이여! 어떻게 이런 경지에까지 이른 것입니까? 무릇 마음이 발동하면 이르지 않는 곳이 없지만 그 형체를 살필 수가 없어서 다스리기가 어렵습니다. 스스로 단정하게 눈을 감고 만유(萬有)를 비우지 않는다면 다스리지 못할 것입니다. 다스리기 어려움이 이와 같고 발동함이 저와 같기 때문에 "잡으면 보존되고 놓으면 잃는다."[51]라고 말한 것입니다. 성인께서 이와 같음을 아시고 예의(禮義)라는 아무아무 조목을 세워서 사람으로 하여금 제어하게 하신 것입니다. 그래서 "예로써 마음을 제어한다."라고 하시고 혹은 "인으로써 마음을 보존한다."라고 하셨으니, 만약 예나 인 등의 물(物)로써 제어하고 보존하지 않는다면 어떻게 다스릴 수 있겠습니까. 이 때문에 제가 어마(御馬)의 비유를 들어 그대에게 말씀 드린 것입니다. 그런데 지금 그대는 겨우 공맹(孔孟)이 효제를 말씀하신 것만 이해하시고 마음을 다스리는 요령이 여기에서 벗어나지 않음을 이해하지 못하시니 어찌 애석한 일이 아니겠습니까. 그대는 이러한 구습(舊習)을 버리시고 이에 근거하여 거듭 익숙히 생각하십시오. 제가 말씀드린 것이 그대의 학문에 크게 유익이 있을 것이니 헤아려 살펴 주십시오. 편지를 쓰노라니 당신의 극진한 사랑을 감당하지 못하겠습니다. 머리 조아려 재배합니다.

조선서기 성·원·김 세 분께 올리는 글

지난 무진년(1748) 제가 미장(尾張)에 있을 때에 박구헌(朴矩軒)[52], 이

---

51 잡으면……잃는다 : 『맹자(孟子)』 「고자하(告子下)」에, "잡으면 보존되고 놓으면 잃게 되니 출입이 때가 없어서 그 방향을 알지 못하는 것은 오직 마음일 것인저.[操則存, 舍則亡, 出入無時, 莫知其鄕, 惟心之謂與!]"라는 말이 보인다.

제암(李濟庵)[53], 이해고(李海皐)[54], 유취설(柳醉雪)[55] 네 분을 만났는데, 이때 저는 21살이었습니다. 처음으로 기방(箕邦)의 잘 갖춘 위의와 성대한 문물을 마음껏 보았는데, 옛날 사조제(謝肇淛)[56]가 "조선보다 예의가 있는 나라는 없다."라고 한 말이 정말 틀린 말이 아니었습니다. 다만 제 나이가 아직 서른 살이 채 되지 않았고, 배운 것도 송습(誦習)하는데 불과하였습니다. 그 후로 십수 년이 흘러, 미장(尾張)을 떠나 이세(伊勢)에 살면서 지난 일을 추억하니 한바탕 꿈과 같았습니다. 금번에 두 나라가 우호를 맺음에 여러 사람들이 수고롭게 오시니, 저도 한 번 길가에 나가 여러 현인들의 뒤에 서고 싶었습니다. 다만 작년부터 앓고 있던 병이 완치되지 않아 나아가 배알하지 못했습니다. 그래도 제가 그대들을 사모하는 마음은 지붕마루에 지는 달이 가득 비추는 듯[57] 지극합니다. 이에 정성을 다해 몇 수를 지어 이동자혜(伊東子惠)에게

---

52 박구헌(朴矩軒) : 박경행(朴敬行, 1710~?). 자는 인칙(仁則), 호는 구헌(矩軒)으로, 1748년(영조 24)에 통신사행 때 제술관(製述官)으로 참여하였다.

53 이제암(李濟庵) : 이봉환(李鳳煥, ?~1770). 자는 성장(聖章), 호는 제암(濟庵), 또는 우념재(雨念齋)로, 1748년(영조 24)에 통신사행 때 정사 서기(正使書記)로 참여하였다.

54 이해고(李海皐) : 이명계(李命啓, 1714~?). 자는 자복(子攵), 호는 해고(海皐)로, 1748년(영조 24)에 통신사행 때 종사 서기(從事書記)로 참여하였다.

55 유취설(柳醉雪) : 유후(柳逅, 1690~?). 자는 자상(子相), 호는 취설(醉雪)로, 1748년(영조 24)에 통신사행 때 부사 서기(副使書記)로 참여하였다.

56 사조제(謝肇淛) : 자는 재항(在杭)으로 명나라 장락(長樂) 사람인데, 만력(萬曆) 임진년의 진사로 벼슬이 광서좌포정사(廣西左布政使)에 이르고, 『오잡조(五雜組)』를 지었다.

57 지붕마루에……비추는 듯 : 멀리 떨어져 있는 사람을 생각하며 추억에 잠길 때 쓰는 표현이다. 두보(杜甫)의 「몽이백(夢李白)」이라는 시에 "지는 달이 지붕마루 가득히 비추니, 그대의 밝은 안색을 보는 듯.[落月滿屋梁, 猶疑見顔色]"이라는 시구에서 유래한 것이다. 『杜少陵詩集 卷7』

맡겨 각각 드리니 예전에 생각했던 마음을 갚고자 할 뿐입니다. 봄인데도 아직은 추워 긴 여정 염려되니 밥 잘 잡수시고 자중하십시오.

정사 서기 성용연에게 올리다 이름은 대중(大中), 자는 사집(士執), 호는 용연(龍淵)
呈正使書記成君龍淵

적현의 동쪽 모퉁이는 대팔주[58]니	赤縣東隅大八洲
아득히 먼 승경지 오색구름 떠있네	神區縹緲五雲浮
우호 다지려 멀리서 배타고[59] 오니	梯航爲是尋盟至
이곳에 머물 사신의 행차 다 보겠네	符節俱觀到此留
쥘부채 모양 산엔 그림자 거꾸로 비치고	摺扇山形懸倒影
비파 형상 호수엔 물 세차게 흐르네	象琶湖色急長流
채색 붓으로 기이한 승경 그려내리니	知將彩筆題奇勝
그리운 그대 만나도 화답할 틈 없겠지	應接懷君不暇酬

남궁대추께서 보내온 시에 멀리서 화답하다
遙和南宮大湫詞案寄示之作

용연

섬나라의 연하는 십주[60]와 가까우니	水國煙霞近十洲

---

58 대팔주(大八洲) : 일본의 옛 칭호이다.

59 배타고[梯航] : 제산항해(梯山航海)를 줄인 말로, 험난한 도로나 바다를 지나다니는 것을 말하며 사행(使行)을 뜻한다.

비파호 한 쪽에 푸른 봉오리 떠있네	琶江一面翠峰浮
봄 오니 이별 포구에는 사람 없고	春來別浦人何在
빗 속 빈 정자에 객들 잠시 머무르네	雨裡空亭客暫留
예로부터 문장에는 우아한 법도 보존했고	從古文章存雅道
이제부터 호해에는 풍류 넘칠 터인데	卽今湖海足風流
장수가에 병들어[61] 새로 만나지 못해	漳濱一病妨新會
공연히 후파[62] 보내어 수창한다오	空遣侯芭接唱酬

부사 서기 원현천에게 올리다 이름은 중거(仲擧), 자는 자재(子才), 호는 현천 (玄川)

呈副使書記元君玄川

부상과 삼한 풍토 다르다 말하지 말라	莫言風土異桑韓
문장은 안목 밝은 자에 의지한다네	文藻秪憑具眼看
희씨의 나라 중에 주나라 제도 있고	姬氏國中周制度

---

60 십주(十洲) : 신선이 사는 곳을 말한다. 동방삭(東方朔)의 십주기(十洲記)에 십주는 조주(祖洲)・영주(瀛洲)・현주(玄洲)・염주(炎洲)・장주(長洲)・원주(元洲)・유주(流洲)・생주(生洲)・봉린주(鳳麟洲)・취굴주(聚窟洲)라 하였다.

61 장수(漳水)가에 병들어 : 병에 걸려 신음한다는 뜻이다. 건안 칠자(建安七子)의 하나인 삼국 시대 위(魏)나라 유정(劉楨)이 "나는 심한 고질병에 걸린 탓으로, 맑은 장수 물가에서 와병 중이라오.[余嬰沈痼疾, 竄身淸漳濱]"라고 표현한 데에서 유래한 것이다. 『文選 卷23 贈五官中郎將』

62 후파(侯芭) : 한나라 거록(鉅鹿) 사람으로 양웅(揚雄)의 제자이다. 양웅(揚雄)에게 『태현경(太玄經)』과 『법언(法言)』을 배웠는데, 양웅이 죽자 그를 위하여 분묘를 만들고 스승에 대한 예로써 심상(心喪) 삼년을 하였다. 『漢書 卷87下 揚雄傳』 여기에서는 자신의 제자를 가리킨다.

하왕의 봉지 밖에 한나라 의관 있네	夏王封外漢衣冠
돛배 바다 가르고 가니 아무 탈 없고	帆檣截海人無恙
사신 행차 봄 맞으니 맹약 굳건하네	征路逢春盟不寒
사방 사신 나가 전대 잘한다[63] 하니	聞使四方善專對
장엄한 뜻 다투느라 시 화답 어려우리	爭論壯志報詩難

종사 서기 김퇴석에게 올리다 이름은 인겸(仁謙), 자는 자안(子安), 호는 퇴석 (退石)

呈從事書記金君退石

비단 돛 멀리 흰 구름사이에서 출발하니	錦帆遙發白雲間
사신으로 온 명류들 기실의 짝이라네	出使名流記室班
붓 휘두르니 뛰어난 재주 조화에 답하고	拂筆雄才酬造化
시 읊으니 신이 도와 강산을 담구나	詠詩神助在江山
배에 오른 객들 험한 풍랑 헤쳐 오니	舟中客犯風濤險
국경 밖 봄이 소식 전해 돌아오라 하네	域外春催鴻雁還
그대 만나 여정의 피로 달래주고 싶은데	我欲逢君慰羈恨
고향에 돌아가는[64] 노래할까 걱정되네	高懷恐及賦刀環

---

63 사방……잘한다 : 『논어(論語)』 「자로(子路)」편에 "시 삼백 편을 외우면서도 정사를 맡김에 제대로 해내지 못하며, 사방에 사신으로 나가 혼자서 처결하지 못한다면, 비록 많이 외운다 한들 어디에 쓰겠는가.[子曰誦詩三百, 授之以政, 不達. 使於四方, 不能專 對, 雖多, 亦奚以爲.]"라는 내용이 보인다.

64 고향에 돌아가는[刀環] : 도환(刀環)은 고향으로 돌아간다는 뜻이다. 한 무제(漢武帝) 때 이릉(李陵)이 싸움에 지고 흉노에게 항복하였는데, 소제(昭帝)가 즉위한 후 이릉의 고인(故人)을 흉노에게로 보내어 이능을 만나 보게 하였다. 흉노의 선우(單于)가 한나라

슉유인 대추께서 주신 시에 멀리서 차운하다
遙次大湫老儒見贈韻

퇴석

옥절이 동쪽으로 아득히 멀어지니	玉節迢迢折木間
춘풍에 선문자와 안기생[65] 찾아가려 하네	春風欲訪羨安班
하늘 동쪽에는 비파호가 제일 으뜸이요	天東第一琵湖水
태양 아래에는 부사산과 비길 것 없네	日下無雙富士山
사행 길엔 소나무 삼나무 천리 뻗어 있고	路夾松杉千里去
배는 두우까지 갔다 반년 만에 돌아오네	槎窮牛斗半年還
고상한 의표 오히려 서로 볼 길 없으니	清標尙未由相見
훗날 둥근 달 보면 그리워 어이 견디리	他夜那堪月似環

성(成)·원(元)·김(金) 세 서기께 올림

공들께서 이역 멀리에 사신으로 오셨는데 귀체(貴體)는 건강하십니
까? 지금 사신 임무를 마치고 낭속(浪速)에서 머물고 계시나니 축하드
립니다. 제가 병들고 게을러 비록 나가 뵙지 못하였지만 저의 문생(門

사자와 이능이 개인적으로 대화를 나눌 기회를 주지 않자, 한나라 사자가 이릉에게 눈짓
을 하며 자꾸 자신의 도환(刀環)을 어루만지고 발을 쥠으로써 이릉에게 한나라로 돌아갈
수 있다는 것을 몰래 암시하였다. 『漢書 卷54 李陵傳』

65 선문자(羨門子)와 안기생(安期生) : 선문자는 옛날 신선으로, 이름이 자고(子高)이다.
일찍이 진 시황(秦始皇)이 동쪽을 순시할 적에 이 신선을 만나 보고자 하였다. 안기생
역시 신선의 이름이다. 일찍이 하상 장인(河上丈人)을 따라 황제(黃帝)와 노자(老子)의
설을 배우고 동해(東海) 가에서 약을 팔았다. 진 시황이 동쪽을 순시할 때 그와 더불어서
3일 밤낮을 이야기하고는 금과 벽옥 수천만 개를 하사한 적이 있다.

生)들에게 모시게 했으니 이나마 다행입니다. 송별시 각각 한 수씩 감히 드리니 바라건대 공들께서는 저에게 유별(留別)시를 보내 주시면 기념으로 간직하겠습니다. 그밖에 박구헌(朴矩軒)이 그리워 시를 지어 공들께 부탁하니 제 시를 전해주시겠습니까? 공들께서 낭속에서 한번 닻줄 풀고 가시면 대뜸 이역 사람이 되니 어찌 바람맞으며 슬퍼하지 않겠습니까. 역사(驛使)[66]가 재촉하니 길게 쓸 겨를 없습니다. 헤아려 살펴주십시오.

제술관 전적 남추월이 조선에 돌아가는 것을 멀리서 전송하다
遙送製述官典籍南秋月歸朝鮮國

계림에서 사신으로 온 객이	傳道雞林客
봄 깊자 마치고 돌아간다 하네	春深奉使回
어이할까 함께 손을 맞잡고서	如何俱把臂
마주하여 술 마시지 못했으니	不得對啣盃
글 솜씨 수놓은 비단 옷 빼앗으니[67]	衣奪濃花錦
사람들 수호[68]의 재주 사랑하네	人憐繡虎才

---

66 역사(驛使) : 우체부. 삼국 시대(三國時代) 오(吳)나라 육개(陸凱)가 범엽(范曄)에게 "매화를 꺾자 역사가 오므로, 영두(嶺頭)에 있는 그대에게 부쳐줍니다." 하였다.

67 꽃 수놓은 비단 옷 빼앗으니 : 시가 뛰어남을 말한다. 당 무후(唐武后)가 용문(龍門)에서 노닐 때 신하 중에 시를 제일 먼저 지은 동방규(東方虯)에게 금포(錦袍)를 하사하였다가 뒤에 지은 송지문(宋之問)의 시를 보고 감탄하여 다시 금포를 빼앗아 송지문에게 주었다는 고사에서 인용한 말이다. 『唐書 宋之問傳』

68 수호(繡虎) : 시문(詩文)에 뛰어나고, 또 내용이 화려한 문장을 이른다. 삼국 시대 위(魏)나라 조자건(曹子建)의 문장이 뛰어나므로, 세상에서는 그를 수호라고 했다 한다.

먼저 달그림자 나뉘어 근심했는데　　　　　　　先愁分影月
벌써 이별의 슬픈 마음 일어나네　　　　　　　已動別懷哀

조선의 호읍(湖邑) 태수 박인칙을 멀리서 생각하며

연향 무신년에 제가 그대를 미장 성고원(尾張性高院)에서 만났는데, 헤아려보니 벌써 17년이 지났습니다. 금번 갑신년 조선의 사신이 빙례를 할 때에 그대가 아직도 건강하고 호읍(湖邑)태수가 되었다고 하니 옛날 종유(從遊)할 때의 감정을 이기지 못하겠습니다. 애오라지 제 마음을 담아 남시온(南時韞, 남옥)이 돌아갈 때 이 글을 맡깁니다.

미장에서 이별한 후로 벌써 십칠년　　　　自別張城十七年
그리운 마음 흰 구름 하늘에 막혔네　　　　相思坐阻白雲天
백규시 여러 번 읽은 남용[69] 이르렀고　　　復圭今有南容至
비단 옷 잘 지은 동리[70] 어질구나　　　　製錦因知東里賢

『世說新話 賞譽』

69 백규(白圭)시 여러 번 읽은 남용(南容) : 말을 삼가는 것을 높이 평가하는 말이다. 『시경(詩經)』 「대아(大雅) 억(抑)」에 "옥의 흠집은 연마해서 없앨 수 있지만, 잘못한 말은 고칠 수 없다.[白圭之玷, 尙可磨也, 斯言之玷, 不可爲也.]"고 하였는데, 『논어(論語)』 「선진(先進)」에는 "남용이 이 글을 세 번씩 반복해서 읽으므로 공자가 조카사위로 삼았다.[南容三復白圭, 孔子以其兄之子妻之.]"고 하였다.

70 비단 옷……동리(東里) : 고을을 잘 다스리는 잘 정(鄭)나라 대부 공손교(公孫僑)를 가리킨다. 정(鄭)나라 자피(子皮)가 나이 어린 윤향(尹向)을 시켜 읍(邑)을 다스리게 하려 하자, 자산(子産)이 이르기를 "그대에게 좋은 비단이 있다면 사람으로 하여금 그것을 가지고 바느질하는 법을 배우게 하지는 않을 것이다." 한 데서 유래하였다. 『春秋左傳

황도[71] 기운 맑으니 일본이 또렷하고	黃道氣晴分日本
크고 넓은 바다 끝엔 바로 조선 일세	大瀛海盡是朝鮮
동심 두 글자 써서 이를 봉하여	緘題兩箇同心字
서쪽 바다 달 지는 해변에 부치노라	寄到西溟落月邊

검을 노래하며 조선에 돌아가는 성용연을 멀리서 전송하다
賦得劒遙送成龍淵歸朝鮮國

풍호씨[72]를 만나고부터	自遇風胡氏
광망이 날마다 새로워졌네	光芒逐日新
거북 무늬[73]는 매우 귀한 보배요	龜文無價寶
날선 칼은 이역의 진주라네	霜刃異邦珍
곤오에서 나온 명검[74] 묻지 말라	不問昆吾出
결국 급군의 고서[75] 진짜이니	終知汲郡眞
훗날 두우의 기운[76]	他時牛斗氣

襄公 31年』

71 황도(黃道) : 태양이 운행하는 궤도로서 전하여 군왕의 어가(御駕)가 다니는 길을 말하는데, 여기서는 왕의 부절(符節)을 가진 사신을 말한다.

72 풍호씨(風胡氏) : 풍호자(風胡子)로, 춘추시대 사람으로 칼을 잘 감정하는 것으로 유명하였다.

73 거북 무늬 : 거북의 등껍데기 무늬로, 문자의 기원을 말한다.

74 곤오(昆吾)에서 나온 명검 : 주(周)나라 곤오국(昆吾國)에서 생산되는 명검(名劍)으로, 붉은 빛을 발산하면서 마치 진흙을 베듯이 옥물(玉物)을 자른다고 한다. 『元和志』『海內十洲記』

75 급군(汲郡)의 고서 : 진(晉)나라 때 급군(汲郡) 사람 부준(不準)이 발굴(發掘)한 선진(先秦) 시대의 고문서를 말한다.

바라보고 어떤 사람인가 하리라   相望是何人

물을 노래하며 조선에 돌아가는 원현천을 멀리서 전송하다
賦得水遙送元玄川歸朝鮮國

한 그릇 물 동쪽 바다로 흐르니   一勺東朝海

아득하여 정처 알 수 없다네   滔滔未可知

나루에 수레바퀴 적시지 않고   濟無濡軌處

수원(水源)은 술잔 띄울 수 있네   源有濫觴時

사귀는 태도 장주(莊)의 뜻이요   交態蒙莊意

절약과 청렴은 오은지(吳隱之)의 시구[77]   節廉吳隱詞

그대 붙잡으려 하나 떠나가니   留君君不駐

이처럼 가는 것을 비로소 알겠네[78]   初解逝如斯

---

[76] 두우의 기운 : 칼 기운이 뻗쳐가는 것을 말한다. 진(晉)나라 때 오(吳) 땅에 붉은 기운이
하늘의 우수(牛宿)와 두수(斗宿) 사이로 뻗치는 것을 보고 장화(張華)가 그곳을 파서 보
검(寶劍)인 용천검(龍泉劍)을 얻었다고 한다.

[77] 절약과……시구 : 진(晉)나라 오은지(吳隱之)가 부패 풍조가 만연된 광주 자사(廣州
刺史)로 가서, 마실수록 탐욕을 일으키게 된다는 탐천(貪泉)의 샘물을 떠 마시고는, 시
를 짓기를 "백이 숙제에게 마시게 하면 끝내 마음이 뒤바뀌지 않으리라.[試使夷齊飮,
終當不易心.]"라 하고 자신의 청렴한 절조를 계속 유지했다는 고사이다. 『晉書 良吏
吳隱之傳』

[78] 이처럼……알겠네 : 물처럼 흘러간다는 뜻이다. 『논어(論語)』「자한(子罕)」편에 "공자
께서 물가에 있으면서 말씀하셨다. '가는 것이 이와 같도다! 밤낮을 그치지 않는구나.[子在
川上曰, 逝者如斯夫! 不舍晝夜.]"라는 말이 보인다.

돌을 노래하며 조선에 돌아가는 김퇴석을 멀리서 전송하다
賦得石遙送金退石歸朝鮮國

사수에는 부경[79]이 아름답고	泗濱浮磬美
상서로운 꿈은 고림[80] 생각나네	祥夢憶高琳
역경에서 간상[81]을 열었고	入易開艮象
시경 보고 비심[82]을 알았네	講詩知匪心
공은 여와의 솜씨[83] 남겨두었고	功留女媧術
이름은 곡성 그늘[84]에서 이루었네	名就穀城陰

---

79 사수(泗水)에는 부경(浮磬) : 『서경(書經)』「우공(禹貢) 서주(徐州)」에, "사수(泗水) 물가에 부경이다.[泗濱浮磬]" 하였는데, 물가에 드러난 돌이 물에 떠 있는 것같이 보이기 때문에 그렇게 말한 것이다.

80 고림(高琳) : 『주서(周書)』권29 「고림전(高琳傳)」에, 고림(高琳)은 자가 계민(季珉)이니 그의 선조는 고구려 사람이다. 고림의 어머니가 일찍이 사수(泗水)가에서 불계(祓禊)를 하다가 우연히 돌 하나를 보게 되었는데 광채가 밝고 윤이 나므로 드디어 그 돌을 가지고 돌아왔다. 이날 밤 꿈에 한 사람을 보았는데 옷차림이 마치 신선과 같은 사람이었다. 그가 고림의 어머니에게 말했다. "부인이 지난번에 가져온 돌은 아름다운 부경(浮磬)이오. 만약 소중하게 간직하면 반드시 훌륭한 아들을 낳게 될 것이오." 그 어머니가 놀라 잠에서 깨어 보니 온몸에 땀이 흥건했다. 오래지 않아 임신을 하고 아이가 태어나자 이 꿈으로 인해 이름을 림(琳), 자를 계민(季珉)이라 했다.

81 간상(艮象) : 64괘의 하나로 위아래 효가 모두 산을 뜻한다.

82 비심(匪心) : 돌처럼 마음대로 굴릴 수 없는 마음, 곧 심지(心志)가 굳어서 확고부동한 마음이다. 『시경』「백주(柏舟)」에 "내 마음은 돌이 아니라 굴릴 수가 없다.[我心匪石 不可轉也]"라는 말에서 비롯된 것이다.

83 여와(女媧)의 솜씨 : 여와(女媧)는 복희씨(伏羲氏)의 누이이다. 공공씨(共工氏)가 축융(祝融)과 싸워 축융이 머리로 부주산(不周山)을 들이받아 산이 무너지는 바람에 천주(天柱)가 꺾어지자, 여와씨가 오색돌[五色石]을 다듬어서 하늘을 기웠다 한다. 『史記 三皇紀』

84 곡성(穀城) 그늘 : 장량은 일찍이 신인(神人) 황석공(黃石公)에게서 병서(兵書)를 얻어 읽은 바 있는데, 이때 황석공이 "13년 뒤에 곡성산(穀城山) 아래서 황석(黃石)을 보거

| 애오라지 타산 구절[85]을 외어 | 聊誦他山句 |
| 이것으로 송별을 노래하네 | 因爲送別吟 |

세주(勢州) 상명현(桑名縣) 남궁대추께 답하다

끝내 잠시라도 만나지 못하여 그리워하는 마음만 있었는데, 문득 멀리 글 보내어 안부 살펴주시고 각자에게 아름다운 시를 주셨습니다. 열어보고 영탄(詠嘆)한 나머지 그대가 멀리 있는 줄 깨닫지 못했습니다. 물으신 것에 세세히 답장하고 또 그대의 시에 화답하는 것이 마땅하나 다만 사신이 온 이래로 이전에 없었던 변고[86]를 만났습니다. 비록 대강 조사는 마쳤으나 죄인 일행이 조정의 처결을 기다리고 있으니 감히 글 짓는 일에 신경쓰지 못해 결국 물으신 뜻을 저버리게 되었습니다. 이 뜻을 잘 헤아려 주십시오. 이역에서 마음 맞는 벗이 한 번 만리 먼 곳으로 떠나면 살아있는 동안에는 앞날을 기약할 수 없을 것이니 어찌 거듭 슬퍼하지 않겠습니까. 보내오신 박구헌의 시는 마땅히 돌아가면 전하겠습니다. 문하의 여러 현자들이 아울러 시를 준 것

든 그것이 바로 나인 줄 알라.” 하였다. 장량은 13년 뒤에 그곳에 가보니, 과연 황석이 있으므로 이를 가져다가 모셔 놓고 제사를 지냈다는 고사이다. 『史記 卷55 留侯世家』

85 타산(他山) 구절 : 『시경(詩經)』 「소아(小雅) 학명(鶴鳴)」에 있다. 그 가사에 “다른 산의 나쁜 돌도 구슬을 다듬을 수 있다.[他山之石, 可以攻玉]”라고 했는데, 남의 잘못이 나에게 가르침이 될 수 있다는 뜻이다.

86 이전에 없었던 변고 : 최천종(崔天宗) 살해사건을 말한다. 에도에서 돌아오는 길인 1764년 4월 7일 도훈도(都訓導)인 최천종이 대마도인 스즈키(鈴木傳藏)에게 피살된 사건이 발생하여 살인자 스즈키는 현지에서 처형되었다.

이 있으나 화답하지 못했으니 모두 잘 헤아려 주십시오. 바라는 점이
있다면 도를 위하여 자중하십시오. 등불 아래에서 대강 감사의 마음
전합니다. 이만 줄입니다. 공경하고 송구합니다.

갑신(甲申)년 단양(端陽)에서 남추월, 김퇴석, 성용연 올림.

저는(원중거) 병들어 침상에 누워 있다가 애써 일어나 종이에 몇 자
적습니다. 그대의 학문이 심오하고 넓으며, 또 학문의 장을 열어 교화
하신 것이 응당 날로 바다 남쪽에 두루 퍼졌습니다. 게다가 학문의 문
로(門路)가 바르고 원류(源流)가 멀리까지 적셨으니 후생들에게 베푼
은혜가 어찌 끝이 있겠습니까. 더욱 더 도를 위하여 자중하셔서 등뼈
를 꼿꼿이 세우고 주먹을 쥐고서 이단사설(異端邪說)로 하여금 돌아보
고 두렵게 하시기를 바랍니다. 오도(吾道)의 의탁함이 그대에게 있지
않겠습니까? 전날에, 편지와 대도(大島)·공추(公樞)의 시를 도중(途中)
에 화답하고 차운하여 나파자(那波子)에게 부탁하여 전하였으니 아마
도 조만간 도착할 것입니다. 그 기구(起句)에, '조주(潮州)의 문사들이
함께 한유를 칭찬한다.'라는 말로 깊은 우정의 뜻을 그대에게 보였으
니 잘 살펴 주시기를 바랍니다. 남은 생각은 본 편지에서 말한 것과
같습니다. 병들어 길게 쓰지 못해 안타까울 뿐입니다.

남궁대추에게 화답하다 현천이 동쪽으로 갈 때는 화답시가 없었는데 서쪽으로
돌아가는 날에 나파선생에게 화답시를 맡겼다. 그래서 추록(追錄)한 것이다.

和南宮大湫

현천

조주의 문사들 함께 한유를 칭찬하니[87]	潮州文士共稱韓
한유의 풍채 적식[88]에게서 볼 수 있네	風彩先從籍湜看
우아하고 바른 전한의 글자만 채택하여	爾雅獨採前漢字
황하시 남겨 옛 동료들 비춰주었네	皇華留映舊同冠
수 천 개 오래된 대나무 석양 머금고	千竿老竹銜斜日
몇 그루 성근 매화 매서운 추위 껴안네	數樹疎梅擁峭漢
부평초같은 만남도 도리어 운수 있으니	萍水逢迎還有數
밝은 달 창가에서 함께 밤 보내지 못하리	一窓明月剪燈難

기실 단우(丹羽)의 글을 붙임

기실은 성이 단우요, 좌문(左門)이라 칭한다. 이름과 자는 아래에 기록되어 있다.

---

87 조주……칭찬하니 : 한유(韓愈)가 헌종(憲宗)에게 불골표(佛骨表)를 올리고 나서 조주
   자사(潮州刺史)로 좌천된 뒤에, 그 지방의 무지한 백성들을 교화시키기 위해 향교를 세
   우고 수업을 받게 하면서 조덕에게 그 교육을 맡겼다는 내용이 소식(蘇軾)의 조주한문공
   묘비(潮州韓文公墓碑)에 나온다.

88 적식(籍湜) : 황보식(皇甫湜), 장적(張籍)으로 한유의 문인을 가리킨다.

세주 상명현 남궁대추 선생에게 부침

일전에 당신의 고제(高弟) 석천군(石川君)이 경사(京師)로부터 섭(欇)
땅에 와서 조선 사신을 만나고자 하였습니다. 관리 하나가 제 재주가
미천한데도 왕명을 받들어 일하고 있고 사신 객사에 머물고 있다는
이유로 저를 소개하여 처음으로 석천군을 보았습니다. 그 사람은 영
기(英氣)가 얼굴에서 빛나 막야(莫耶)검을 숫돌에서 방금 꺼낸 듯[89]하
였습니다. 그에게 물어보고 세주의 남궁선생이 일어나 중원에서 크게
적치(赤幟)[90]를 펼치고, 한 지방에서 풍성(風聲)을 세워, 문하에 제자가
구름처럼 많다는 사실을 알았습니다. 곧 제가 그 말을 듣고서 벌떡 일
어나 남쪽을 향하여 큰 소리로, '오뢰(五瀨) 지역이 견고하겠구나!'라고
외쳤습니다.

이곳은 종묘사직이 있는 곳인데, 신도산(神道山)과 오란천(五欒川)의
맑은 기운이 과연 이와 같은 사람을 낳은 것입니까? 아아! 지금 세상에
는 선생이 없어서는 안 될 것입니다. 저는 이곳에서 시렁에 걸려 있는
바가지와 같아 그곳에 가지 못해 군자의 정사를 듣지 못하였으니 우물
안의 개구리 신세입니다. 그런데 다행스럽게도 석천군을 보았으니 친
히 가르침을 받는 것과 같았습니다. 마침 빈관에서 변란이 일어나 혼금

---

89 막야(莫耶)……꺼낸 듯 : 원래는 달인(達人)의 경지에서 일을 능수능란하게 처리했다
는 말인데, 여기에서는 얼굴에서 영기가 드러남을 비유적으로 표현한 것이다. 옛날 유명
한 백정이 오랜 세월 소를 잡았는데도 그 칼을 보면 무디어지지 않고 항상 숫돌에서 금방
꺼낸 것과 같았다는 일화에서 유래한 것이다. 『莊子 養生主』
90 적치(赤幟) : 붉은 깃발이라는 뜻으로, 영수가 되는 인물이나 지위를 비유하는 말이다.
여기서는 문풍을 주도한다는 의미로 쓰였다.

(閨禁)이 엄하여 조선 사신들과 명함을 주고받는 것을 허락하지 않았습니다. 이에 석천군이 여러 사람들의 글을 저에게 맡기고 떠났습니다.

　대저 조선의 사신이 올 때에 멀고 가까운 지방에서 덕을 흠모하는 선비들은 저와 평소에 한 번도 대면한 적이 없지만 벗들과 관리들을 통하여 저를 찾는 사람이 어찌 열이나 백 명뿐이겠으며, 다른 사람을 찾는 사람도 어찌 한량할 수 있겠습니까. 유독 낙(雒)과 섭(攝)의 선비들이 가장 많아 언덕처럼 쌓인 글을 제가 하나하나 조선 사신에게 드렸습니다. 아쉬운 점은 조선의 세 사신이 학사(學士)와 서기에게 명하여 글을 짓는 기쁨을 허락하지 않은 것이니 이는 변고 때문이라고 하였습니다. 이 때문에 시를 주고받는 일이 아예 없어진 것입니다. 제가 여러 군자들을 위해 그 중간에서 주선하였으나 아무것도 얻은 것 없이 결국 여러 군자로 하여금 공로를 헛되게 하였으니 애석합니다. 또 저를 위해 한 번 이러한 뜻을 전달해 주십시오. 조선 사신의 답서는 석천군에게 맡겨 전해 드립니다. 내일 조선 사신이 길을 떠날 터라 빈관에 일이 많아 자세히 쓰지 못하겠습니다.

　갑신(甲申)년 단양(端陽) 오주(奧洲) 원문호(源文虎, 원중거) 자아(子牙)는 조선 사신이 머무는 곳에서 삼가 올립니다.

『강여독람(講餘獨覽)』 끝.

『강여독람』 발(跋)

　문진(文陣)에서 조선의 사신을 맞이할 때에는 공격하거나 수비하거나 도전하거나 주둔하거나 간에 요컨대 모두 사리에 마땅하게 한다.

그렇게 하지 않으면 서로 얽히고 서로 싸우니 어찌 피차에 보탬을 주겠는가.

나의 벗 교경은 그렇지 않아 조선의 여러 학사에게 글을 보내어 자신의 견해를 말할 때에 하나라도 옳지 못하다고 여기면 또 다시 의견을 개진하였다. 그것은 아마도 그가 '말을 다하여 질정(質正)하지 않으면 도가 드러나지 않으니 내가 우선 말을 다할 것이다. 내가 저에게 질정하면 저도 나에게 질정할 것이니 그렇게 되면 나와 저 사이에 반드시 유익함이 있을 것이다.'라고 생각해서였을 것이다. 그래서 조목의 같고 다름과 함께 문사도 전달하였으니 그 다툼이 군자답다. 저 사신들이 감히 수고롭다고 사양하지 않음이 마땅하도다. 비록 급히 그 마음을 감복시킬 수 없지만 저들은 반드시 살펴서 생각할 것이다. 생각한다면 만리 밖에서 머리를 돌려 동쪽을 돌아보고 우리 교경의 말을 믿을 자가 반드시 없지는 않을 것이다. 교경의 이러한 일이 어찌 두 섬돌 사이의 간우(干羽)에 뜻이 있겠는가.[91] 저 공격하고 수비만 하는 것은 뜻이 낮은 것이다.

명화(明和) 원년(元年) 중추(仲秋) 보름

미번(娓藩)의 우인(友人) 기덕민(紀德民) 쓰다.

명화(明和) 원년(1764) 가을 새로 간행.

경사(京師) 문천당(文泉堂) 출판.

---

91 두……있겠는가 : 저절로 교화되기를 바란다는 뜻이다. 옛날 순(舜) 임금이 문덕(文德)을 크게 펼치고, 방패와 새 깃을 들고서 두 섬돌 사이에서 춤을 추었더니[舞干羽于兩階], 70일 만에 묘족(苗族)들이 감복하였다는 고사가 있다. 『書經 大禹謨』

南宮先生講餘獨覽

《講餘獨覽》 序

今之所謂稱爲古學者，可知已。非純粹守壹，如漢 董、賈、孔、鄭，又非博聞強識，成一家言，如司馬遷、班固。固守師說，而不知師之所以爲說者果如何，務排異自己者，而不省所以異自己者亦果如何。欲見求所以爲說者而守之說，察異自己者是耶非耶，而是其是非其非者，不可得也。南宮喬卿，尾人也。因記世馨，示所著《講餘獨覽》，而徵之序，予閱之，而知善爲古學者是其人也。自予之寡交，見與韓人唱酬之書極多，非詩之命興，書之慰勞，則席間應對已。設令有不中意，姑從臾以希不攻已，卽雖予所爲，亦無不出于此策。韓人過時，喬卿病不能親往，使弟子贈之詩，列條古今爲學同異而問之，皆非不知師之所以爲說，不省所以異自己者之屬也。復得淳秀而不中意，又復論難而直之，亦非予輩姑從臾以希不攻已之屬也。以是觀之，純粹守壹，如漢 董、賈、孔、鄭，爲後代師法，不可知也，博聞強識，成一家言，如司馬遷、班固，亦不可知也。予之業固出于喬卿之下遠甚，不辭而爲之序者，喜得善爲古學者，而幸於因此書，而徧傳所言自有識之人矣。然竟未知喬卿所命予何以也。

明和元年秋八月

佐倉俯文學井孝德撰

≪講餘獨覽≫

信濃 南宮岳著, 浪華 三浦言君謹、高須 水谷申公甫 輯校

寶曆甲申春二月, 朝鮮國聘賀使來, 士章、子惠、子壽、公樞輩, 會製述官三書記於美濃 今須驛亭。余亦托子惠, 寄贈書詩, 往復數篇, 固雖不足觀, 聊記之, 以爲病餘一適。

≪呈朝鮮製述官典籍南君秋月啓≫【名玉, 字時韞, 號秋月。】

鸞車曉脂, 壯萬里之行裝, 鳳旗日映, 捲九天之風雲。价人維藩, 聲稱旣及於邦域, ≪四牡≫須歌, 風采方傳于遐邇。聘問修禮, 朝野同慶。恭惟南君足下純質卓犖, 學識淹通。峨冠博帶, 存周室典禮, 家系應是祖宗歷世狀元; 巾幘襪履, 有箕邦威儀, 文章卽知往時一代宿老。僕海濱處士, 朽糞下愚。材如樗櫟經年而無用, 質似浦柳值秋而必落。半生垂釣, 地非磻谿, 渴想之切, 徒欲代溫其之容於璜。尺帛傳情, 身非少卿, 旅悴之久, 料難託使乎之材於雁。但是公之雅量, 過容僕之譾劣, 一二質問, 不吝指斥。此附伊東生野詩一律, 聊表寸衷, 若夫高明有所裁, 令僕一蒙其照拂, 豈唯魚目換夜光之比, 抑復木瓜得瓊琚之類已。謹啓。

≪呈朝鮮製述官典籍南君秋月≫

日出之邦海水涯, 勞君奉命賦≪皇華≫。入關雲映眞人氣, 阻地星明使者車。客路逍遙裘換葛, 詞林爛熳筆生花。莫論風俗稱殊域, 幸賴同文作一家。

≪今須驛亭和南宮老學遙寄之作≫　　　　　　　　　　　秋月

風氣初開折木涯, 先論岐路後詞華。夕陽洙、泗天懸日, 長夜河、閩燭導車。漢、晉諸儒猶說義, 陸王餘學但空花。復圭處士皐比抗, 莫以宗門混異家。

來書條次有序, 議論有據。東來後, 始得講究之說, 其喜何啻寒山見片石乎。顧行駕火急, 未暇作復, 到東武, 謹當依戒, 附所親儒士討傳, 姑容俟之。

僕往歲, 會貴邦諸君於尾張 性高院時, 海皐李君偶書曰: "君亦畔朱之徒與?" 僕始不解其意也。遽書對之曰: "夫祖述堯舜, 憲章文武, 宗師仲尼, 學生所奉是已。" 李君無對焉。顧我邦一二先賢, 有所見, 各自建幟, 以誘後生, 後生亦必待先賢而學, 則排朱考亭者, 君輩無所取, 亦豈悉非之? 然今以此爲不是, 槩以畔朱見黜焉。僕聞朱文公之言曰: "常人之學, 偏於一理, 主於一說, 故不見四方, 以起爭辨。" 諸君必不如此, 況我邦亦旣以朱文公之學, 以爲國學, 則不必排紫陽家之言乎。但其自信者而言之, 紛紛聚訟, 竟爲一場之爭辨耳。雖然同是學先王之道者, 雖所見有異同, 而孰不以孝弟忠信爲教乎。僕極淺陋, 未嘗聞先生長者之言, 而幼好讀書, 每至宋諸先生之議論, 未嘗不擊節歎之。然至其駁漢儒之甚, 則私心有不安者。夫前者倡之, 後者和之, 漢收秦燼, 唐從而潤色之, 宋籍之若訓詁若註釋, 傳之者半, 一時眩曜。以爲如有所異者, 亦所謂漢驢胡步, 胡驢漢步, 無以異, 唯議論之異已。宋儒先旣駁漢儒, 則明儒亦駁宋儒, 如此則駁斥之不暇, 後生誰之適從。如僕淺陋, 謹不立異見, 不復阿所好, 唯先賢之言之從, 況於漢、唐、宋、明乎? 獨以有所不安者, 一二謹奉門, 因有感于往年李君之言, 故備稱述之如此。若有言涉抵觸, 海涵之量, 請爲見恕。

明鄭曉氏曰: "宋儒有功於吾道甚多, 但開口便說漢儒駁雜, 又譏其訓詁, 恐未足以服漢儒之心。宋儒所資於漢儒者十七八, 只今諸經書傳注, 儘有不及漢儒者, 宋儒譏漢儒太過。近世又信宋儒太過, 今之講學者, 又譏宋儒太過。"

岳云: "凡學貴乎博, 執一不移者, 固君子所不爲也。譬諸治病, 邪氣結轖, 不得不下之, 若元氣虛損, 則別證從而生, 乃其瀉下之劫藥, 却爲後之病根已。夫以一人之手, 治一人之病, 尙且如此, 而况於學乎?"

朱子曰: "聖人敎人, 不過孝弟忠信、持守誦習之間, 此是下學之本。今之學者, 以爲鈍根不足留意, 其平居道說, 無非子貢所謂不可得而聞者。又曰近日學者病在好高, 《論語》未問學而時習, 便說一貫, 《孟子》未言梁惠王問利, 便說盡心, 易未看六十四卦, 便讀《繫辭》, 此獵等之病。" 又曰: "聖賢立言, 本自平易, 今推之使高, 鑿之使深。"

岳云: "朱夫子之言如此, 今置之, 論道體, 說心學, 我不知其稱。紫陽家之學者, 果何謂也。元 劉靜修有言曰: '六經自火於秦, 傳注於漢, 疏釋於唐, 議論於宋, 日起而日變云云。故必先傳注而後疏釋, 先疏釋而後議論, 始終源委, 推索究竟, 以己之意體察爲之權衡, 勿好新奇, 勿好僻異, 平吾心, 易吾氣, 然後爲得也。' 劉氏奉朱子之敎者, 而其言也如此, 不知君意爲何如?"

黃氏日抄解《尙書》人心惟危, 道心惟微, 惟精惟一, 允執厥中一章曰: "此章本堯命舜之辭, 舜申之以命禹而加詳焉耳。堯之命舜曰: '允

執厥中', 今舜加危微精一之語於允執厥中之上, 所以使之審擇而能執
中者也。此訓之辭也, 皆主於堯之執中一語而發也。堯之命舜曰: '四
海困窮, 天祿永終', 今舜加無稽之言勿聽, 以至敬修可願於天祿永終
之上, 又所以警切之, 使勿至於困窮而永終者也。此戒之之辭也, 皆
主於堯之永終二語而發也。執中之訓, 正說也; 永終之戒, 反說也。盖
舜以昔所得於堯之訓戒, 幷其平日所嘗用力而自得之者, 盡以命禹,
使知所以執中而不至於永終耳, 豈爲言心設哉? 近世喜言心學, 舍全
章本旨, 而獨論人心道心。甚者單撦道心二字, 而直謂卽心是道, 盖
陷於禪學, 而不自知其去堯、舜、禹授受天下之本旨遠矣。"

岳云: "堯、舜、禹天子也, 聖人也。至其授受天下也, 有如此人而
後有如此語也, 豈似後世所傳道統之傳者也乎?"

《唐仁卿答人書》曰: "自新學興, 而名家著其冒焉以居之者不少,
然其言學也, 則心而已矣。元聞古有學道, 不聞學心, 古有好學, 不聞
好心。心學二字, 六經孔孟所不道, 今之言學者, 盖謂心卽道也, 而元
不解也。何也? 危微之旨在也。雖上聖而不敢言也, 今人多怪元言學
而遺心, 孰若執事責以不學之易了, 而元亦可以無辭於執事? 子曰:
'有能一日用其力於仁矣乎?' 又曰: '一日克己復禮', 又曰: '終日乾乾行
事也', 元未能也。孔門諸子日月至焉, 夫子猶未許其好學, 而況乎日
至未能也, 謂之不學可也。但未知執事所謂學者, 果仁邪事邪? 抑心
之謂邪? 外仁外禮外事以言心, 雖執事亦知其不可。執事意必謂仁與
禮與事, 卽心也, 用力於仁, 用力於心也, 復禮, 復心也, 行事, 行心也,
則元之不解也, 猶昨也謂之不學可也。又曰: '孳孳爲善者心, 孳孳爲
利者, 亦未必非心', 危哉心乎! 判吉凶別人禽, 雖大聖猶必防乎其防,

而敢言心學乎? 心學者, 以心爲學也, 以心爲學, 是以心爲性也。心能具性, 而不能使心卽性也。是故, 求放心則是, 求心則非, 求心則非, 求於心則是。我所病乎心學者, 爲其求心也。心果待求, 必非與我同類, 心果可學, 則以禮制心, 以仁存心之言, 毋乃爲心障與?"

岳云: "心本動物, 唯在乎制之何如耳。辟如御馬, 有轡鞭唯其所用也, 苟無施是二者, 則何緣試馨控馳騁也, 況範馳驅者乎? 若曰: '無所制而能制之', 則我知其必爲詭遇者也。≪孟子≫本心放心, 亦非若後世心之謂矣。"

≪復南宮大湫經案≫　　　　　　　　　　　　　　　　秋月

今須驛亭相見之士, 皆安定門人, 言談舉止之間, 已識有所受, 而長牋小律, 亦以見蘊發之深厚。顧行色忽遽草草, 報韻未盡所欲言, 盛諭諸條, 并致稽復, 愧負多矣。此來始欲與有識之士, 論說上下, 究義理得失之歸。奈人士沓臻, 應酬旁午, 只賦沒趣詩若干。間或得一二可語之人, 而未能傾倒困廪, 固已失其素心, 而亦不能不慨然於貴邦文墨之儒也。今因少暇, 略復所叩, 但恐死法常談, 難望其有合於高見, 第幸平心而舒究焉。

所諭引鄭曉氏論譏漢儒太過, 信宋儒太過, 而結之以高意以比元氣虛損, 用瀉下之劫藥。夫譏漢儒太過, 誠宋儒之過處, 然漢儒何嘗說得性命窮格, 如程、朱之八字打開。其訓義釋音處, 漢儒近古, 多可采。至於下手用工處, 漢儒却是含糊, 恐不可以譏漢儒爲瀉元氣之藥。

引朱夫子論學者好高獵等之弊, 推之使高, 鑿之使深, 而擊之以盛意。以劉靜修勿好新奇, 勿好僻異之語, 證之。此一節儘平穩儘着實, 可爲初學騖遠者之切戒, 無容雌黃。

引黃氏日抄解危微精一章, 謂爲天祿永終而設戒, 非爲心學而垂訓。足下仍諭以聖人之授受天下, 豈似後世道統之傳, 此則黃氏旣誤, 而足下又不免大誤。夫堯執中一語, 雖不說人心道心危微精一字, 却在包在裏許。舜已領悟無疑, 舜又益之以三言, 以示丁寧反復之意, 非執中二字有所未足, 而禹不能領悟也, 憂之深而說之詳, 時愈下而語愈長。若不能察危微之間, 下精一之工, 以至於聽無稽, 庸弗詢, 忘可畏, 忽可愛, 則天祿將永終, 此與堯永終之語, 眞是一串貫來。今謂精一之訓, 與永終之戒, 不同者, 全失聖人本意, 至於下款二句, 尤繆以千里。授受天下, 固天下之大事, 道統之傳, 豈非天下之大事, 而直以爲後世事乎? 天下授受輕, 而道統之相傳重, 無是統, 則天下措於何處, 舍是心, 則道寓於何處? 願足下勿觀雜書, 更取一部≪中庸≫序, 下數月工夫, 方悟此言之謬。

引唐 仁卿書論心學二字之非古, 足下復以御馬喩之, 此言似乎有據, 而不免有弊。孔孟言學, 罕說心字, 多從日用孝弟上說, 而要是敎人存心。善乎程子之言曰: "聖賢千言萬語, 只是要人將已放之心約之, 使反復入身來。" 雖不言心學二字, 此非治心之學乎? 後世學者, 未學灑掃應對, 開口便說心學, 誠誤矣。然自八歲入學以上, 未有舍是心而爲學者, 又不可以心學二字, 爲後世之不好題目也。但制之存之, 各有攸當, 纔說以心爲學, 則便已淪於以心觀心之弊, 此又精微之辨也。不審高明以爲如何? 潦率不究, 伏惟裁察。甲申二月廿一秋月頓首。

≪再復秋月南君≫

二月廿一日, 東武賓館所託木蓬萊書, 不日至勢州, 伏審近狀。往日諸門生, 出謁今須驛亭時, 辱賜高和, 及有所諭, 足下官事鞅掌, 加之以長途旅憊, 而情誼殷好, 有加無已。方今使事旣畢, 西歸有日, 暫停駬浪華, 每一懷其德範, 未嘗不神往, 但恨未由遡從耳。捧讀尊箋, 何其心之摯而言之切也? 僕何幸得眷念, 如此也。其所教示諸條, 辭理該通, 匡僕之不逮, 然於其不安者自若, 因再托石川太一者, 敢復質之。夫主其所見, 互相駁斥, 固非盛德事也, 況爭其同異乎? 昔者朱紫陽、陸象山, 俱相論辨, 往復者數回, 紫陽遂□謂各尊所聞, 各行所知可矣而止者, 足下所嘗知也。於今亦尙如此, 雖然聖人敎人, 各因其深痼, 乃朱夫子之言, 亦謂之因病之藥則可, 豈復問一一脗合乎。是僕之所以藥爲喻也。伏冀足下寬懷雅度, 專以復古爲心, 乃取古義且不廢新注, 新古並照, 則貴邦文物之盛也, 人才之成也, 其化必有倍古昔者矣。僕陋劣, 未敢冒高明, 獨賴辱足下台教, 極陳關切之念, 萬鑑茹以無叱擲之, 幸甚。

承諭譏漢儒太過, 誠宋儒之過處, 恐不可以譏漢儒, 爲瀉元氣之藥。足下旣以譏漢儒, 誠爲宋儒之過處, 則何以云然乎? 且謂漢儒近古, 多可采, 又何譏之爲? 夫宋儒一過遺萬累, 至令後世學者, 有目未視漢儒之書, 是余所言瀉下劫藥者非邪? 苟訓義釋音可取, 卽漢儒之所長, 至其性命窮格, 漢儒所不言, 宋儒好言之。今足下以宋儒所好言, 譏漢儒所不言, 均之乃復爲瀉元氣之藥, 足下明識, 再察諸。

承諭引朱夫子之言, 以劉氏說證之, 足下評儘着實。盖朱子厭棄高深之說, 一主孝弟忠信、持守誦習之間, 非啻爲末生鶩遠者發之。劉氏以秦、漢、唐、宋爲四變, 是皆足下所深許之, 而復謂以譏漢儒之言, 不可爲瀉元氣之藥。以前後之言考之, 不能無不相牟盾者也。夫自夫子沒, 而微言絶, 諸家紛紛, 各建其幟, 大誘後生者, 何世蔑有? 是以歷代先賢, 窮日之力, 駸駸不遑稅駕也。苟主其一說, 喜其所見而譏其所不見, 則班孟堅所謂學者大患, 朱子豈貴之乎。故朱子之言云 '只理會門內之事, 門外之事便了不得, 所以聖人敎人要博學', 足下偶忘之乎?

承諭黃氏解危微精一之章誤, 而僕亦大誤矣。又謂天下授受輕, 而道統之相傳重, 且喩僕讀≪中庸≫序, 是卽足下深以宋儒之說, 信此章之義, 所謂瀉下藥已。此章說堯、舜、禹以其平日所自試者, 互相授受, 乃如黃氏所謂執中之訓, 正說也, 永終之戒, 反說也, 可以觀焉耳, 是皆訓戒之辭, 卽遺戒遺言之類也。但堯、舜、禹聖人也, 故其言也至愼至重, 以爲後世法語, 無復可加者矣, 然非爲言心學者設之, 其謂之道統之傳, 則似矣。抑所謂道統之傳, 古有此言乎? 若曰: '古所無, 今有之', 則聖人之敎, 不可一定也。唯足下留意, 勿誤全章本旨矣。按≪漢·藝文志·中庸說≫二篇, 在禮家, 子思卄三篇, 在儒家, ≪孔叢子≫亦言四十九篇, 古書固殘缺, 雖多可疑者, 然此書古收≪禮記≫中, 無異說。晉 戴顒、梁 武帝, 始表出之, 至宋二程子, 遂表章之尊信之, 後世以作傳道之書, 然古無此事, 今有此言, 何有所受而然乎? 且夫古先聖王之道, 亙萬古而不滅者, 如靑天白日也, 不必謂待一部≪中庸≫而傳之矣。是以僕冗長敷衍, 及黃氏之言也。

承喩唐 伯元論心學二字, 僕御馬之喩有弊也, 而足下引程子之言, 以爲治心之學, 且謂心學二字, 不可爲後世之不好題目也。足下久習

深信，故僕之所論，漫然弗省焉。然足下亦知淪於以心觀心之弊，及
制之與存之，各有攸當，則是固僕之所言已。乃至謂古孔孟言學，罕
說心字，多從日用孝弟上說，而要是教人存心，則不覺悚然起敬。有
是乎，足下之言！何其至於此也？夫心之發動，無所不至也，又無所察
其形也，其治之難也，自非兀坐瞑目虛萬有，則不能也。其難治也如
此，其發動也如彼，故云操則存，舍則亡。聖人知其如此，故立禮義某
某之目，以克令人制之，故云以禮制心，或云以仁存心。苟非物以制
之存之，焉能得治之乎？是僕御馬之喻，所為足下言也。今足下纔能
解孔孟從孝弟上說，未解治心之要，亦不外乎此，豈不惜乎？願足下除
此舊習，藉此再熟思。僕之所言，於學亦大有神益，唯足下亮察。臨楮
不勝注念之至。岳頓首再復。

≪呈朝鮮書記成元金三君書≫

往年戊辰，僕在尾張，會朴矩軒、李濟庵、李海皐、柳醉雪四君，時
僕年廿有一，初得縱觀箕邦威儀之備，與文物之盛也。昔在謝肇淛有
言曰：‘莫禮義於朝鮮也’，誠非虛語也。但僕年未滿自立，其所學亦不
過諷誦之間也。爾來十數年矣，去尾張而寓伊勢，追念往事，殆如一
夢，今茲兩邦通信，諸君跋涉之勞，僕亦欲一出于道左，而列諸賢之
後，獨奈客歲舊痾未全愈，不能趨謁焉，則思慕之忱，非無屋梁落月之
懷也。因鄙作數首，寓惓惓，托伊東子惠，以呈各案下，亦唯不過欲酬
夙心已。春寒修途可畏，強飯自重。

≪呈正使書記成君龍淵≫【名大中，字士執，號龍淵。】

赤縣東隅大八洲，神區縹緲五雲浮。梯航爲是尋盟至，符節俱觀到
此留。摺扇山形懸倒影，象琶湖色急長流。知將彩筆題奇勝，應接懷

君不暇酬。

　≪遙和南宮大湫詞案寄示之作≫　　　　　　　　　　　　龍淵
　水國煙霞近十洲，琶江一面翠峰浮。春來別浦人何在，雨裡空亭客
暫留。從古文章存雅道，卽今湖海足風流。漳濱一病妨新會，空遣侯
芭接唱酬。

　≪呈副使書記元君玄川≫【名仲擧，字子才，號玄川。】
　莫言風土異桑、韓，文藻祇憑具眼看。姬氏國中周制度，夏王封外
漢衣冠。帆檣截海人無恙，征路逢春凜不寒。聞使四方善專對，爭論
壯志報詩難。

　≪呈從事書記金君退石≫【名仁謙，字子安，號退石。】
　錦帆遙發白雲間，出使名流記室班。拂筆雄才酬造化，詠詩神助在
江山。舟中客犯風濤險，域外春催鴻雁還。我欲逢君慰羈恨，高懷恐
及賦刀環。

　≪遙次大湫老儒見贈韻≫　　　　　　　　　　　　　　　退石
　玉節迢迢折木間，春風欲訪羨、安班。天東第一琶湖水，日下無雙
富士山。路夾松杉千里去，槎窮牛斗半年還。淸標尙未由相見，他夜
那堪月似環。

　≪呈成元金三書記≫
　公等遠使殊方，貴體康健。今也竣役而留滯浪泊，可賀可賀。僕病
懶，雖不能出謁，使諸門生，奉接公等，是無憾已。送行詩各一首，敢

奉呈, 庶幾公等贈僕以留別, 則以作記念耳。外懷矩軒朴公詩, 敢煩
公等, 願爲僕轉致之否? 公等一解纜浪速, 遽然爲異域之人, 寧不臨風
愴恨乎? 驛使甚急, 不暇多布字, 伏乞諒察。

《遙送製述官典籍南秋月歸朝鮮國》

傳道雞林客, 春深奉使回。如何俱把臂, 不得對啣盃。衣奪濃花錦,
人憐繡虎才。先愁分影月, 已動別懷哀。

《遙懷朝鮮湖邑太守朴仁則》

延享戊辰, 余會朴仁則於尾張性高院, 屈指已十有七年矣。今兹甲
申, 韓使修聘, 聞朴仁則今尙健, 在爲湖邑太守, 不堪感昔遊。因聊以
寄懷, 托南時韞歸。

自別張城十七年, 相思坐阻白雲天。復圭今有南容至, 製錦因知東
里賢。黃道氣晴分日本, 大瀛海盡是朝鮮。緘題兩箇同心字, 寄到西
溟落月邊。

《賦得劒遙送成龍淵歸朝鮮國》

自遇風胡氏, 光芒逐日新。龜文無價寶, 霜刃異邦珍。不問昆吾出,
終知汲郡眞。他時牛斗氣, 相望是何人。

《賦得水遙送元玄川歸朝鮮國》

一勺東朝海, 滔滔未可知。濟無濡軌處, 源有濫觴時。交態蒙莊意,
節廉吳隱詞。留君君不駐, 初解逝如斯。

≪賦得石遙送金退石歸朝鮮國≫

泗濱浮磬美, 祥夢憶高琳。入≪易≫開艮象, 講≪詩≫知匪心。功留
女媧術, 名就穀城陰。聊誦≪他山≫句, 因爲送別吟。

≪復勢州桑名縣南宮太湫案下≫

竟失萍會, 徒有願言, 忽被遠書之存, 各有瓊韻之投。披復詠歎, 不
覺徽範之遠, 宜細復所叩, 且和盛作, 而遭値有行人以來所無之變
事。雖粗了故實, 非常一行, 方竢朝家勘處, 不敢以文墨爲心, 遂孤問
寡之意。想有以頻諒此義。而海外神契, 一踔萬里, 此生更無前期, 寧
不重爲切切, 所致朴君矩軒詩, 當歸傳之耳。門下諸賢, 並有詩贈, 而
不能奉賡, 乞一一布微諒也。只蘄爲道自重。對燈略謝, 不備。敬悚
仄。甲申端陽 南秋月、金退石、成龍淵頓首。

仲擧病, 淹床褥, 强起申懷於紙尾。足下所學奧博, 又開稷下之門,
蛾化篷, 應日遍海南, 重以門路克正, 源流浸遠, 後生之嘉惠, 庸不旣
乎? 幸益爲道自勉, 脊梗以握, 使異端邪說, 在有所顧畏哉。吾道之
托, 其不在玆乎? 前日惠章幷大島、公樞詩, 路中和次, 付那波子以
傳, 想早晚致坐下矣。其起句潮州文士共稱韓者, 已見深意, 幸俯察
也。餘懷與原幅同, 病未永幅是恨。

≪和南宮大湫≫【玄川東行時無和, 西歸日, 托那波先生和贈, 故此追錄。】 玄川
潮州文士共稱韓, 風彩先從籍、湜看。爾雅獨採前漢字, ≪皇華≫
留映舊同冠。千竿老竹衙[92]斜日, 數樹疎梅擁峭寒。萍水逢迎還有數,

---

92 衙 : 衕의 오자인 듯하다.

一窓明月剪燈難。

附丹羽記室書【記室姓丹羽, 稱左門, 名字具下。】
≪寄勢州桑名縣南宮大湫先生詞案≫
日, 高弟石川君, 自京來橢, 欲以接韓客, 一吏以吾以不才, 忝祗役, 日夜在韓館之官寓, 就予謀, 乃得見石川君。其爲人英氣發乎眉宇間, 可謂莫邪發乎硎, 叩之則知勢州有南宮先生者出, 而大張赤職[93]於中原, 樹風聲於一方, 滿門桃李如雲。卽僕聞之, 蹶然而興, 南向颺言曰: '夫五瀨之地固。'

宗廟社稷所在, 而神道之山, 五蠻之川, 厥淸淑之氣, 果生若人耶? 嗚呼! 當今世, 不可無先生者矣。僕也身瓠繫斯地, 而足不踐其地, 故未與聞其君子之政, 則井中蛙哉! 幸已見石川君, 猶之親奉謦欬也。適館中變起, 闇禁嚴, 不許詞客通刺也。於是石川君, 以諸君詞章, 托僕而去。大氐韓使之來我也, 遠邇之邦蟻慕之士, 雖與僕無一面之素者, 亦因諸友人諸吏, 以求我者, 奚啻什佰, 而求他者, 亦何限? 獨雛攝最夥, 封積如丘, 僕一一謹致諸韓客也。所恨者, 韓三使命學士書記, 不許爲文墨之嬉, 維變之故云, 是以唱酬掃地。僕爲諸君子, 雖周旋乎其間, 則赤手亡所得也, 遂使諸君子, 不勤厥勳。惜哉! 亦爲僕一致意。韓客答書, 煩石川君以轉致, 明日韓使將發官事如雨, 不能覼縷。歲甲申端陽 奧洲 源文虎 子牙, 拜書於韓館之官寓。
≪講餘獨覽≫ 終

≪講餘獨覽≫ 跋

---

93 職 : 幟의 오자이다.

　凡文陣之逆韓客也, 攻者守者挑戰者結屯者, 要皆在期允當矣。不則相媾, 不則交綏, 抑何益彼此哉? 我友喬卿不爾, 其寓書於韓之諸學士, 以論其所見也, 一而不可, 則又復之。盖謂不直, 則道不見, 我且直之。夫我之直之, 彼亦將直之, 彼此之際, 必將有益焉。乃條疏異同, 文辭兼達, 其爭也君子哉! 宜矣! 彼羈旅之人, 不敢辭以勞也。雖未能遽服其心, 然彼必尋而思之, 思之則萬里之外, 回首東顧, 信我喬卿之言者, 不必不有也。喬卿此擧, 豈有意乎兩階之干羽耶? 彼攻守之爲者, 意下也。

　明和元年仲秋之望

　娓藩　友人　紀德民題

　明和元年秋新刊

　京師文泉堂繡梓

【영인자료】

奇事風聞
東渡筆談
南宮先生講餘獨覽

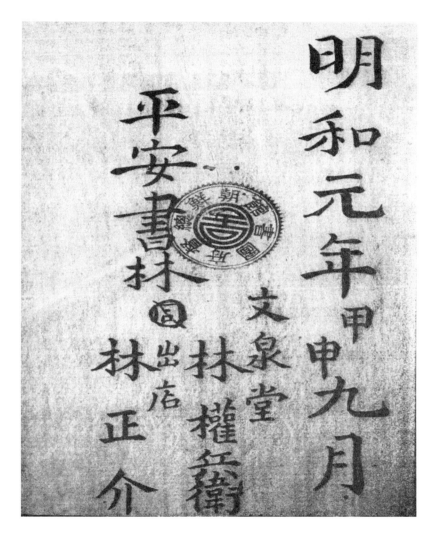

明和元年甲申九月

文泉堂

林權兵衛

平安書林㊞出店

林正介

52

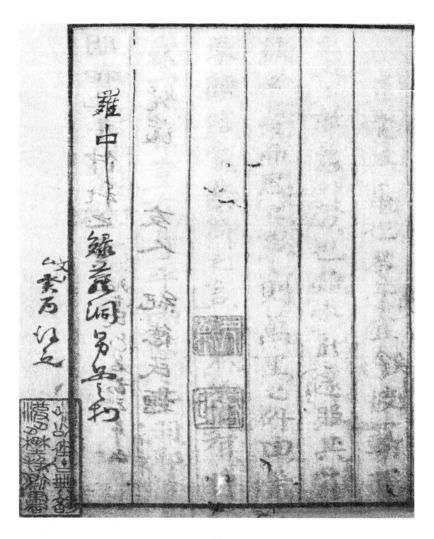

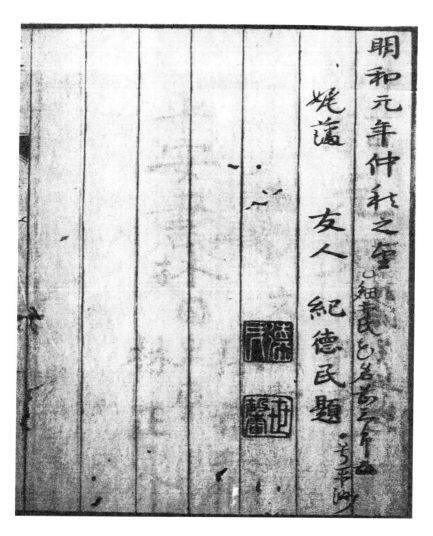

明和元年仲秋之金

娓藶

友人 紀德民題

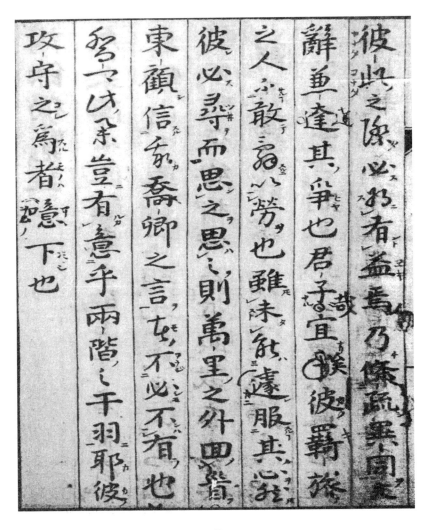

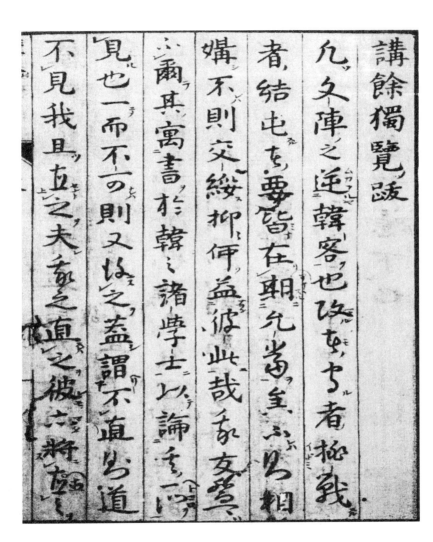

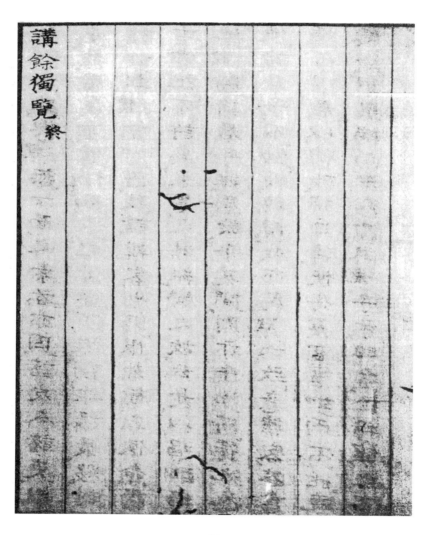

暴之士雖與僕無一面之素者亦固諸友人諸吏以

求我者奚啻什佰而求它者亦何限獨雖攝最嚴封

積如丘僕一一謹致諸韓客也所恨者韓三使命學

士書記不許爲文書之嬉維變之故云是以唱酬摸

地僕爲諸君子雖周旋乎其間則亦手乜所得乜遂

使諸君子不勤厥勳惜哉亦爲僕一致意韓客答書

煩石川君以轉致明日韓使將斃官事如兩不能覘

縷歲甲申端陽粵洲源支虎子牙韓書於韓館之官

寓

46

之則知勢州有南宮先生者出而大張私職於中
原樹風聲於下方滿門桃李丕雲即僕開之蹶然而
興南向颾言曰夫五瀬之地固
宗廟社稷所在而神道之山五鬚之川厥清洌之氣
果生若人耶嗚呼當今世不可無　先生者矣僕也
身飽繫斯地而足踐其地故未與聞其君迁之政
則并中蛙哉幸已見石川君猶之親奉謦欬也適館
中變起閭禁嚴不許詞客通刺也於是石川君以譜
君詞章托僕而玆大邑轉使之来我也遠邇之邦蟻

潮州文士 共稱韓風彩先從籍湜眷爾雅獨操前漢

字皇華留映舊同冠千竿老竹衡斜日數樹疎梅擁

峭寒薄水逢迎遠村數寸窗明月剪燈難

附丹羽記室書　左門名字具下

寄勢州桑名縣南宮太湫先生詞案

日高弟后川君自京來稱欲戍接韓客一吏以吾之

不才忝侵日夜在韓館之官當平諜歷傳見右

川君其爲人英氣發乎眉字間可謂莫那發乎顯呼

44

仲舉病淹床褥強起申懷於紙尾足下旣學與博

又聞稷下之門蛾化蓬應日遍海南重以門路克

正源流浸遠後生之嘉惠庸不旣乎幸益爲道自

勉脊梗以握使異端邪說在有兩顧喪哉吾道之

托其不在茲乎前日惠章花大島公櫃詩路中和

次付那波子以爲想早晚致望下矣其起見潮瀁

文士共稱韓者已見深意牽俯察也餘懷與原幅

同病未永幅是恨

和　南宮太湫　　玄川東新時無斁西歸曰托
　　那波先生和贈故此追詠

竟失萍會徒有願言忽被遠書之存各有瓊韻之投

披復詠歎不覺徽範之遠豈後所叩且和盛作而

遭値有行人以来所無之變事雖粗了故實非常一

行方竢　朝家勘處不敢以交墨爲心遠問寶人

意想有以頎諒此義而海外神契一踔萬里此生更

無前期寧不重爲忉怛所致朴君矩軒謹當歸傳之

耳門下諸賢並有詩贈而不能奉賡亾一一布微誦

也只靳爲道自重對燈略謝不備敬凍氏　甲申誠

陽南秋月金退后成龍淵頓首

自遇風胡氏光芒逐日新龜文無價寶霜及累邦珍

不問昆吾出終知源郡真他時牛斗氣相望是何人

賦得水遞送元玄川歸朝鮮國

一句東朝海涵涵未可知濟無濡軏慶源有瀘鑪時初解迷如斯

交態蒙莊意節廣吳隱詞留君不駐

賦得后遄送金退石歸朝鮮國

泗濱浮磬美祥夢憶高琳入易開良象講詩知匪心

巧留女媧術名就轂城陰聊誦他山句因爲送別吟

復勢州桑名縣南宮太湫案下

遙懷朝鮮湖邑太守朴仁則

延享戊辰余會朴仁則於尾張性髙院屈指

已十有七年矣今玆甲申韓使修聘聞朴仁

則今尚健在爲湖邑太守不堪感昔遊因賦

以寄懷托南時韞歸

自別張城十七年相思坐阻白雲天優主今有南谷

至製錦因知東里賢黃道氣晴分日本大瀛海盡是

朝鮮繡題兩簡同心字寄到西溟落月邊

賦得劒遙送成龍淵歸朝鮮國一己

40

公等遠使殊方貴體康健今也竟侵而留滯淹泊可

賀可賀僕病懶雖不能出謁使諸門生奉接公等是

無憾已送行詩各一首敢奉呈廣幾公等贈僕以詩留

別則以作記念再外懷矩軒村公詩敢煩公等顧爲

僕轉致之否公等一解纜浪速遽然爲異域之人算

不臨風悵恨乎驛使甚急不眠多布字伏乞諒察

遞送製述官典籍南秋月歸朝鮮國

傳道雞林客春深奉使回如何俱把礦不得對嘲盃

衣奪濃花錦人憐繡虎才先愁分影月已動別懷良

呈從事書記金君退石 號退石 名仁謙字子要

錦帆遙蒙白雲間出使名流記室班拂筆雄才酬唱

化詠詩神助在江山舟中客犯風濤險域外春催鴻

雁還我欲逢君慰羈愁高懷慈及賦方還

遙次大湫老儒見贈韻　退石

玉節超遙折木間春嵐欲訪羲娥班天東第一琵湖

水日下無雙富士山路夾松杉千里去槎艦牛半

年還清標尚沫由相見他夜那堪月似還

呈成元金三書記

38

遙和南宮大漱詞寮寄示之作（　）

水國煙霞近十洲琵江六面翠峯浮春桑別浦人間

在兩裡空亭客暫留從吾夫章存雅道，即今湖海足

風流漳濱一病妨新會空遠侯琵接唱酬

呈副使書記（下）君玄川名仲舉守子寸玄川魂尾

莫言風土異桑韓文藻秋憑臭眼聲姬氏國中周制

度夏王封外漢衣冠帆檣截海人無蕪征路遙香盟

不寒聞使四方善專對爭論懷志報詩難賦肺隔

37

殆如一夢今玆兩邦通信諸君踐歷纔畢懊亦欲一

出于道左而列諸賢之後獨奈客懷舊莉料劍念私

能趨謁爲則思慕之忱非無屋梁落月之懷遊圓醽

作數首寓惓惓托律東孚惠以聖馨莘平亦唯不遇

欲酬風心已春寒修途可畏强齓身重

呈正使書記成君龍淵號龍淵　名大中字什執

赤縣東隅大八洲神區縹緲五雲海擁舳艫爲是尋盟

至符節俱觀到此留摺扇山形懸倒義象琶湖邑急

長流知將彩筆題奇勝應接懷君不暇酬一

豈不惜哉願足下除此舊習捨此再熟思僊之所言

其於學亦大有禆益唯足下意氣臨楮不勝凜念之

至岳頓首再復

呈朝鮮書記成元金三君書

往年戊辰僕在尾張會朴矩軒李濟庵趙海皐柳醉

雪四君晴僕年廿四初得縱觀簨豫威儀之備織

文物之盛也昔在謝肇淛有言曰莫禮義於朝鮮也

誠非虛語也但僕年未滿其所學亦不過諷誦

之間也爾來十數年矣余在尾張而寓伊勢追念往事

孔孟言學率說心字多從日用孝弟上說而要歸於

人存心則不覺悚然起敬有是乎足下之言何其至

于此也夫心之發動無所不至也又無所察其形也

其治之難也自非元坐瞑目虛萬有則不能也其難

治也如此其發動也如彼故云操則存舍則亡聖人

知其如此故立禮義其某某之目以克令人制之故云

以禮制心或云以仁存心苟非物以制之存之焉能

得治之乎是僕御馬之喻所爲足下言也今足下擾

能解孔孟從孝弟上說未解治心之要亦不乎此

以作傳道之書然吾無此事今有此言何庸所愛而

然乎且夫古先聖王之道萬古而不滅者如壽夭

自日也不必謂得一部中庸而傳之矣是以僕冠長

敷行及黃氏之言也

承論唐伯元論心學二字僕御焉必喻有弊也而是

下別程子之言以爲治心之學且謂心學二字不可

寫後世之不好題目也足下冬習深信故僕之所論

漫然帶省爲然足下亦知論於以心觀心之繁及制

之與存之各有攸當則是固僕之所言已乃至謂古

觀焉耳是皆訓戒之辭即遺戒遺言之類也僅堯舜
禹聖人也故其言也至愼至重以爲後世法語無憂
可加者矣然非爲言心學者設之其謂之道統之傳
則似矣然所謂道統之傳古有此言乎尊卷田古所無
今有之則聖人之教不可一定也唯足下留意勿誤
全章本旨矣按漢藝文志中庸說二篇在禮家子思
世三篇在儒家孔羲子亦言四十九篇古書固殘缺
雖多可疑者然此書古牧禮記中無異說晉戴顒梁
武帝始表出之至宋二程朱遂表章之傳信之後世

不遷怒不貳過也苟至其下說喜其所見而譏其所未見
則班孟堅所謂學者大患朱子豈責之乎故朱子云
言云只理會門內之事門外之事便乎不得所以聖
人教人要博學足下偶惑之爭
承論黃氏解危微精一之相傳重且喻僕讀中庸原是
天下授受輕而道統之信此章之義所謂馮乎藥已
即足下深以宋儒之說信此章之義所謂馮乎藥已
此章說堯舜禹以其平日所自試者互相授受乃如
黃氏所謂執中之訓正說也永終之戒反說也可以

31

言之, 今足下以宋儒所好, 言譏漢儒所不善, 均近乎?

復爲馮元氣之藥足下明識再察諸

兼論引朱夫子之言以劉氏說, 證之足下評慨著賣

蓋朱子厭棄高深之說, 主孝弟忠信操守謹愼之

間, 非當爲末生鶩遠者, 豈以劉氏以秦漢唐宋爲四

變是皆足下所深許之而復謂以譏漢儒之言, 不可

爲馮元氣之藥以前後之言考之, 不能無不相牟眉

者也夫自夫子沒, 而微言絶諸家絲紛各逞其職夫

誇後生者何世蔑有是以, 歷代先賢窮日必力駁駁

之盛也今才之成也其化必有倍古昔者恭僕陋劣

未敢冒高明獨賴辱足下台教極陳關切之念萬鑒

茹以無此擲之幸甚

承論議漢儒太過誠宋儒之過處恐不可以識漢儒

為馮元氣之藥足下既以識漢儒誠為宋儒之過處

則何以云然予自謂漢儒近古多可采又何識之為

夫宋儒一過遺萬累至今後世學者有目未觀漢儒

之書是余所言馮下劾藥者非邪苟訓義釋音可取

即漢儒之所長至其性命窮格漢儒所不言宋儒好

此也其所教示諸條辭理該通匡僕之不逮然於其

不安者自若因再托石川太一者敢復質之夫主其

所見互相駁斥固非盛德事也況爭其同異乎昔者

朱紫陽陸象山俱相論辯往復者歎曰紫陽遂□謂

各尊所聞各行所知可矣而止者足下所嘗知也於

今亦尚如此雖然聖人教人各因其深痼乃朱末子

之言亦謂之因病之藥則可豈復問一一脗合乎是

僕之所以藥爲喻也伏冀足下寬懷雅慶專以優游

爲心乃取古義且不慶新注新古並照則責邦夫物

讀尊箋，何其心之摯而言之切，迺懷何莫待歲盡如

輩每一懷其德範，未嘗不神往，但恨未由遡泝耳拜

殷好，有加無已，方今使事既畢，西歸有日，皆悵然浪

及有所諭，足下官事鞅掌，加之以長途旅思，而情誼

伏審近狀，往日諸門生出謁，令須驛亭時厚賜喃栽

二月廿一日東武賓館所記 木逢某書不日至勢州

　　　再復秋月南君

蔡甲申二月廿一秋月頓首

精微之辨也，不審高明以為知，阿療幸稍妥帖愈食

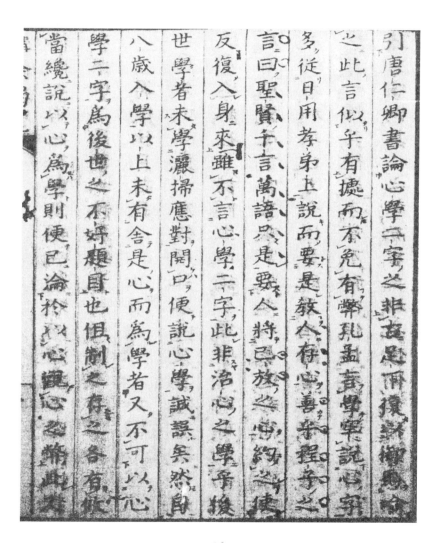

引唐仁卿書論心學二字之非盖思而復狀椰焉爾

之此言似乎有據而不免有弊然盡黃學案說心學

多從日用孝弟上說而要是教人存心善者提手之

言曰聖賢千言萬語只是要人將已放之心約之使

反復入身來雖不言心學二字此非治心之學爭後

世學者未學灑掃應對開口便說心學誠誤矣然自

八歲入學以上未有舍是心而為學者又不可以心

學二字為後世之不好趣自也俱制之存之各有攸

當纔說以心為學則便已論於此觀心必弊此處

悟也憂之深而說之詳時念下而語愈長若不能繁
危微之間下精一之工以至於聽無指庸弗詢忌何
畏忽可愛則天祿將永終永終之說真是一
串賣來会謂精一之訓與堯永終之戒不同者全是聖
人本意至於下欽二句危緣以千里授受天下固於
下之大事道統之傳豈非天下之大事而直以為授
世當孑天下授受輕而道統之相傳重無是統則天
下情於何處舍是心則道寓於何處願足下勿觀雜
書更取一部中庸序下數月工夫求悟此言遮謂

深而繁之以盛意以劉靜修勿娇新奇勿娇僻異之

語證之此一節儘平穩儘着實可爲初學騖遠者之

切戒無容雌黃

引黃氏曰抄觧危微精一章謂爲天祿永終而誤戒

非爲心學而埶訓足下仍論以聖人之授受天下豈

似後世道統之傳此則黃氏既誤而足下又不免大

誤夫堯執中一語雖不說人心道心危微精一字却

在包在裏許舜已領悟無疑舜又蓋之以三言以承

丁寧反復之意非執中二字有所味而爲不能領

暇暑、復所叩俱、恐死法常談、難堅其有欲於高題蓋

幸平心而舒宛馬八□□□□□□□□□□□□

所論引鄭曉氏論讖漢儒太過信宋儒太過而結之

以高意以比元氣虛損用瀉下之卻藥夫讖漢儒太

過誠宋儒之過處然漢儒何嘗說得性命窮搜如程

朱之八字打開其訓義釋音處漢儒迄古多可采至

於下手用工處漢儒却是含糊恐不可槩譏漢儒為

瀉元氣之藥

引朱夫子論學者好高躐等之弊推之使高鶩之使

亦非若後世心之謂矣一[...]

復南宮大湫經案　秋月

今須驛亭相見之士皆安定門人言談舉止之間已

識有所受而長幾小律亦以見縕發之深厚顧行匹

忽遽草草報韻未盡所欲言盛論諸僚並毅稽便愧

負多矣此来始欲與有識之士論說舉下竟義理得

失之歸奈人士沓臻應酬旁午只賦諸趣詩若予問

或得一二可語之人而未能傾倒困寮間已失其素

心而亦不能不慨然捨[...]貴邦文墨之懷也今回[...]

22

心爲學也以心爲學是故心爲懼也心能具性而不

能使心即性也是故求放心則是求心也果則

非求於心則是我所病乎心學者爲其求心也果

非求必非與我同類心果可學則以禮制心以仁存

待求必

心之言毋乃爲心障與

岳云心本動物唯在乎制之何如耳辟如御馬

有轡鞭唯其所用也苟無所施是二者則何繇試

馨控馳騁也況範馳驅者乎若曰無所制而能

制之則我知其必爲詭遇者也孟子本心放心

21

曰一日克己復禮又曰終日乾乾行事也元未能也

孔門諸子曰月至爲夫子猶未許其好學而況乎曰

至未能也謂之不學可也但未知執事所謂學者果

仁邪事邪抑心必謂邪外行外禮外事以言心雖執

事亦知其不可執事意必謂仁與禮與事即心也用

力於仁用力於心也復禮復心也行事行心也則元

之不解也猶昨也謂之不學可也又曰尊尊爲善者

心學學爲利者亦未必非心危哉心乎判吉凶別人

禽雖太聖猶必防乎其防而敢言心學乎心學者以

以無辭於執事子曰有能一日用其力於仁矣乎又
言學而遺心孰若執事貴焉不學之易乎而亦可
也危微之旨在也雖上聖而不敢言也今人多怪元
所不道今之言學者蓋謂心即道也而元不解也仁
不聞學心古有好學不聞好心心學云實六經孔孟
之者不少然其言學也則心而已矣元閒古有學道
唐仁卿答人書曰自新學興而名家蕃其冒馬以活

統之傳者也乎

有如此人而後有如此語也豈以後世所傳道

使勿至於困窮而永終者也此戒之也辭也皆主於

堯之永終二語而發也執中之訓正說也永終之戒

反說也盖舜以昔所得於堯之訓戒先其平日所嘗

用力而自得之者盡以命禹使知所以執中而不至

於永終耳豈爲言心設哉迭世喜言心學舍全章本

肯而獨論人心道心甚者單擧道心二字而直謂即

心是道益陷於禪學而不自知其去堯舜禹授受天

下之本肯遠矣

愚云堯舜禹天子也聖人也至其操覺天下也

聽以至敬修可願於天祿永終之上又蘇城警訓此

之命舜曰四海困窮天祿永終舍舜加無權之言何

者也此訓之辭也皆主於堯之執中一語而發也堯

一之語於允執厥中之上既以使之審擇而能執中

而加詳焉耳堯之命舜曰允執厥中令舜加危微精

執厥中一章曰此章本堯命舜之辭舜申之以命禹

黄氏曰抄解尚書人心惟危道心惟微惟精惟一危

而其言也如此不知君意爲何如

吾心易吾氣然後爲得也劉氏秦李子延教謂

梁惠王問之利, 便說, 盡心, 易未看六十四卦, 便讀繫辭

此蹕等之病, 又曰聖賢立言, 本自平易, 会推之, 使高

鑿之, 使深,

岳云, 朱夫子之言如此, 今置之, 論道體, 說心學,

我不知其稱紫陽家之學者, 果何謂也. 元劉靜

修有言曰. 六經自火於秦傳注於漢疏釋於唐

議論於宋日起, 而日變云. 故必先傳注, 而後

疏釋, 先疏釋, 而後議論, 始終源委推索完竟

已之意體察爲之, 權衡, 勿好新奇, 勿好僻異乖

岳云凡學貴乎博執一不移者固君子所不爲
也譬諸治病邪氣結轄不得不下之若元氣虛
損則別證從而生乃其瀉下之劑藥却爲後之
病根已夫以一人之手治一人之病尚且如此
而況於學乎

朱子曰聖人教人不過孝弟忠信持守誦習之間此
是下學之本今之學者以爲鈍根不足留意其平居
道說無非子貢所謂不可得而聞者又曰近日學者
病在好高論語未問學而時習便說一貫孟子未言

見不復阿所好唯先賢之言是從況於漢唐宋

明乎獨以為有所不安者十二謹奉問因有感于

往年李君之言故備稱述之如此若有言涉扺

觸海涵之量請為見恕

明鄭曉氏曰宋儒有功於吾道甚多但聞口便說漢

儒駁雜又譏其訓詁恐未足以服漢儒之心宋儒所

資於漢儒者十七八只今諸經書傳注儘有不及漢

儒者宋儒譏漢儒太過迃世又信宋儒太過今之講

學者又譏宋儒太過

14

有累同而孰不以孝弟忠信爲教乎懷極淺陋

未嘗聞先生長者之言而幼好讀書每至宋諸

先生之議論未嘗不擊節歎之然至其駁漢儒

必甚則私心有不安者夫前者僧之後者積之

漢收秦爐唐從而潤色之宋籍之若訓詁若

釋傳之者半一時眩曜以爲如有所異者亦所

謂漢驢胡步胡驢漢步無以異唯議論之異已

宋儒先既駁漢儒則明儒亦駁宋儒如此則駁

作之不眠後生誰之適從如僕淺陋謹不立異

場之爭辨耳錐然同是學先王之道者錐所見

之言乎俱其自信者而言之紛紛聚訟竟焉

既以朱文公之學以爲國學則不必排紫陽家

不見四旁以起爭辨諸君必不如此況我邦亦

文公之言曰常人之學偏於理玉於說故

乎然今以此爲不是㮣以畔之畔朱見黜焉僕聞朱

而學則排朱考亭者君輩無所取亦豈悉非之

有所見各自建幟以誇後生後生亦必待先賢

學生所奉是已李君無對焉顧我邦一二先賢

目、長夜河閩燭導車、漢晉諸儒猶說、羲陸王、餘學但

空花復主、處士皐比、抗莫以宗門、混異家

來書條次有序、議論有据、東來後始得講究

之說、其喜何、當寒山見片后、乎顧行駕火急、

未暇作復到東武、謹當依戒附所親儒士討

傳姑容俟之、

僕徑歲會貴邦諸君於尾張、性高院時海皐李

君偶書曰君亦畔朱之徒、與僕始不解其意也

遠書對之曰夫祖述堯舜憲章文武、宗師仲尼

聊表寸衷若夫高明有所裁徐僕一蒙其照拂豈唯

魚目換夜光之比柳後木瓜得瓊瑤之類已謹啓

呈朝鮮製述官典籍南君秋月

日出之邦海水涯勞君奉命賦皇華入關雲映真人

氣阻地星明使者車客路逍遙襄換葛詞林爛熳筆

生花莫論風俗稱殊域幸賴同文作一家

今須驛亭和南宮老學遙寄之作

秋月

風氣初開折木涯先論岐路後詞華夕陽洙泗天懸

价人維藩聲稱既及於邦域四牡頌歌風采方傳于

邇遐聘問修禮朝野同慶茶惟南君足下絶質卓犖

學識淹通峨冠博帶存周室典禮家系應是祖宗歷

世狀元巾幘襪履有箕邦威儀文章即知往時一代

宿苑僕海濱處士朽糞下愚材如拷櫟經年而無用

質似蒲柳値秋而必落半生㕦釣地非磻谿慁想之

之徒欲代温其之容於璜尺帛傳情身非少卿旅悴

之久料難記使子之材於鴈俱是公之雅量過容僕

之識功一二質問不吝指斥此附伊東生野詩一律

講餘獨覽

信濃南宮岳著

浪華三浦吉君謹

高須水谷申公甫　輯校

寶曆甲申春三月朝鮮國聘賀使來十二章手

惠子壽公樞蘧會製述官三書記於美濃令

須驛臬余亦把子惠寄贈書詩後復數篇固

雖不足觀聊記之以爲病餘之適

是朝鮮製述官與籍南君秋月啓名玉字奇彭號秋月

鶯車曉臉壯萬里之行裝鳳旗日映捲九天之風雲

8

竟未吉二番卿不命亍伊ㅆ也

明和元年秋八月

佐倉府文學井孝德撰

6

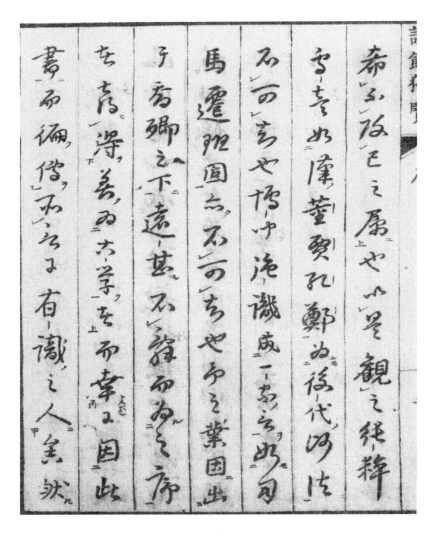

曰說令右不中憙姑陷異果以帝弟致

己即雖予而尚午無不出乎此羽韓人

過時憂心病不雜親謹使軍無傷憎心順

詩例條之孕同異而問之皆順

石知師之聚以爲說不者而以異云

者之屈也後得其壽而不由嘉乎

後論雖而直之之非予蓺姑淫東以

4

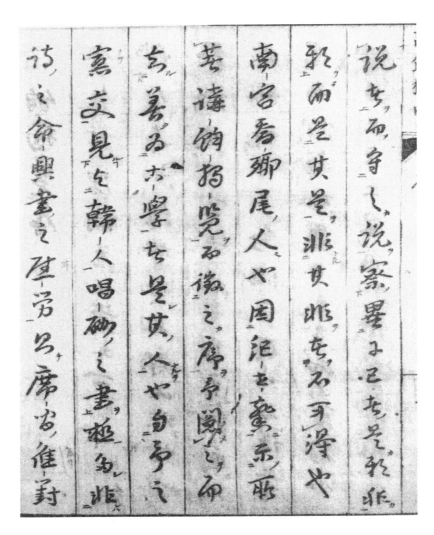

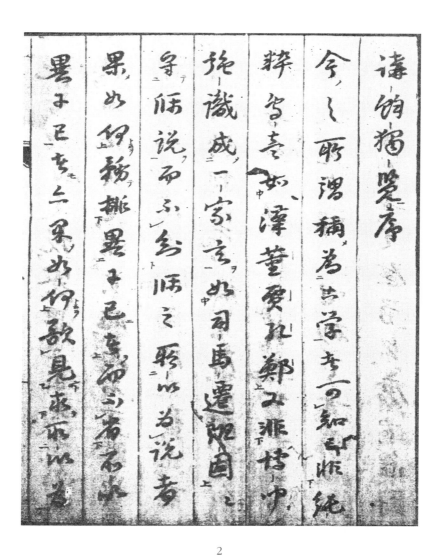

2

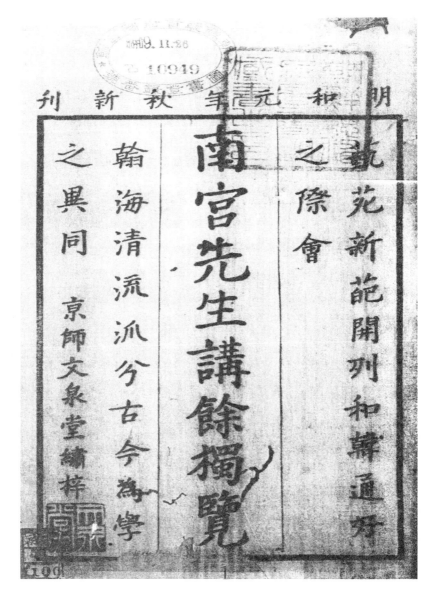

東渡筆談序

東渡上人以其所贈答韓客筆談詩文

授余俾序之余受而卒業焉翻致足

樂也上人修西方之學以濟度為業其

塵垢粃糠陶鑄文字自視猶一咦也若

引區二繩墨而論之奚啻千里余武士

也學聖人之道稟生恹弱少不自力武

執無以自見加以病憊行年四十血氣

東渡筆談序

向衰幸沐升平之化偷生愒日萬一有

如文禄之變不知何以先登斬馘從鬼

将軍之後矣是為負其職從政敝邑無

尺寸效是為負所學猶累升之禄不

能引去簿領填委文雅掃地韓使入都

朝謁皆不能出觀聞其巧騎射欲觀演

武於輪苑又値儌直不果及其發夕總

能一觀歸装何望徃來鴻臚舘以盡塤

4

麓之雅乎近年文思日減欲作一詩呻

吟數日藉令有官暇惡能與遠人爭捷

於頃刻哉上人年與余相若精進其業

不負所學又以其餘力優息秪文唱酬

蕃客吐言如屑英氣勃然不已一何壯

也余以是愧上人上人之業死生亦大

矣而不得與之變況其他乎而猶纏綣

余一言豈彼道所謂宿業習氣者乎顧

余小國陪臣無政重上人以是重愧上
人然文非藉人而傳者也

龜山　松崎惟時撰

東渡筆談序

因靜上人持其東渡筆談者來

語余曰是貧道所唱酬韓客詩

若文輯以爲卷旣已囑松崎君

脩則賜之序君之於君脩固有

塤篪如貫之誼貧道必求君序

欲以媲美是吾不朽也請以以

拒吾所乞吾受而讀之及復忿

餐焉既而私怪上人之道解脱
塵縛滌除習障超然玄覽乎是
非利害之外宜然忘其死生焉
而猶託瑣瑣小枝試嘗蕃客誇
張微名於世者邪寧傚白面書
生之技癢乎既而讀之乃知上
人嗒焉若喪其耦固其所好未
能割愛則其感所應豈可使若

8

欺魂、邪而其所ニ託ス者不レ過キニ不レ朽

其名矣夫名者實之賓也身將

相忘焉ヲ名為用ルゝ雖然固有情其

感ノ所應スル抑有ルカ不レ得已者耶道人

之為俗輩何ニ得レ測ランヤ之則以テ視ル

上人則吾不レ知其ヲ可也以レ此ヲ病ムヲ

上人則吾復不レ知其ヲ可也上人

砡砡乎文字之業窺契吾道ニ徵ス

9

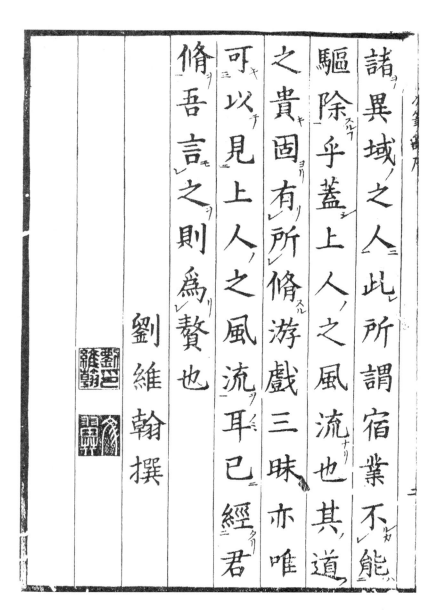

諸異域之人此所謂宿業不能

驅除乎蓋上人之風流也其道

之貴固有所脩游戲三昧亦唯

可以見上人之風流耳已經君

脩吾言之則為贅也

劉維翰撰

東渡筆談

日本　　東渡釋因靜著

初見

寶曆十四年二月十六日朝鮮信使入東都十九

日貧道過本願寺訪對馬書記小林吶齋於賓館

介紹見學士及三書記譯者在座通寒喧吶齋乞

筆硯小童與之即書曰

奉稟朝鮮學士及三書記

諸君從三使萬里凌大海錦帆無恙玉節有光年

邁春来聘于　日吏實兩國之福且四民之慶也

11

東渡筆談

雖然異域春光洵美何如上國耶貧道半在東都

觀此大禮得見公等交以詩文一代佳會未審諸

君尊姓名願各書以代古何勞譯者貧通名因靜

字獅子叫號東渡

姓南號秋月　學士

姓成號龍淵　書記

姓元號玄川　書記

姓金號退石　書記

席上奉呈秋月南公

東渡

春天鸞鳳下金堂暫繫仙槎東海隅二國交歡周

12

樂三合冠盖漢賢良花開、沪北思千里、詩學召南遊

四方始見、使星城上聚、今朝太史奏明光

次東渡上人
　　　　秋月

細竹衰梅遠石堂、僧来客到篆煙傍、西峰道侶今文

暢南國豪儒旧梵良、交誼未須論異調、淨緣柳且許

殊方同程亦有空門伴、相對肯毫欲放光

師與小蟄生同訪座間
又有萬年僧春溪故云

再用前韻奉答、秋月見和贈
　　　　　　　　東渡

許詢支遁訪春堂、金錫群僚翰墨傍、詩賦淨湘憐屈

子會盟扶漢憶張良、飛龍含燭遊東海遇雁懸書煇

東渡筆談

北方楚調申來爭、日月燒文聊接彩毫光

再和東渡

客中春序太堂　浪跡徘徊積水陶蔬筍氣看葱嶺　　　秋月

灘梗梅材識楚山　良雲林性業空諸妄湖海詩篇愧

大方萬里俱贏華鬢得憑師惟欲問金光

席上奉呈龍淵成公　　　　東渡

奉使新年賦遠遊大東文物接風流青雲路倚群賢

直明月珠隨同調投萬里結交齊魯地千秋爲政弟

兗州請看茶嶽春天雪和郡遙邀驗客求　　龍淵

和靜上人

雨後、禪房辨勝遊、暮煙凝處。馨聲流架裟出定、欣初

見針芥隨緣喜、西投萬里雲霞浮海國一春梅柳散

江州半簾斜日撰松鱸詩趣聊從爾後求

再用前韻奉答龍淵見和贈　　　　　東渡

繪園誰並李膺遊共到龍門對碧流詞簡逢人堪可

授衣珠混俗豈容投詩成白髮三千丈名滿青蜌六

十州末代斯文猶未墮東西再會不難求

重和東渡　　　　　　　　　龍淵

神鵰斥鷃各天遊蕩潏溟波納衆流快與還從間界

佳淨緣惟向道心投蓮花社裡招元亮柏樹庭中擬

東渡筆談　　三

15

趙州但使尼珠長在袖雪山帰路不難求

席上奉呈玄川元公

傘樹花迎上客開詞壇相接楚王臺華天翼自西天

東渡

展蹈海心連東海來朝聘風雲名士會文章日月大

夫才魚龍萬里皆兄弟不用登樓王粲哀

玄川

積靜上人

長攬實筵一笑開新晴小雨出樓臺琳宮釋侶三花

至玉節人從四牡来弘法真如分道界曹溪正脉集

禪才相逢莫問帰人意水國朝聞獨鴈哀

東渡

再用前韻奉答玄川見和贈

東渡

16

花底詞遙幾度開詩成應憶楚王臺皇明北地論文

罷日本東林許酒來空結他郷春艸夢難裁異代碧

雲才雙邦無路飛金錫遙寄禪心與月哀

疊酬東渡

惟許擘尼席上開東風花落覆層臺鷗侵斜日垂雲　玄川

太燕蹴新泥度樹來慧路知從無説證修羅元是止

観才千年迦葉遲浮海石電光中生死哀　　東渡

席上奉呈退石金公

飛閣花開佛日高許詢論沴氣何豪雙龍遇合新知

樂群鳳親逢旧彩毫江左春雲迎玉佩城東白雪映

韓流筆談

傘袍文章五色君家事衣裡明珠屬我曹

和靜上人贈示韻

　　　　退石

許檬風流本不高遠公才格一何豪行人手裡無花

筆韻釋眉間有白毫來自仙山飛錫杖久淹蓬暮懷

荷袍喜君透得詩家妙才捷應同七步曹

再用前韻奉答退石見和贈

　　　　東渡

和成初識郢中高白雪相誇奧亦豪獨步風流遠卓

錫百年衣鉢老揮毫人間文學楊雄賦天下榮名范

叔袍異域流鶯空喚友禪餘一癖混詩曹

　　　　退石

再和東渡上人韻

18

海外名山富嶽高日東詩客静師豪墨磨鵬鳥天池

水筆以擔宮玉兎毫花鳥靈區揮月斧風霜覓域弊

霞袍昆卿藏釋重生世不道偏邦得爾曹

貧道曾觀昔時交聘之筆語動輒二國詩文之

光輝不相下者已多矣不知其益如何自古

星槎東指月卿西迎此意無他唯講兩邦之和

耳然好事之士共爭其長不亦左乎古者國風

之起也其國之爽廢其人之賢否形其言而不

可掩豈不言治世之音安以樂亂世之音怨以

怒詩之所以為勸懲者可不慎耶丁巳一見之

東渡筆談

隹會分手望洋何有攘臂相誇之餘猶恐請益

之日忽薄西山也因裁巴調以奉呈秋月龍淵

玄川退石四公　　　　　　　　東渡

翰林春滿海流東兩地文華見國風萬里共憐龍釼

合淸談不必問雌雄

春帆無恙掛飛瀾木海休言行路難縱使論文交可

許雙邦分手望漫二

故園兄弟夢春遊萬里書窓帰鴈愁君在他鄉花月

好始知王粲賦登樓

詞社春風拂世塵花間彩筆太都賓中原試問登龍

客御李文章得幾人ヲカ

上人高論切中今時弊源甚喜ニニ　玄川

三和東渡上人喜其語意頗不凡聊示鄙志　秋月

詞盟從古洎西東深媿賓延禮讓風老子元無憑戟
勇守雌還欲不知雄

重步前韻酬南公　東渡

春来手節聘居東始見周南君子風萍水共逢太来
世一時詞客自英雄

四和東渡
秋月

21

東渡筆談

弘法宗規流日東上人詩有皎然風間嗟寂害觀禪

理歸把楞伽講大雄

三和東渡　　　　　　龍淵

莫把文章較紫瀾禪門元自轉經難鐵船東渡知如何

日萬里風程尚浩漫

重步前韻酬龍淵　　　東渡

請昔東海賦驚瀾七發申來亦不難夢裡分明飛鐵

錫東西再會豈漫三

四和東渡上人　　　　龍淵

霽山廣樂海翻瀾白馬經殘度刧難只許真僧通覺

22

路西天津筏溯漫 二

三和東渡

玄川

上人元慕智藏遊能望中州却有愁一席相看人萬

里良緣何異浙江樓

唐人ノ集中ニ有送日本
僧智藏之詩故云

重歩前韻酬 玄川

東渡

禪餘偶訪翰林遊花鳥催詩慰客愁衣鉢欲知王粲

怨春風同上一層樓

四和東渡

玄川

雲箋彩筆屬良遊半日悠然志客愁且欲提携窩北

良井炎

七

瞻暮烟何處是名樓

三 和靜上人韻　　退石

祝髮靈山斷六塵拈花来接海西賓禪棲幸得同文

會異日難忘靜上人

一 重步前韻酬退石　東渡

文光百丈射紅塵梅柳交遊無羊賓君自風流似陶

令袈裟何擬虎溪人

四 和靜上人　退石

高僧法眼炯無塵韓使看如上國賓惠遠遺風君自

繼莫将元亮比行人

観櫻神童侍學士膝下作州詩率爾賦此呈

南公　　　　　　　　　　　　　　　　　東渡

鴻臚館上客紛二驚見神童侍布軍簾外揮毫能落

紙紫烟翻作墨池雲

佳二秋月

見六歳童子作草書重和東渡師　秋月

腕力纖二筆勢紛紛食牛之氣掃千軍座間懷素率高

與横倚繩姉灑汰雲

奉答秋月兼示櫻神童　　　　　東渡

之子風姿出俗紛翻二筆勢似張軍何當更到鳳池

上深翰能裁五色雲

更次東渡

　　　　　　　　　　秋月

慧澁門前龍象紛一聲高唱伏魔軍偶然出世成三

笑寺在中峰幾疊雲

一指示鷄卵曰此是非葷喫亦無妨　　秋月

病僧許肉是梵綱中之罪人也況此他乎東渡

不許肉許景挑胡　秋月

敬受之　日本僧戒不愧古時東渡

嘗聞日本僧或有不守戒者故云　秋月

或有之謂之一向宗非我輩東渡

願袖之胡辭歸捧老親 東渡

懷橘可感更以數枚為歸獻之資先贈者師自哭

乙秋月

實滿望蜀之意東渡

師護恩重經幾遍報佛恩只在報親恩今觀懷橘

之誠感歎二 龍淵

寶滿望蜀之意東渡

師讀恩重經幾遍報佛恩只在報親恩今觀懷橘

謬蒙過馨不敢當可愧二二 東渡

君是翠虛成公之後耶東渡

翠虛先生僕之從曾祖也 龍淵

師居何山何寺 龍淵

未佳寺吾宗禁一入小寺後不能移擁大刹是攻

我輩久在三緣山中脩其業耳山中魚籠三千僧

東渡

上人年幾何ゃ退石

四十東渡

一見氣意相投不忍分手上人亦如此乎退石

不圖萬里萍水同病相憐東渡

本邦古者有遣唐使受經於中國備見國史沙門

隨星搓入中國遍叩佛闕親傳大法此事漸絶至

于千歲可嘆貪道性本好學乃以蓮社之業聊成

者且ッ于詩ニ于文締致ス久ク苦耳今時、大ニ来見ル稱高

僧者亦不ス乏然而未ニ知折節侍何ソ師貌座下是以

宿昔私竊有意飛錫於西方遊中華及貴邦也

國禁不許可恨可恨曾聞貴邦接地於中華且奉

狹入于天朝面観朝野之美貧道願接芝眉者在

于此吾佛法事元出方外公等雖不與聞而耳目

之所見聞暫說之亦無妨謹請爲貧道語之

東渡

周代皇華傳國風萬邦佛日掛蒼穹梵經誦盡三千

卷空望西天老海東

東渡筆談

五和東渡上人韻　　退石

吾邦自古尚儒風瑞日祥雲曜碧空縱有三乘亦安

用禪經不到鴨江東

詩有紙盡願期他一日東渡

終日唱酬詩盈一束而君輩錄詩之紙短劣如小

赫蹏字畫又荒潦殊無敬客之儀僕輩冝不和贈

而有作輒酬能領此意否　秋月

親蒙示教至無敬客之儀語則且懼且愧又其冝

不和贈而賜高和者已辱其慈投挑報瑤豈易得

于如楮枝短劣字畫荒潦則力所不足不敢辭其

責耳東渡

今日佳會亦難得焉是以不堪分袖他日許來見

否東渡

如蒙更顧可不掃榻秋月

将歸席上贈吶齋

　　詩賦禪餘約春來逢楚人風流千載事夢約百年身

揮塵非支遁談玄讓許詢憑君為探壁無妨問龍洋

　　　　　　　　　　　　　　　　　　　　東渡

再見

廿二日重至賓館與吶齋同謁南公及成元金三

君席上書曰

東渡筆談

向到龍門見許御李且得炙詩始懐明月竊以爲榮然而詩賦如雲意中甚忙今日再遊願以閑語請益不敢望唱酬公等許之乎

敬諾 秋月

書中或有一字可疑則文意難通況是分手萬里無路問之從此以往願行書以示之 東渡

領諾 秋月

自携百壽紙呈秋月不以詩 東渡

雙邦伴會對儒冠不減當年十月歡織出錦文堪獻壽裁衣君試客中寒

袖来梅花紙呈龍淵系以詩　　　　東渡

折来梅樹贈詞場　紙上花開才子儔　他日城南公油

後東西萬里慕餘香

自擁櫻花紙呈玄川系以詩　　　東渡

東海櫻花紙上開飛来春色映高堂　使星西動婦郷

日憶太長供楚客才

懷来名花紙呈退石系以詩　　　東渡

三都賦就益揮毫相贈誰論紙價高元足名花橋國

色不知何似一禪袍

再来妄訪深感慈悲心　禪偈當知花賤字不安禪

不受謹還完、而殷勤之意何、敢忘也 秋月

分外臨賁重承再昨之雅感荷何言華作誄當和

奉花牋聊此還呈幸諒拙意無以爲不恭也 龍淵

賓筵唱酬不可若是草率須更繕寫袖来此紙奉

還 玄川

獻芹微悃公等何却人之峻也 吶齋

鄭重之意既已領得花牋不省用處萬里帶太不

便於容意故也 吶齋何不諒耶 秋月

向賜懷搞帰獻老親喫之示余曰高意満腹仁及

巖穴嗚呼君子哉承此盛意欲妝至此卧病夫起

奈之何因命貧道以奉謝其萬一楮葉雖非律品

是大人之志也願公等受之則父子飲河之頒足

廷東渡

四公諒他獻芹微意受之亦可也　呐齋

上人以親命為言義不可辭茲以強領　秋月

土人既以親意来贈義不敢不受留之可也　退石

東渡贈以花牋酸醪之以其尊公命懇要領留義

不可拂遂以一箋為帰獻之資因歩其韻　秋月

獅佛重来對鷁冠懷中百壽侑清歓湘筠妙製聊相

贈要助高堂扇枕寒

東渡上人以其高堂之意致梅花牋七幅義不

得辭乃以二扇謝之且和其韻　龍淵

錫衲重登翰墨場彩牋光淨百梅衡蒲葵一柄還相

贈師是空門扇枕香

東渡見贈詩牋且致尊堂之意以二牋奉酬　玄川

藤七幅袖中開二月櫻花落滿臺一牋酬君歸扇

枕修羅衆是難收才

次東渡贈示韻謝花牋以紙筆　退石

東裝不欲累絲毫莫道花賤品格高縱員山人来贈

意師時脱灑一荷袍

四公賜箋且紙筆別後仰仁風懷二君揮毫憶獨

醒之人喜二　東波

席上呈南成元金四君

問禮衞才子先生魯國冠雙邦兄弟政莫作客中香

其二　東渡

百年三韓客才名誰似君隨意方言異二國狀斯文

其三

一望高摟夕論文讓楚人東都滿花妍不是故鄉春

東渡筆談

其四

誰作登樓賦他鄉天醉花不知汀左月萬里照君家

重酬靜公

秋月

釋子青蓮衲書生碧蕙冠蒼茫萬里別孤月海中春

酬平絕

玄川

古寺寒梅樹斜陽異域人人歸樹猶在留記別年春

次東渡五絕

退石

羣樓遙渡海雲衲笑拈花却羨西峰月山二便是家

弘法大師示化於何山何處僕等所經驛中見其

碣也 龍淵

十日

仁明帝時示化紀州高野山是我邦真言宗之

大祖也智德流于千歲宗風振于四海矣東渡

金仙氏誰耶聞貴國有高僧傳恨不得一見太川

元亨釋書本朝高僧傳扶桑僧寶傳等世著述之

今至廿餘其中天台傳教大師真言弘法大師佛

心榮西國師等皆一宗大祖而智德之迹共見其

傳特吾　祖圓光大師上為　三帝之師下為四

海之父其傳四十八軸　帝王自勞翰墨公卿手

扶丹青是又諸家之所無也近世三緣山定月義

重山義海常州高辨等法中龍象也雖然不敢遊

東渡筆談

于筆硯之間者見余送序中ニ東渡

紙賜佳作中有禪經不到鴨江東之句試問佛教

何故不到鴨江乎東渡

昔我康獻大王肇開鴻業一洗麗朝之陋痛斥佛

教故凡干禪教者不敢接趾故西域寂滅之教不

敢渡鴨水以東退石

然退石

大王者太祖尊諡乎東渡

李東郭曰新羅之時佛法盛行果然乎貴邦中ニ

棉佛教耶東渡

新羅高麗之世果崇佛添而我康獻大王以其非
聖人之道一切痛禁雖有些少沙門之寄在山間
者皆不敢齒於衣冠之列耳退石
已承教示雖然強論之則恐觸公等之諱遂失歡
客之儀且非雅談是以止耳因裁一絶以呈退右
　　　　　　　　　　　　　　　東渡
龍門百尺亦難攀誰倚高攔共解顏從此清談揮筆
處只遊明月白雲間
再和東渡韻
　　　　　　　　　　　　　　　退石
玉樹清標率再攀禪捿嘉對白毫顏願君歸讀文公

東渡筆談

東渡筆談

表開話休頌筆舌間

步前韻答退右

　　　　　　　東渡

諸天王樹木難攀護說金仙開笑顏為是文公裁偹

骨可憐空老海潮間
　退之謫潮
　州故云

席上呈秋月
　　　　　東渡

使星東動古青州絲管曉發大都秋君恩推轂賜華

節百官侍宴賦遠遊威鳳樓前連飛蓋蟠龍隴外送

應劉萬里橋邊鎖魂處城上殘月影空留天邊欲攀

扶桑日地軸遙橫滄海流雙鶴凌空隨六斾群鯨破

十二

42

波護鷁舟聞道，初冬到馬島，此日四首結客愁，鄉關

從此常入夢，異域落木望悠悠　日本諸生初献賦

鷄林大夫共登樓，青藍島富詩文，士赤月關多聳柳

僑兩岸白雪供狼筆，龍女捧珠向誰投，人傳西海風

波惡錦帆無怠，浪華洲浪華城中逢春日佳節通思

漢江頭始有大國君子壯金袍翩三　躍紫騮到夜城

遠聞玉笛曲中梅花春月幽春風吹逐梅花落空破

客夢淚難收，昔在王仁来此地羽翼從　帝遊蓬江

歌題梅花新定位人扶社稷更分憂功成初夜歸蓱

荔名遂長不取封庥，此人元是三韓客借問公等同

走更生炎

十二

43

鄉不ヤ　本邦幸ニ有リ求賢ノ詔從賢全與古人伴君亦

文章裁五色補袞願映翠雲裘
他日賀暇幸賜高和
不敢望即答

席上呈龍淵玄川退石　　　　東波

星軺萬里来日邊是吾　扶桑　帝城前西京繁華

家百萬北關文武客三千小川佳氣朝宮殿春滿慶

雲映御遊鳳凰雙飛舞花樹蛟龍群集躍玉淵鷄林

衣冠遙脩聘仁風大振太平年從此文彌攝東指先

見長蛇駕青連華陽城上吹玉笛曲中清怨有誰憐

琵琶湖上八百里中有羊女稱神仙人徳竹嶼花月

44

夜于今美人　彈四弦　矢渡歸帆同　回首不峯殘月共

傅鞭大海重山勞跋涉　司馬博望主恩偏請看七里

灘頭壯金甌　王簫起樓船　錦纜同解風颯二雲帆共

掛濤嗣二荒關誰能棄纒過灝亭鴛見才子賢褒褒

傍車臨巨岸群龍破浪凌大川無盡驚瀾高飛石不

斷急流裂為煙並駕恰看士峯色銀河倒開大白蓮

春寒益輝萬年雪海內何山堪北肩關道箕邦金剛

秀一萬二十峯頭鮮不知何人到絕頂可恨畫圖此

不傳　日本不二多詩賦彩毫相映五雲連生是中

華東華客挑絹題扇換萬錢下見花林吞夢澤上有

東渡筆談

龍池出ツ温泉ヲ天地鬼神遊ヒ紫岫湖海鴻鵬搏ツ碧巖ニ四

時白雪照人世寒影高逼春霄懸嶽雪似待東行月

公等願闘和郢篇ニ

暇日幸賜ヘ
芳和ヲ

　奉南秋月書

　　　　　　　　　　　東渡

先是文蒒始至于浪華之日遍開足下之美名臺道

私竊念之信君子哉足以使四方可與高詩可與

論文也由此願接芝眉有日何幸親呈巴調切荷閒

言千載一時志願足矣盖吾大東沙門古以詩文

鳴者僅二三家雖然文不溯左史詩不本李杜勤輯

46

韓柳元白以為斯道之祖故詩文徒求治辭之虛長

失古人之實也是以盛德之士不以詩文自居者惟

恐害道德之實故棄之如土為非古之詩文也顧夫

古之詩文與志為一今之詩文與志為二所謂與志

為一者在于心發于言假名為詩為文耳若無斯心

則不言不言則固無詩文之跡矣故即其詩文而其

人之賢愚可知也是以古有采詩之官子夏曰在心

為志發言為詩傳曰言以足志文以足言不言誰知

其志言之無文行而不遠可以微焉所謂與志為一

者固無斯心而強言之則亦為詩為文也是心

東渡筆談

與言爲二故誦之而其爲人不可知也若示在心而

求言於錦繡則縱使文華如五都之肆是何益子是

故孔子有以言取人失之宰我之歎也信哉六經聖

賢之言在心發言稱之爲詩爲書聖賢寧有意俗之

哉古之所謂詩文者可知矣漢魏以降唐明豪傑躍

武孟起藻繪如錦經緯繁密工擅七襲之妙冥合于

古人者無論也其他陳彩以眩目裁虛以蕩心貧道

棄而不取焉自　神祖一匡天下海內文華隨世大

關文載其道道扶斯文而詩也文也再歸古之實當

此時龍象成群禪餘遊戲秋聞無文勝失實之患是

十九

48

故盛德而有文者世不乏人也至若負逖則狂譽自
分連社之業曾無餘力愧惠休支遁之才久矣可以
恨耳伏惟足下謬蒙不棄一二賜教別後長捧可以
誇于東海矣文章不朽之交不減握手之樂則何恨
再會之難乎無任望蜀之意云
二幅盛文辭理條暢意見超卓無意於為文而文
自佳師雖謙不居支惠之儔而其所得於禪誦之
餘者居可知已日本賦非但才力纖弱其於貴邦
典故山川財賦兵農謠俗戶口之類漠乎無以詳
悉縱有所作如聾啞之說夢其何能闖揚萬一乎

二十

東渡筆談

茲不敢奉戒至於一二贈言固不可辭而諸經如

尼珠瑩然持是漸修可以頓悟若能墨名而儒志

則有日月中天之五經在不俟庸何贅焉草二口

復不能盡懷秋月

正二齋爲貧道揮毫作金蓮社之楫因賦此謝

　　　　　　　　　　　　　　　東渡

之

王節高輝東海春揮毫太容　漢詞臣書成從此金蓮

發長學盧山遠上人

太學諸生請見不暇與上人筆談欲以一律謝上

人古詩耳退石

願得一片明月照帰路　東渡

走帅一律謝静上人古詩因申別懐　退石

僧過虎溪笑鴻別楚天哀客路迷芳帅詩愁上老梅
獅留靈鷲寺撼返汲雲臺他日相思處那堪海月来　東渡

答金退石

虎溪分手地豈作俗人哀君夢柴門柳我携蓮社梅　東渡
斷鴻易欹枕片月懶登臺共就銷魂賦明日許酒来
期他日而帰　東渡

東法筆譯

三見

廿九日入學士舘見秋月龍淵玄川退石即書曰

他日公等辭去東都之日欲張帳於城南分手於

海東國禁不許可惜二二是以預思之黯然銷

魂矣因擬其時以作送別詩并序謹呈秋月及龍

淵玄川退石如賜一覽笑而置之亦足耳 東渡

失秋月答語可惜

奉送朝鮮學士秋月南公 東渡

河梁分手一代別始信黯然更銷魂 木東春日辭

東海群帆西懸隔乾坤祖帳簫皷連城忽飛盖追隨

出千門揩花笛裡舍情落楊柳曲中結愁翻江邊傳

焉此暗怨流水無盡更難言何處名山藏詩卷幾時

才子憶故園異域春風懷土切他鄉鶯鳥求友繁芙

蓉白雪長屬君五色遙映楚人文請看　日本春一日

色兩地花月望自分歸國儻語扶桑事先言櫻花擬

白雲

奉送朝鮮三書記成龍淵元玄川金退石

一心籠天地天地開萬國自從生四民造化不可測

東渡

堯舜遠無論賢聖近難得六經孔子心大聘季札力

雙邦扶斯文二君守其式春来使乎車遙到君子域

帝王一繼天萬世寧可識靈鳥巢梧桐仁獸補褒

職王書賀太平錦字讚正直文飾桑海東武城函關

北樓舩暫此留劍佩登紫極日月行夏時冠冕藏周

德百年冨賢良萬里勞社稷諸生齊魯間大儒翰墨

側忽聞看花交離筵日已逼別後滄溟西空望殘月

色有銷愁人竟無假歸鴻翼所思一何哀別賦信難

裁燕宋風異響誰擬江淹才鹿鳴西園會飛盖東渚

限公庚與文武城南祖帳豈啻分雙手再會亦難

哉隨意錦帆影飛向釜山田天地元心造從心共非

個萬邦非心外猶向明鏡臺各天如相憶、兩地入心

来

奉送朝鮮書記成龍淵元玄川序 東渡

古人有言蘧然銷魂唯別而已矣信不虛語也朝鮮

龍淵玄川来聘暫在于東都之日賓道奉遊筆硯之

間屢方外之交自元和之聘以降 日本沙門奉謁

賓邦諸儒呈詩文者屈指則盡矣五山諸禪師僅二

稱作者 大東釋氏脩飾詩文似之其人也古時暫

置而不論焉近世豈其然乎我 邦佛法初盛中衰

今時大振矣其中。衰者何也自負門地之貴或假青

雲之力、以擁大刹、以竊高位、不學無德、固無論焉。德

篤才大、堪稱高僧、亦非隨緣折節、則無由大投梵網、

以濾人天。魚龍當此之時、布地黃金、空結客、垂天青

翼、長鍛人名。刹花開菩提實、落薄俗尊、朝天少年驚

賜禄。此皆諸經之所厭、群論之所賤、豈不悲乎。是以

脩德有道之僧、皆隱深山、削迹白雲。今則不然。帝

王仰鑽釋教、僧龍臥遊文園、佛日高出於嶽、雲法雨

遍洽于朝野。傳燈揚輝、宗風大振。是故禪餘文學兼

入作者域、才名不減惠休支遁者、如雲如雨。梵文楚

辞粲然大備矣。至若貪道、譬如燕雀之在鳳凰之側、

常恥形穢雖然我邦金仙氏之為學也唯竭力貝

業中而不以文為榮故不欲敢鬪技以結方外之交

宜哉元和已来沙門投酬桃李以傳名於貴國之壽

甚少也公等歸國談笑諸賢解裝論文之餘遙及

日本詞客如有怪少沙門唱和者牽為語之矣

奉送朝鮮書記金退石序

東渡

朝鮮書記金退石使事既竣王節將歸

日本沙門

因静贈言曰正德中本邦沙門謁李東郭有問貴

邦佛法古今興廢者東郭答之曰本邦新羅氏之亡

也職由佛法盛行吾太祖建國也一尊信聖經務闢

十四

異教之說、足下亦繼此志資道念之如一尊信聖經

之語則無論也至新羅氏之亡由佛法之說則甚惑

矣古者百濟人始献佛像經論於我邦以開金仙

之道方此之時貴邦君臣皆尊儒道兼信佛法二教

大盛而國富民寧兵革不動累世昇平其後千有餘

歲及王瑤之時三綱淪九法斁弃其祖祀壞其家國

士風以襄民心以怨是天實革命之秋耶昔桀紂以

亡也天以授湯武此時中國未有佛法而桀紂以

亡湯武以興以此觀之則新羅氏之亡則天授太祖

之時也豈由信佛法之故乎古時佛法之隆比之其

亡時實百倍之佛法何所待而降禍於千歳之後此

亦理之所無也新羅氏之亡非佛法之故也明矣夫

佛法之盛行豈當新羅如中國及諸蕃一尊信之至

若我 日本則自佛法東漸千有餘歳 宗廟扶助

惠光 帝王保護智輝家祖述之戶憲章之慈雲遍

覆海内添燈長照人間國家益平民俗益安經曰佛

心者太慈悲是也所謂慈悲者仁是也故擴充此

心以羽翼王道撫育民業可以保四海矣佛法何害

國家之有足下歸國與聞政事之日若及佛法有害

國家之說願思鄙言以掃癡暗始輝佛日則貧道遁

東渡筆談

受其賜矣是以不能無贈言幸勿以爲駢拇矣

稟四公

奉贈長篇及序他日幸有暇則託吶齋以賜高和

不敢望即答東渡

敬諾　秋月

欲以一律和師之別詩已圓矣客来請見未及

書奉當書致吶齋以傳之　秋月

謹諾館中忙甚不能悉呈巴調可恨他日来見可

得否東渡

重来二秋月

60

東渡師以二長篇相贈就其中得韻以和

秋月

袈裟影襯鸞鶴裘盃渡何年到十州吾道欲傳文暢

亭海綠頻結虎溪遊西峯片月遙橫樹寒食飛花半

入樓斷畫諸狼情未遭數詩珍重滿歸舟

謝之兼致悵別之意

東渡上人賭長篇二首爲取其篇中韻以一律

龍淵

海外真成方外緣休淹相對碧雲天柳瓶慧偈通三

昧蓮社清香落二篇更許獅言親旅榻預愁驪唱動

離莚西歸定有相思夢花發空山月印川

右二律託山田圖南以寄贈

四見

三月六日入學士館見四君

許久不相見平安否退石

益賜不棄幸甚東渡

尊大人平安否退石

共受其賜東渡

四侍綺莚諸子所羨猶有狃於售醜之意公等容

之乎東渡

来者不拒俺等本意也退石

62

公見賜寵光是以常欲御李猶未得之不知歸

期何日乎　東渡

澠南成元三君

謹以十一日西歸自此不得更逢何悵如之　退石

向託山田圖南遙賜佳作二篇盛文一章而圖南
之大人以余知已昨日袖来達之謹開緘詩裡別愁
敢溢紙上相思之賜一唱之則預鈔竊矣又書中
愛吾以懷橘及彫蟲雖然烏之私情巴人之下
調豈敢望之然而徧以為榮矣　東渡

思吾師冲臕之襟澹雅之句思之也切今日奉接

何幸二三佀行期已迫再會未期是覺悵然　玄川

佳篇中較我以樂天我敢望之乎古人有言使識

者論其詩文而可以徵焉貧道得吾公以爲盛覜

哉東渡

擬人耶必盡言其平生耶師之内儒外釋却勝於

杳山之内佛外儒若力之行之顧何必多讓於杳

山篇中首尾因有致意處幸更詳之　玄川

思師人矣即荷再顧賦謝之　龍淵

舘門不浸通是以遙相思耳　東渡

會日無多別日漸近詩外更惹惆悵　龍淵

64

送別既呈矣敢問自馬島經浪華西京到東都之
間詞場才子見許登龍門者為誰願示姓名
　　　　　　　　　　　　　　　　　　　　東渡

筑州龜井魯村華照爛長州瀧長愷風流弘張備
州汴潛篇章典雅近藤篤句法適健大坂合離氣
味婉精而邶波師曾兼數家之美見與加番長老
來此中 龍淵

重步前韻答南元金三君
　　　　　　　　　　　　　　　東渡

談玄揮塵後高興侍儒冠獨愛他鄉夢能令萬里看

其二

天假良緣日傾蓋如故人萬里花開後共逢太平春

65

東渡筆談

其三

樓船繫江左寧似故園花四海皆兄弟丈夫不憶家　退石

五秒東渡上人韻

白頭蓮幕裡羞著鷄冠多謝廬山遠拈花一笑看

其二

雪衲何山釋荷袍異國人萍蓬悲聚散留夢鉢花春

其三

久爲三千島客落盡一春花却羨禪和子逢山便是家　東渡

釁酬金退石

衣鉢逢詞客論文甲鷗冠風流非惠遠誤作虎溪看

其二

才名讓支遁　相値鄠中人　滄海難飛錫　空思錦水春

其三

久矣日東寄　落盡錦江花　鐵錫隨雲水　乾坤更作家

六、和東渡

退石

霞衫何處輝　来訪漢衣冠　落日江州寺　青眸對榻看

其二

欄裟乘興出来別　北帰人壇悵参商　恨和韓萬里春

其三

雨餘雲衲至　笑拂木犀花　萬里懷郷夢　羨君早出家

席上酬 靜師

久別東林伴相思岸葛冠庭前梅蕊盡不是向時春
　　　　　　　　　　　　　　　秋月

酬東渡上人
　　　　　　　　　　　　玄川

摩尼存宿東雲衲寄犮人一樹蘭光在帰家寸草春

定下善書爲余揮毫題扇東渡

題東渡上人扇
　　　　　　　　　龍淵

東秋僧氣淨松塵又逢君且置祠華累帰尋梵貝文

答龍淵
　　　　東渡

添燈傳惠遠梵偈却煩君隨意禪餘與不妨論梵文

重和東渡上人
　　　　　　　　龍淵

客窗愁臥病、靈藥杳仙君賴有真。當歔毫端話古文、

公輩聞遠客風聲遠來酬唱其意良勤而終日竟

夜至於百千篇亦何益趙華山

只弄風流之趣不必患其無益縱至於百千篇總

亦如床上假花雖有目前之巧亦竟無實華山

類喫茶之話何勞之有東渡

豈是如假花之無實是有意而退石之唱酬如

懸河注不竭諸才子皆稱之是以試鬭其波瀾之

勢耳東渡

雄才如漫詩無敵久矣貧道幸蒙顧照欲強献挑

君賜瑤砑ヤ東渡

難孤上人之意走筆潦草詩可ト云乎哉蒙此過奨

多愧ニ二退石　　　　　　　　　東渡

席上呈退石

無心鐵錫對群賢目擊相通堪說禪極識思家花月

夜夢飛千里漢江邊　　　　　　　東渡

席上和東渡

韓公曾識太顛賢我亦東来得靜禪秋月春花他夜

夢倘能相憶錦江邊　　　　　　　退石

　錦江是弊廬
　門前江名

席上答退石　　　　　　　　　東渡

半偈難裁才子賢笑論文字共逃禪遙知紅粉樓中

夢直到扶桑江左邊

席上和東渡　　　退石

東来毎恨乏才賢今日初逢海上禪萬里桑陽相別

恨三洋空濶渺無邊

已與君祖和者過十餘篇他客紛撓君所知也數

數相困非詩人之道請從此斷噲退石

交情猶未盡是以強相和早從此以徃當如示教

東渡

71

師前蘭州奉贈吾師歸呈尊堂玄川

歸献之盛眈何物如之持衣捧膝下則巌冗忽生

光輝東渡

薄物何足深謝且欲表懐橘之誠頃日題跋語所

反復者幸加詳意玄川

同病相憐信不虚語也公書中表吾懐橘之烏情

不知何遍以此観之公之至孝不問而知耳東渡

幸見許攀玉樹長以為榮矣書不盡意况復拙揮

毫乎異域萬里之別再會難測只有相思似流水

日夜無盡時不知公等能容此意耶東渡

師縷綿之情悄黯之思念人動心別日在近後期

無涯奈如之何　秋月

將歸呈南秋月　東渡

星軺何日發東京賦就銷魂萬里情別後長傳明月

色千秋偏照武昌城

次靜上人別語　秋月

上已芳遊隔漢京宿桑緣業漫牽情此樓春色年二

似花蕭清池柳覆城

重答秋月　東渡

馬車何日到韓京異域離筳晁監情歸路秋風何處

73

起空留明月武昌城

奉元玄川

　　　　　　　　東渡

靜也多病常臥方丈何幸旣辱足下寵異身達其盛

乎聞歸期甚逼舘中多忙空分貌座遙相思已自惟

秋月龍淵退石能知我乖至其知我而慚我玄川一

人耳越石父曰爲知我者伸是所謂可爲知音道而

難爲俗人言者也向侍坐有所欲問時執謁者紛二

如雨公等獻之已知其意是故藏諸意中而歸託

吶齋奉問貧道結交方外混迹好事豈有意於翰墨

之間我所欲問者唯在貴邦佛法古今興廢如何其

他六經之道百家之說在我則爲緒餘是以一見遂

問之退而退而答曰佛法非聖人之道故康獻大王

一切痛禁焉一言樞機駟不及舌因知貴邦所講故

不重問失我所望然與書於退而重辨駁佛法退而

不答從此以往徒遊戲範圍飛揚騷壇足下乃以貧

道爲內儒外佛謬蒙過譽盻太文而非我意也先

是與秋月論詩文之道秋月答之謬及儒佛之道若

論儒佛大道何俟秋月決我書中並論詩文以

論古今與廢唐明取舍秋月舍而不辨唯及儒佛之

道者何也夫吾佛法公等之所不知靜是以未嘗片

東遊筆談

二十三

75

言及佛法足下所知也顧舉其所知以敵人所不知

舉其所優以敵人所劣者古人所不爲也若舉其所

優以敵其所劣則我邦非嘗勝於貴邦雖中國實

雖敵嫐我邦所優有三一姓爲君萬世不變一也

獨有四海不避臣位二也封建之制媲美三代三也

此三者中國所絶無而諸藩寧有之乎赫二大東可

得而見矣可得而聞矣我邦雖有是美而未曾以

此抗干貴邦何況以公等所謂所厭爲投報如是猶

恐失敬客之儀然秋月責我以無敬客之儀余甚惑

矣非玄川知我而憐我者誰能解之唯爲足下道而

已矣

右玄川將歸日託吶齋贈之玄川曰自大坂亦

託吶齋酬之而不果可惜

東渡筆談終

題因静上人詩文軸後

苟能入孝出悌慕仁義志經籍而名

詩文以翼治具就佛亦儒也昌黎之

取文暢只以其喜詩文也況詩文外

又有所志者耶静師佛者也其衣緇

其髮髡而其容諦其儀整其詩其文

又略祖仁義以其有老父在懷橘之

誠反正之情又鵠然於容辞昔樂天

自作像贊曰外以儒行飾其躬内以

佛道汰其慾今吾師内儒而外佛較

于樂天所得又將有深矣豈直文暢

淺之喜文辞而止耶然静師佛者也

吾不能無疑於出入之間疑之非也

余之言不必究也不然知師亦退而

自省也人生不易聰明難得焉有終

其身漫漶於儒佛之間而可以與於

79

正大光明ノ之道ニ耶行テ至ニ武州ニ靜師摯

詩文ヲ以テ見ニ遂ニ書ノ此ヲ以テ贈ニ于ル時甲申ノ仲

春ナリ也

朝鮮　元玄川子書

淺州御堂前

辻村五兵衛梓行

也抍是國人擧嘖嘖然相謂以爲升平之
一大盛事也顧世不乏能文之士必當有記述之
以傳不朽者小僧不敏固非所能也雖然厥心淳
淳焉有不可已者因亦畧記其梗概若其精詳
則俟彼能文之士

大日本攝西郡墨浦靈松寺沙門義端記

嚴舘雞鳴啓曙扉譚〻鐘鼓促征衣

河邊芳草烟猶暗門外垂楊露未晞

睛色漸迎冠盖動春雲忽傍旆旌飛

東都此去千餘里壬帛朝来幾日歸

余既作韓使舘浪莘記及其入

舘出舘二律而餘感未已又賦一

38

観朝鮮聘使入浪華舘

浪華橋畔繫余皇俞騎先驅自整行
士女縱觀城外道幔帷爭捲舘東坊
畫旗帶雲青龍動羽蓋含風紫鳳翔
輿馬遲之天忽暮一時齊照萬燈光

又観出舘

儼然時有儒冠客。知是風流第一人。

其二

寒空遙望客星懸 使節春來北儼然

欲覓瓊瑤多次報 謾投桃李後光篇

小人縱有聰明醜 大國何無叔向賢

安得一言親執手 鴻臚館裏共周旋

36

附録

託浪華木世肅寄呈朝鮮南時

蠧學士　二律

自古明王偏善隣于今盛聘遠相親。

波濤數阻光陰變雲日初和物候新、

鷁首舟浮迎大使鴻臚舘闢待佳賓。

35

也於是國人舉嘖嘖然相謂以爲升平之
一大盛事也顧世不乏能文之士必當有記述之
以傳不朽者小僧不敏固非所能也雖然厥心淳
淳焉有不可已者因亦畧記其梗概若其精詳
則俟彼能文之士
大日本攝西郡墨浦靈松寺沙門義端記

34

入舘所謂三使及學士書記其上官者衣冠儼然

其下者白衣緇笠其稍優者插綷羽為笠耳髭眞髮鬈

童亦髭醜奴或執節鉞或載弩炮旌旗繽紛鼓

吹誼譁凡其人四百有餘行伍嚴肅整儀為序

遂入館乃峙八珍乃歌四牡饗賜勞逸六宿而

出其出之日街坊莊飭士女袪觀亦如其入之日

33

官命預脩飾之碧瓦璧輪與一新是日也家
家挿榮戶戶張幕飾以金障畫屏其為畫也
春花秋葉飛禽游魚大之數尺狻猊盈丈扶蒐
小之寸人豆馬點山線流其它佛閣道觀秦臺
漢都戰場舞庭其妙不可殫論也士女則袨服
靓糚扶老提孺摩肩接膝鱗次翼列以觀其

東都海路三二而至此始免于浮家泛宅之窮則

其喜可知矣　官家乃為　命勞饗館以

城西本願寺寺者衆長者之所營規模踰溢

金壁之飾雕鏤之巧棟梁極檻櫐棨樑梡

宛妙極麗雖身毒之祇園支那之靈隱亦莫

以加焉且自橋至舘其所歷街坊莊麗加以

31

也曰ク土佐曰ク中ノ土佐其它ノ諸侯之所ノ艤者几十

船各架飛雲以奪麗金鋪珠題組幃流蘇競

彩争光聘使船為之失色正使及副從二使諸從

者之屬亦皆恜怳遂各乗之既而鳴鐘鼓䂓

櫂謳齊章錦纜容裔以進對馬侯船為之先

乃相導以抵浪華橋下盍自其䂓達吾

朝鮮聘使館浪華記

寶曆十四年春正月壬申朝鮮聘使始來我

浪華蓋去秋既聞其薆海程雖遠舟楫之利

當五六旬如七八旬而來也而石尤橫暴陽侯為

崇淹薄以至今日云乃迎諸河口　官船四

艘曰浪速曰紀伊國一名孔雀飾其艫以孔雀

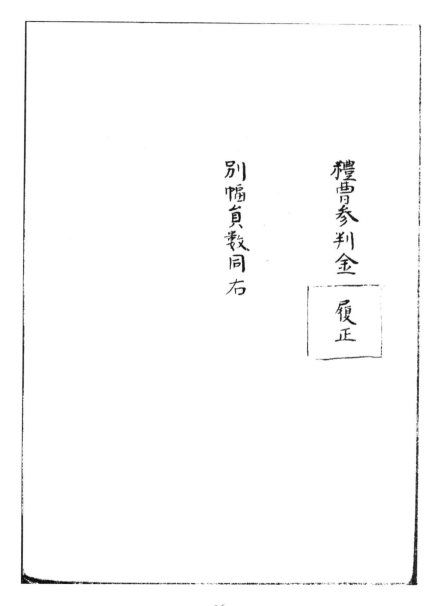

別幅貞數同右

禮曺參判金 履正

舊誼其、在鄰好宜馳賀价而

貴國深軫荒年民弊、

委報緩期業已轉聞、

朝廷信使前頭行期當俟後日更

示ヲ

盛覬益見ニ

厚誼薄儀聊表鄙忱、統希

崇亮不備

己酉年三月　日

25

六

朝鮮國禮曹參議金 ［復正］ 奉復

日本國對馬州太守平公 閤下

權使遠亡獲承

委翰憑審

興居冲迪慰沃良多仍聞

貴大君傳序

嗣服增筆

24

禮曹參判金鲁淳

白苧布拾匹

白綿紬拾匹

墨麻布柒匹

白木綿貳拾匹

花席伍張

四張付油芚參部

黃毛筆參拾柄

眞墨參拾笏

一際

乙酉年三月　日

照亮不備

己酉年三月　　日

禮曹參判金　魯淳

別幅

豹皮壹張
虎皮壹張
人參貳觔

洪緒宜循故常亟馳賀价而

貴大君新政仁惠

深軫荒年民弊為

請緩期有此

委報茲将

盛意即已轉達

朝廷信使行期當俟更

示別幅

珍品多謝

厚誼不眛土宜用伸回敬統希

20

五

朝鮮國禮曹參判金 ［魯淳］ 奉復

日本國對馬州太守平公 閣下

星槎遠屆

華札隨至憑諦

啓居珍毖頎慰良深仍聞

貴大君克紹

前烈丕贋

大君新政要在仁惠庶官承行一以撫恤為務庶

幾歲月彌久而膏澤之洽無遺也乃於是時

貴國大使儼然来臻則所在調發民徒奔命其勞

苦之狀猶夫木將崩而中折也

大君深軫斯慮命庶官胥議為欲

通聘之事徐 延期因使不佞委實申飲爲望

丙諒以

聞就承 允諾特差正官某都船主某容口陳致

天錄輶儀聊旌馳悃辛賜遵納更祈對時

伏盡式副退禱肅此不備

18

三

日本國

朝鮮國禮曹參判大人　閣下

奉書

維時金運正殷伏惟

貴國協寧虔祝無已

茲者我

大君受位之初乃

貴國通聘之際例當在近但以

本邦比年凶儉穀物不稔億兆離凋弊之患

東武特意慮其、
鄰盟鞏固ニ矢象官之職深ク體シ
両邦ノ誠誼切為ニ周旋シ具ニ陳シ萊府速ニ承リ
朝廷ノ允諾ヲ務メ歸順使之地矣

使疑便
字

戊申十一月 日 大差使

16

二

参番

聘使綬期一款

東武朝議實出於交

鄰大體推誠同仁之義其諄々丁寧之意餐然

干太守之書不復贅厥价舌頭此行也即暑召

俺於方

東都命是事狀使以報

太守通告

貴國寔

任譯初對面之節掛合之眞文 二通

一

示意謹悉而大抵任官之職務專在於
兩國間誠信之道而今番事寔出於萬不得而則
許施與否唯在於
朝廷處分而自下周旋之道豈不極力哉
回下ヶ来後更當報爲計耳幸望姑

待爲

戊申十一月　日

訓導　金主簿

別差　崔僉正

此文難解
恐多誤字

14

鑑賞爲榮餘冀若序

膽禧肅此不備

天明八年戊申八月　日

對馬州太守平　義功

通聘之期、料當襲舊典、但以

本邦歉歲、薦臻兆民不贍、殆將塹隘

東武新政尚在惠濟、於是之時

貴使惠然蹦海則所在調發民給徭役非徒不

遑養息又恐加於凋瘵是以

朝議欲姑綏

來聘之事因使不安具由以告即此差正官平

暢往都航主平暢亭尚布此意宏望體察從善

啓聞就承

貴諸宰思縷、使者禀達、另具菲瑣略、寓芹衷

12

対州ヨリ朝鮮國ニ遣ス書翰

（四）

朝鮮國禮曹参議大人　閤下

日本國對馬州　太守平　義功　奉書

秋序平分緬祀

雅度沖裕寅慰瞻企告者我

大君有嗣

位之慶乃

貴國為ニ

11

一段致ㇾ於對州表即答難ㇾﾄ 早ㇾ関東ﾆ
可ㇾ被相同ﾆ宏恵林院後出府ﾆﾖﾘ及又同按ﾆﾖﾘ
早ㇾ以酊庵ﾆﾓ及ﾚ候ﾆ渡ﾆ
被ㇾ事
右ﾆ通宗猪三郎家老ﾆ行ﾚﾄ其ﾆﾃ
天明八申年

交誠信と云へるハ山年より後志願彼是候得ハ
誠信と候ハ相貝に毛入人て及雖委候を朝鮮茂同
様に戯事に有之御救荒御事而已
御仁惠之餘通聘延引候ハ何とて於朝鮮も同
様に事有之と誠實に掛合候共右付例以和文
以酊庵にて於役所書翰ら伺申合に和文を返ら
行違ひたり石とに酊庵を一に通し候へ共
追々朝鮮にもて割付も掛合候員と決る過
万一にハ諸路に通し申員と玉突申事井御茂詠
て又熟として以酊庵に吉候

朝鮮人來聘延引之儀　越中守殿被為御渡候

御書付ニ寫

先達而來聘之儀候先拾ヶ年時之通時ニヨ候遂ニ御國之
御作被ハ來聘之儀候唯今延引ハ儀ヲヨヨヌ
卯年ヨリ来ル巳年マ後ハカ國家ニ宿驛被衰微諸大名
逆茂不如高ニ筆多支ヲ所ニヲ來聘モヲヌヨ從慶
ヲ難儀ニ通聘之儀ヲ候ヲ新儀ニヲヨニ雖ヲ國家
ヨヲ重ニ賤ヲヨヌヨリヌヲ民力舊時後ニヨ遠ヲ
ヲヌヨヨ暫來聘延引之事掛合候ニ候ヌヨ
付ヲニ巳年ニ降ニ候外國相働ニヌヨヲヌニヌヨ

朝鮮聘使緩期書

奇事風聞

某氏集禄

完

4

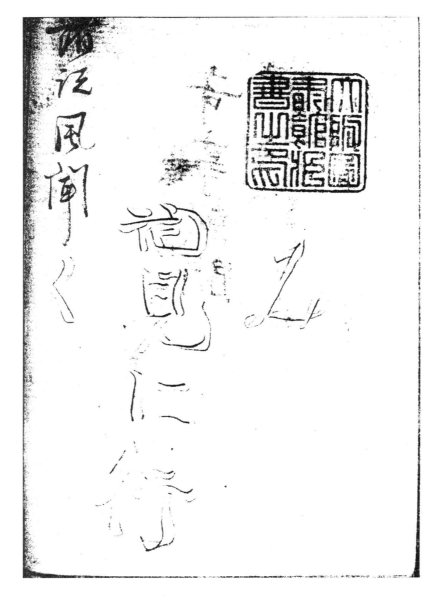

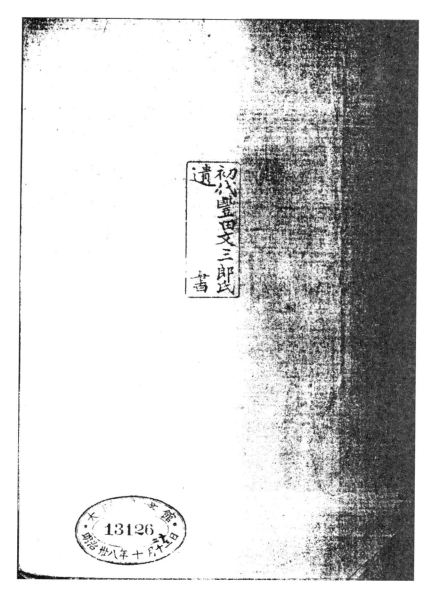

初代豐田文三郎氏
遺書

2

奇事風聞
東渡筆談
南宮先生講餘獨覽

여기서부터 영인본을 인쇄한 부분입니다. 이 부분부터 보시기 바랍니다.

조선후기 통신사 필담창화집
번역총서를 간행하면서

20세기 초까지 한자(漢字)는 동아시아 사회의 공동문자였다. 국경의 벽이 높아서 사신 외에는 국제적인 교류가 불가능했지만, 문자를 통한 교류는 활발했다. 중국에서 간행된 한문 전적이 이천년 동안 계속 한국과 일본을 비롯한 주변 나라에 전파되었으며, 사신의 수행원들은 상대방 나라의 말을 못해도 상대방 문인들에게 한시(漢詩)를 창화(唱和)하여 감정을 전달하거나 필담(筆談)을 하며 의사를 소통했다.

동아시아 삼국이 얽혀 싸웠던 임진왜란이 7년 만에 끝난 뒤, 조선에 군대를 파견하였던 중국과 일본은 각기 왕조와 정권이 바뀌었다. 중국에는 이민족인 청나라가 건국되고 일본에는 도쿠가와 막부가 세워졌다. 조선과 일본은 강화회담이 결실을 맺어 포로도 쇄환하고 장군이 계승할 때마다 통신사를 파견하여 외교를 회복했지만, 청나라와에도 막부는 끝내 외교를 회복하지 못하고 단절상태가 계속되었다. 일본은 조선을 통해서 대륙문화를 받아들일 수밖에 없었고, 그 방법 중 하나가 바로 통신사를 초청할 때 시인, 화가, 의원 등의 각 분야 전문가를 초청하는 것이었다.

오백 명 규모의 문화사절단 통신사

연암 박지원은 천재시인 이언진(李彦瑱, 1740~1766)이 11차 통신사 수행원으로 일본에 다녀온 지 2년 만에 세상을 뜨자, 이를 애석히 여겨 「우상전」을 지었다. 그 첫머리에 일본이 조선에 다양한 전문가들로 구성된 문화사절단을 파견해 달라고 요청한 사연이 실려 있다.

일본의 관백(關白)이 새로 정권을 잡자, 그는 저축을 늘리고 건물을 수리했으며, 선박을 손질하고 속국의 각 섬들에서 기재(奇才)·검객(劍客)·궤기(詭技)·음교(淫巧)·서화(書畵)·여러 분야의 인물들을 샅샅이 긁어내어, 서울로 모아들여 훈련시키고 계획을 갖추었다. 그런 지 몇 달 뒤에야 우리나라에 사신을 파견해 달라고 요청하였는데, 마치 상국(上國)의 조명(詔命)을 기다리는 것처럼 공손하였다.

그러자 우리 조정에서는 문신 가운데 3품 이하를 골라 뽑아서 삼사(三使)를 갖추어 보냈다. 이들을 수행하는 사람들도 모두 말 잘하고 많이 아는 자들이었다. 천문·지리·산수·점술·의술·관상·무력으로부터 통소 잘 부는 사람, 술 잘 마시는 사람, 장기나 바둑 잘 두는 사람, 말을 잘 타거나 활을 잘 쏘는 사람에 이르기까지, 한 가지 기술로 나라 안에서 이름난 사람들은 모두 함께 따라가게 되었다. 그런데 이들 가운데서도 문장과 서화를 가장 중요하게 여기지 않을 수가 없었다. 왜냐하면 그들은 조선 사람의 작품 가운데 한 글자만 얻어도 양식을 싸지 않고 천리 길을 갈 수 있기 때문이었다.

도쿠가와 이에하루(德川家治)가 쇼군을 계승하자 일본 각 분야의 대표적인 인물들을 에도로 불러들여 조선 사절단 맞을 준비를 시킨 뒤, "마치 상국의 조서를 기다리는 것처럼 공손하게" 조선에 통신사를 요청하였다. 중국과 공식적인 외교가 단절되었으므로, 대륙문화를 받아 들이기 위해 조선을 상국같이 모신 것이다. 사무라이 국가 일본에는 과거제도가 없기 때문에 한문학을 직업삼아 평생 파고든 지식인들이 적어서, 일본인들은 조선 문인의 문장과 서화를 보물같이 여겼다.

조선에서도 국위를 선양하기 위해 여러 분야의 문화 전문가들을 선발하여 파견했는데,『계림창화집(鷄林唱和集)』이 출판된 8차 통신사 (1711년) 때에는 500명을 파견했다. 당시 쓰시마에서 에도까지 왕복하 는 동안 일본인들이 숙소마다 찾아와 필담을 나누거나 한시를 주고받 았는데, 필담집이나 창화집은 곧바로 출판되어 널리 읽혔다. 필담 창 화에 참여한 일본 지식인은 대륙의 새로운 지식을 얻었을 뿐만 아니 라, 일본 사회에서 전문가로서의 위상도 획득하였다.

8차 통신사 때에 출판된 필담 창화집은 현재 9종이 확인되었으며, 필담 창화에 참여한 일본 문인은 250여 명이나 된다. 이는 7차까지 출 판된 필담 창화집을 모두 합한 것보다 훨씬 많은 수인데, 통신사 파견 이 100년 가까이 되자 일본에서도 한문학 지식인 계층이 두터워졌음 을 알 수 있다. 8차 통신사에 참여한 일행 가운데 2명은 기행문을 남 겼는데, 부사 임수간(任守幹)이 기록한『동사록(東槎錄)』이나 역관 김현 문(金顯門)이 기록한 또 하나의『동사록』이 조선에 돌아와 남에게 보 여주기 위해 일방적으로 쓴 글이라면, 필담 창화집은 일본에서 조선 과 일본의 지식인들이 마주앉아 함께 기록한 글이다. 그러기에 타인 의 눈을 통해 자신의 모습을 객관적으로 볼 수 있다.

16권 16책의 방대한 분량으로 다양한 주제를 정리한 『계림창화집』

에도막부 초기의 일본 지식인은 주로 승려였기에, 당연히 승려들이 통신사를 접대하고, 필담에 참여하였다. 그 다음으로 유자(儒者)들이 있었는데, 로널드 토비는 이들을 조선의 유학자와 비교해 "일본의 유학자는 국가에 이용가치를 인정받은 일종의 전문 지식인에 지나지 않았다"고 규정하였다. 그 가운데 상당수는 의원이었으므로 흔히 유의(儒醫)라고 하는데, 한문으로 된 의서를 읽다보니 유학에도 관심을 가지게 된 것이다. 이노 작스이(稲生若水)가 물고기 한 마리를 가지고 제술관 이현과 서기 홍순연 일행을 찾아가서 필담을 나눈 기록이 『계림창화집』 권5에 실려 있다.

> 이 현 : 이 물고기는 우리나라의 송어입니다. 조령의 동남 지방에 많이 있어, 아주 귀하지는 않습니다.
> 홍순연 : 이 물고기는 우리나라의 농어와 매우 닮았습니다. 귀국에도 농어가 있는지 모르겠지만, 이것과 같지 않습니까? 농어가 아니라면 내가 아는 물고기가 아닙니다.
> 남성중 : 이 물고기는 우리나라 송어입니다. 연어와 성질이 같으나 몸집이 작으며, 우리나라 동해에서 납니다. 7~8월 사이에 바다에서 떼를 지어 강으로 올라가는데, 몸이 바위에 갈려 비늘이 다 떨어져 나가 죽기까지 하니 그 성질을 모르겠습니다.

그는 일본산 물고기의 습성을 자세히 설명하고 조선에도 있는지 물었지만, 조선 문인들은 이 방면의 전문가들이 아니어서 이름 정도나 추정했을 뿐이다. 홍순연은 농어라고 엉뚱하게 대답하기까지 하였다. 조선 문인이라면 모든 것을 알 수 있을 것이라고 기대했기에 생긴 결과인데, 아직 의학필담으로 분화되기 이전의 형태다. 이 필담 말미에 이노 작스이는 이런 기록을 덧붙여 마무리했다.

> 『동의보감』을 살펴보니 "송어는 성질이 태평하고 맛이 달며 독이 없다. 맛이 진기하고 살지다. 색은 붉으면서 선명하다. 소나무 마디 같아서 이름이 송어이다. 동북쪽 바다에서 난다"고 하였다. 지금 남성중의 대답에 『동의보감』의 설명을 참고하니, '鮏'은 송어와 같은 것이다. 그러나 '송어'라는 이름은 조선의 방언이지, 중화에서 부르는 이름이 아니다. 『팔민통지(八閩通志)』(줄임)『해징현지(海澄縣志)』 등의 책에 모두 송어가 실려 있으나, 모습이 이것과 매우 다르다. 다른 종류인데, 이름이 같을 뿐이다.

기록에서 보듯, 이노 작스이는 다수의 의견에 따라 이 물고기를 '송어'라고 추정한 후, 비교적 자세한 남성중의 대답과 『동의보감』의 기록을 비교하여 '송어'로 결론 내렸다. 그런 뒤에 조선의 '송어'가 중국의 송어와 같은 것인지 확인하기 위해 중국의 여러 지방지를 조사한 후, '송어'는 정확한 명칭이 아니라 그저 조선의 방언인 것으로 결론지었다. 양의(良醫) 기두문(奇斗文)에게는 약초를 가지고 가서 필담을 시도하였다.

> 稻生若水 : 이 나뭇잎은 세 개의 뾰족한 끝이 있고 겨울에 시들지 않으며, 봄에 가느다란 꽃이 핍니다. 열매의 크기는 대두만하고, 모여서 둥글게 공처럼 되며, 생길 때는 파랗고, 익으면 자흑색이 됩니다. 나무에 진액이 있어 엉기면 향이 나고, 색이 붉습니다. 이름은 선인장 나무입니

다. (줄임)

　　기두문 : 이것이 진짜 백부자(白附子)입니다.

　제술관이나 서기들이 경험에 의존해 대답한 것과 달리, 기두문은 의원이었으므로 자신의 지식을 바탕으로 확실하게 대답하였다. 구지현박사의 연구에 의하면 이노 작스이는 『서물류찬(庶物類纂)』이라는 박물지를 편찬하기 위해 방대한 자료를 수집·고증하고 있었는데, 문화 선진국 조선의 문인에게 서문을 부탁하여, 제술관 이현이 써 주었다. 1,054권이나 되는 일본 최대의 백과사전에 조선 문인이 서문을 써 주어 권위를 얻게 된 것이다.

출판사 주인이 상업적인 출판을 위해 직접 필담에 참여하다

　초기의 필담 창화집은 일본의 시인, 유학자, 의원 등 전문 지식인이 번주(藩主)의 명령이나 자신의 정보욕, 명예욕에 따라 필담에 나선 결과물이지만, 『계림창화집』 16권 16책은 출판사 주인이 직접 전국 각 지역에서 발생한 필담 창화 원고들을 수집하여 출판한 것이다. 따라서 필담 창화 인원도 수십 명에 이르며, 많은 자본을 들여서 출판하였다. 막부(幕府)의 어용 서적을 공급하던 게이분칸(奎文館) 주인 세오겐베이(瀨尾源兵衛, 1691~1728)가 21세 청년의 몸으로 교토지역 필담에 참여해 『계림창화집』 권6을 편집하고, 다른 지역의 필담 창화 원고까지 모두 수집해 16권 16책을 출판했을 뿐 아니라, 여기에 빠진 원고들까지 수집해 『칠가창화집(七家唱和集)』 10권 10책을 출판하였다.

『칠가창화집』은 『계림창화속집』이라고도 불렸는데, 7차 사행 때의 최대 필담 창화집인 『화한창수집(和韓唱酬集)』 4권 7책의 갑절 규모에 해당한다. 규모가 이러하니 자본 또한 막대하게 소요되어, 고쇼모노도코로(御書物所)인 이즈모지 이즈미노조(出雲寺 和泉掾) 쇼하쿠도(松栢堂)와 공동 투자하여 출판하였다. 게이분칸(奎文館)에서는 9차 사행 때에도 『상한창화훈지집(桑韓唱和塤篪集)』 11권 11책을 출판하여, 세오겐베이(瀨尾源兵衛)는 29세에 이미 대표적인 출판업자로 자리매김하게 되었다. 그러나 안타깝게도 38세에 세상을 떠나, 더 이상의 거질 필담 창화집은 간행되지 못했다.

필담창화집 178책을 수집하여 원문을 입력하고 번역한 결과물

나는 조선시대 한문학 연구가 조선 국경 안의 한문학만이 아니라 국경 너머를 오가며 외국인들과 주고받은 한자 기록물까지 연구해야 한다는 생각으로, 첫 번째 박사논문을 지도하면서 '통신사 필담창화집'을 과제로 주었다. 구지현 선생은 1763년에 파견된 11차 통신사 구성원들이 기록한 사행록 9종과 필담창화집 30종을 수집하여 분석했는데, 박사학위를 받은 뒤에도 필담창화집을 계속 수집하여 2008년 한국학술진흥재단의 토대연구에 『조선후기 통신사 필담창수집의 수집, 번역 및 데이터베이스 구축』이라는 과제를 신청하였다. 이 과제를 진행하면서 우리 팀에서 수집한 필담창화집 178책의 목록과, 우리가 예상한 작업진도 및 번역 분량은 다음과 같다.

1) 1차년도(2008. 7.~2009. 6.) : 1607년(1차 사행)에서 1711년(8차 사행)까지

연번	필담창화집 책 제목	면 수	1면 당 행수	1행 당 글자 수	예상되는 원문 글자 수
001	朝鮮筆談集	44	8	15	5,280
002	朝鮮三官使酬和	24	23	9	4,968
003	和韓唱酬集首	74	10	14	10,360
004	和韓唱酬集一	152	10	14	21,280
005	和韓唱酬集二	130	10	14	18,200
006	和韓唱酬集三	90	10	14	12,600
007	和韓唱酬集四	53	10	14	7,420
008	和韓唱酬集(결본)				
009	韓使手口錄	94	10	21	19,740
010	朝鮮人筆談幷贈答詩(國圖本)	24	10	19	4,560
011	朝鮮人筆談幷贈答詩(東京都立本)	78	10	18	14,040
012	任處士筆語	55	10	19	10,450
013	水戶公朝鮮人贈答集	65	9	20	11,700
014	西山遺事附朝鮮使書簡	48	9	16	6,912
015	木下順菴稿	59	7	10	4,130
016	鷄林唱和集1	96	9	18	15,552
017	鷄林唱和集2	102	9	18	16,524
018	鷄林唱和集3	128	9	18	20,736
019	鷄林唱和集4	122	9	18	19,764
020	鷄林唱和集5	110	9	18	17,820
021	鷄林唱和集6	115	9	18	18,630
022	鷄林唱和集7	104	9	18	16,848
023	鷄林唱和集8	129	9	18	20,898
024	觀樂筆談	49	9	16	7,056
025	廣陵問槎錄上	72	7	20	10,080
026	廣陵問槎錄下	64	7	19	8,512
027	問槎二種上	84	7	19	11,172
028	問槎二種中	50	7	19	6,650
029	問槎二種下	73	7	19	9,709
030	尾陽倡和錄	50	8	14	5,600

031	槎客通筒集	140	10	17	23,800
032	桑韓醫談	88	9	18	14,256
033	辛卯唱酬詩	26	7	11	2,002
034	辛卯韓客贈答	118	8	16	15,104
035	辛卯和韓唱酬	70	10	20	14,000
036	兩東唱和錄上	56	10	20	11,200
037	兩東唱和錄下	60	10	20	12,000
038	兩東唱和後錄	42	10	20	8,400
039	正德韓槎諭禮	16	10	18	2,880
040	朝鮮客館詩文稿(내용 중복)	0	0	0	0
041	坐間筆語附江關筆談	44	10	20	8,800
042	七家唱和集－班荊集	74	9	18	11,988
043	七家唱和集－正德和韓集	89	9	18	14,418
044	七家唱和集－支機閒談	74	9	18	11,988
045	七家唱和集－朝鮮客館詩文稿	48	9	18	7,776
046	七家唱和集－桑韓唱酬集	20	9	18	3,240
047	七家唱和集－桑韓唱和集	54	9	18	8,748
048	七家唱和集－賓館縞紵集	83	9	18	13,446
049	韓客贈答別集	222	9	19	37,962
예상 총 글자수					589,839
1차년도 예상 번역 매수 (200자원고지)					약 8,900매

2) 2차년도(2009. 7.~2010. 6.) : 1719년(9차 사행)에서 1748년(10차 사행)까지

연번	필담창화집 책 제목	면수	1면 당 행수	1행 당 글자 수	예상되는 원문 글자 수
050	客館璀璨集	50	9	18	8,100
051	蓬島遺珠	54	9	18	8,748
052	三林韓客唱和集	140	9	19	23,940
053	桑韓星槎餘響	47	9	18	7,614
054	桑韓星槎答響	106	9	18	17,172
055	桑韓唱酬集1권	43	9	20	7,740

056	桑韓唱酬集2권	38	9	20	6,840
057	桑韓唱酬集3권	46	9	20	8,280
058	桑韓唱和塤篪集1권	42	10	20	8,400
059	桑韓唱和塤篪集2권	62	10	20	12,400
060	桑韓唱和塤篪集3권	49	10	20	9,800
061	桑韓唱和塤篪集4권	42	10	20	8,400
062	桑韓唱和塤篪集5권	52	10	20	10,400
063	桑韓唱和塤篪集6권	83	10	20	16,600
064	桑韓唱和塤篪集7권	66	10	20	13,200
065	桑韓唱和塤篪集8권	52	10	20	10,400
066	桑韓唱和塤篪集9권	63	10	20	12,600
067	桑韓唱和塤篪集10권	56	10	20	11,200
068	桑韓唱和塤篪集11권	35	10	20	7,000
069	信陽山人韓館倡和稿	40	9	19	6,840
070	兩關唱和集1권	44	9	20	7,920
071	兩關唱和集2권	56	9	20	10,080
072	朝鮮人對詩集1권	160	8	19	24,320
073	朝鮮人對詩集2권	186	8	19	28,272
074	韓客唱和/浪華唱和合章	86	6	12	6,192
075	和韓唱和	100	9	20	18,000
076	來庭集	77	10	20	15,400
077	對麗筆語	34	10	20	6,800
078	鳴海驛唱和	96	7	18	12,096
079	蓬左賓館集	14	10	18	2,520
080	蓬左賓館唱和	10	10	18	1,800
081	桑韓醫問答	84	9	17	12,852
082	桑韓鏘鏗錄1권	40	10	20	8,000
083	桑韓鏘鏗錄2권	43	10	20	8,600
084	桑韓鏘鏗錄3권	36	10	20	7,200
085	桑韓萍梗錄	30	8	17	4,080
086	善隣風雅1권	80	10	20	16,000
087	善隣風雅2권	74	10	20	14,800
088	善隣風雅後篇1권	80	9	20	14,400
089	善隣風雅後篇2권	74	9	20	13,320
090	星軺餘轟	42	9	16	6,048

091	兩東筆語1권	70	9	20	12,600
092	兩東筆語2권	51	9	20	9,180
093	兩東筆語3권	49	9	20	8,820
094	延享五年韓人唱和集1권	10	10	18	1,800
095	延享五年韓人唱和集2권	10	10	18	1,800
096	延享五年韓人唱和集3권	22	10	18	3,960
097	延享韓使唱和	46	8	14	5,152
098	牛窓錄	22	10	21	4,620
099	林家韓館贈答1권	38	10	20	7,600
100	林家韓館贈答2권	32	10	20	6,400
101	長門戊辰問槎상권	50	10	20	10,000
102	長門戊辰問槎중권	51	10	20	10,200
103	長門戊辰問槎하권	20	10	20	4,000
104	丁卯酬和集	50	20	30	30,000
105	朝鮮筆談(元丈)	127	10	18	22,860
106	朝鮮筆談1권(河村春恒)	44	12	20	10,560
107	朝鮮筆談1권(河村春恒)	49	12	20	11,760
108	韓客對話贈答	44	10	16	7,040
109	韓客筆譚	91	8	18	13,104
110	韓人唱和詩	16	14	21	4,704
111	韓人唱和詩集1권	14	7	18	1,764
112	韓人唱和詩集1권	12	7	18	1,512
113	和韓文會	86	9	20	15,480
114	和韓唱和錄1권	68	9	20	12,240
115	和韓唱和錄2권	52	9	20	9,360
116	和韓唱和附錄	80	9	20	14,400
117	和韓筆談薰風編1권	78	9	20	14,040
118	和韓筆談薰風編2권	52	9	20	9,360
119	鴻臚傾蓋集	28	9	20	5,040
예상 총 글자수					723,730
2차년도 예상 번역 매수 (200자원고지)					약 10,850매

3) 3차년도(2010. 7.~ 2011. 6.) : 1763년(11차 사행)에서 1811년(12차 사행)까지

연번	필담창화집 책 제목	면수	1면당 행수	1행당 글자수	예상되는 원문 글자수
120	歌芝照乘	26	10	20	5,200
121	甲申槎客萍水集	210	9	18	34,020
122	甲申接槎錄	56	9	14	7,056
123	甲申韓人唱和歸國1권	72	8	20	11,520
124	甲申韓人唱和歸國2권	47	8	20	7,520
125	客館唱和	58	10	18	10,440
126	鷄壇嚶鳴 간본 부분	62	10	20	12,400
127	鷄壇嚶鳴 필사부분	82	8	16	10,496
128	奇事風聞	12	10	18	2,160
129	南宮先生講餘獨覽	50	9	20	9,000
130	東渡筆談	80	10	20	16,000
131	東槎餘談	104	10	21	21,840
132	東游篇	102	10	20	20,400
133	問槎餘響1권	60	9	20	10,800
134	問槎餘響2권	46	9	20	8,280
135	問佩集	54	9	20	9,720
136	賓館唱和集	42	7	13	3,822
137	三世唱和	23	15	17	5,865
138	桑韓筆語	78	11	22	18,876
139	松菴筆語	50	11	24	13,200
140	殊服同調集	62	10	20	12,400
141	快快餘響	136	8	22	23,936
142	兩東鬪語乾	59	10	20	11,800
143	兩東鬪語坤	121	10	20	24,200
144	兩好餘話상권	62	9	22	12,276
145	兩好餘話하권	50	9	22	9,900
146	倭韓醫談(刊本)	96	9	16	13,824
147	倭韓醫談(寫本)	63	12	20	15,120
148	栗齋探勝草1권	48	9	17	7,344
149	栗齋探勝草2권	50	9	17	7,650
150	長門癸甲問槎1권	66	11	22	15,972

151	長門癸甲問槎2권	62	11	22	15,004
152	長門癸甲問槎3권	80	11	22	19,360
153	長門癸甲問槎4권	54	11	22	13,068
154	萍遇錄	68	12	17	13,872
155	品川一燈	41	10	20	8,200
156	表海英華	54	10	20	10,800
157	河梁雅契	38	10	20	7,600
158	和韓醫談	60	10	20	12,000
159	韓客人相筆話	80	10	20	16,000
160	韓館應酬錄	45	10	20	9,000
161	韓館唱和1권	92	8	14	10,304
162	韓館唱和2권	78	8	14	8,736
163	韓館唱和3권	67	8	14	7,504
164	韓館唱和續集1권	180	8	14	20,160
165	韓館唱和續集2권	182	8	14	20,384
166	韓館唱和續集3권	110	8	14	12,320
167	韓館唱和別集	56	8	14	6,272
168	鴻臚摭華	112	10	12	13,440
169	鷄林情盟	63	10	20	12,600
170	對禮餘藻	90	10	20	18,000
171	對禮餘藻(明遠館叢書 57)	123	10	20	24,600
172	對禮餘藻(明遠館叢書 58)	132	10	20	26,400
173	三劉先生詩文	58	10	20	11,600
174	辛未和韓唱酬錄	80	13	19	19,760
175	接鮮瘖語(寫本)1	102	10	20	20,400
176	接鮮瘖語(寫本)2	110	11	21	25,410
177	精里筆談	17	10	20	3,400
178	中興五侯詠	42	9	20	7,560
예상 총 글자수					786,791
3차년도 예상 번역 매수 (200자원고지)					약 11,800매

1차년도에는 하우봉(전북대) 교수와 유경미(일본 나가사키국립대학) 교수를 공동연구원으로 하여 고운기, 구지현, 김형태, 허은주, 김용흠 박

사가 전임연구원으로 번역에 참여하였다. 3년 동안 기태완, 이지양, 진영미, 김유경, 김정신, 강지희 박사가 연구원으로 교체되어, 결국 35,000매나 되는 번역원고를 마무리하였다.

일본식 한문이 중국식 한문과 달라서 특히 인명이나 지명 번역이 힘들었는데, 번역문에서는 독자들이 읽기 쉽도록 한국식 한자음으로 표기하고, 첫 번째 각주에서만 일본식 한자음을 표기하였다. 원문을 표점 입력하는 방법은 고전번역원에서 채택한 방법을 권장했지만, 번역자마다 한문을 교육받고 번역해온 과정이 다르기 때문에 재량을 인정하였다. 원본 상태를 확인하려는 연구자를 위해 영인본을 뒤에 편집하였는데, 모두 국내외 소장처의 사용 승인을 받았다.

원문과 번역문을 합하여 200자원고지 5만 매 분량의『조선후기 통신사 필담창화집 번역총서』를 12,000면의 이미지와 함께 편집하고 4차에 나누어 10책씩 출판하는 과정이 복잡하고 힘들었기에, 연세대학교 정갑영 총장에게 편집비 지원을 신청하였다.『조선후기 통신사 필담창수집 번역본 30권 편집』정책연구비(2012-1-0332)를 지원해주신 정갑영 총장에게 감사드린다.

『조선후기 통신사 필담창화집 번역총서』를 편집하는 과정에 문화재청으로부터『통신사기록 조사 및 번역, 데이터베이스 구축』연구용역을 발주받게 되어, 필담창화집을 비롯한 통신사 관련 기록을 세계기록유산으로 등재하는 작업에 참여하게 된 것도 기쁜 일이다. 통신사 관련 기록들이 모두 데이터베이스로 구축되어 국내외 학자들이 한일문화교류, 나아가서는 동아시아문화교류 연구에 손쉽게 참여하게 된다면『통신사 필담창화집 번역총서』의 사명을 다하는 것이라고 생각한다.

조선후기 통신사가 동아시아 문화교류 연구에 중요한 이유는 임진왜란 이후에 중국(청나라)과 일본의 단절된 외교를 통신사가 간접적으로 이어주었기 때문이다. 통신사 필담창화집 번역총서 60권 출판이 마무리되면 조선후기에 한국(조선)과 중국(청나라) 지식인들이 주고받은 척독집 40여 권도 데이터베이스로 구축하여, 일본에서 조선을 거쳐 청나라로 이어지는 '동아시아 문화교류의 길' 데이터베이스를 국내외 학자들에게 제공하고자 한다.

▌ 최이호(崔二浩)

1978년 전남 완도 출생.
조선대학교 국어국문학부(한문복수전공)를 졸업하고, 중학교에서 한문을 가르쳤으며,
현재 고려대학교 번역협동과정 박사 과정에 재학 중이다.
광주 백천서당, 한국고전번역원 부설 번역교육원에서 연수부와 전문과정 I·II를 졸업하고
현재 『일성록』을 번역하며 한문을 공부하고 있다.
역서로는 『장문무진문사(長門戊辰問槎)·한객대화증답(韓客對話贈答)』(보고사, 2014)가 있다.

조선후기 통신사 필담창화집 번역총서 40
奇事風聞·東渡筆談·南宮先生講餘獨覽

2017년 6월 23일 초판 1쇄 펴냄

역 자 최이호
발행인 김흥국
발행처 도서출판 보고사

등록 1990년 12월 13일 제6-0429호
주소 경기도 파주시 회동길 337-15 보고사 2층
전화 031-955-9797(대표), 02-922-5120~1(편집), 02-922-2246(영업)
팩스 02-922-6990
메일 kanapub3@naver.com / bogosabooks@naver.com
http://www.bogosabooks.co.kr

ISBN 979-11-5516-685-7 94810
      979-11-5516-055-8 (세트)
ⓒ 최이호, 2017

정가 30,000원